种一棵摇钱树

专为薪水族打造的财富人生规划课

How to Grow a
Money
Tree

李宁波◎著

北京理工大学出版社
BEIJING INSTITUTE OF TECHNOLOGY PRESS

图书在版编目（CIP）数据

种一棵摇钱树/李宁波著. —北京：北京理工大学出版社，2011.1
ISBN 978 - 7 - 5640 - 4151 - 9

Ⅰ.①种… Ⅱ.①李… Ⅲ.①长篇小说 - 中国 - 当代　Ⅳ.①I247. 5

中国版本图书馆 CIP 数据核字（2010）第 263799 号

出版发行／北京理工大学出版社

社　　　址／北京市海淀区中关村南大街 5 号

邮　　　编／100081

电　　　话／(010) 68914775（办公室）68944990（批销中心）68911084（读者服务部）

网　　　址／http：//www. bitpress. com. cn

经　　　销／全国各地新华书店

排　　　版／北京精彩世纪印刷科技有限公司

印　　　刷／保定市中画美凯印刷有限公司

开　　　本／710 毫米×1000 毫米　1/16

印　　　张／17

字　　　数／220 千字

版　　　次／2011 年 1 月第 1 版　2011 年 1 月第 1 次印刷　　　　　　　责任校对／王　丹

定　　　价／29. 80 元　　　　　　　　　　　　　　　　　　　　　　　责任印制／边心超

图书出现印装质量问题，本社负责调换

前　言
INTRODUCTION

有一些人生下来就富有，成为衣食无忧的"富二代"，而有一些人生下来就贫穷，需要靠自己努力工作才能赚到吃用。冥冥之中，究竟是谁操控着人类贫富的"不平等"？

看到那些生下来就有钱的人，人们只能无声地感叹，他们是带着"福报"出生的啊！

正统舆论往往将"财"与"福"分开来讲，有"财"并非有"福"，这个观点很正确。但是绝大多数的上班族却将财富与幸福画上等号，因为一旦不上班，就没有生活来源，人都活不下去，谈幸福不幸福就成了一种奢侈。

对于上班族来讲，不上班就没有钱；上班了不"好好工作"也没有钱。那有没有不用上班，却依然能生钱的法子呢？

四五岁的时候，我看到电视上报道，失业的人在焦急地找工作，一些人因为没有工作而遭到妻儿抛弃。我当时感到很奇怪，他们难道都傻了吗？他们为什么要工作？这样到处去玩，不是很快乐的事吗？

对于儿时的想法，我一度哑然失笑。然而现在，我开始尊重童年时的智慧，因为钱确实可以生钱，只要掌握理财技巧，即使不工作也会有大量的钱流进口袋。

创业不适合所有人，但是，理财适合！别以为这个"孔方兄"很神秘，实际上它与其他东西一样，也有自己的运作规律，只要掌握这个运作规律，流进你口袋里的钱，可就不仅仅是工资了，还有摇钱树上晃下来的

意外惊喜。这本书不是藏宝图，不是看了书就能找到宝藏，但是它是一粒金种子，只要学会其投资理念与技巧，这粒金种子最终就会成长为一棵摇钱树！最后说一句，独乐乐不如众乐乐，如果你看到这本书后有所领悟，那么就分享给朋友们吧！

作者

2011. 1

目　　录

CONTENTS

保 财 篇

第一章

财富的观念

第一节 写在养老院墙上的诗

凌飞为北京某家杂志写纪实报告，当他来到名待村时，黄三老人正躺在破烂的床上，这位曾经叱咤商场的老人，如今却落得如此凄凉的下场。黄三老人回忆往事时，忍不住老泪纵横，他说自己这一辈子，吃过一般人都没吃过的苦，也获得过一般人都没获得过的荣耀，可是到头来却一无所有，这都是自己不会理财的结果。

他床边摆着一些理财的书，凌飞就问他："如果你早些时候看到这些理财书，那么你的命运是不是会再一次改写？"

黄三老人默然良久，摇了摇头，感叹道："即使我看到这些理财书，我打造的酒店产业依然会衰败下去。"

"为什么？"

黄三老人颓然躺倒在床，眼睛阖然闭上，曾经保养很好的手现在青筋毕露，痉挛地抓着被子，被子顿时发出一种交杂着油味与霉味的奇特味道，凌飞不由得皱了皱鼻子。

"想当初，我住的是金碧辉煌的酒店，天天吃着山珍海味，品着最高档的美酒，我哪有心思去看什么理财书，我的财务顾问不是没有警告过我有关资产的问题，但是，没有引起我足够的注意。连他们的忠告，我都听不进去，我怎么可能去看那些书呢？……一个企业别看它是一个庞然大物，说到底还是借着银行的钱来维持着。当借款大大超过资产，而企业又经营不善时，倒闭就成了无法避免的事。唉，小富由俭，大富由命啊……"

五星级酒店、宝车、别墅都已经离他远去。曾经拥有的八亿资产，一瞬间灰飞烟灭。

气氛显得有些尴尬，黄三老人哽咽的声音一度停滞，在沉默的空白当中，凌飞调整了一下沉重的心情，试图让话题变得轻快一些，却是徒劳无功。采访用了一上午的时间，当黄三老人邀请凌飞共进午餐时，凌飞婉言谢绝了，他无法咽下那馒头与咸菜。

杂志社要求写一篇有警戒意义的养老报告，凌飞趁着周末到处搜集素材，尽管黄三老人的事迹可以深度挖掘，但是凌飞觉得缺乏广度，于是他又马不停蹄地赶到市郊的一家敬老院。

在敬老院里，凌飞随机采访了一个老人，他以前是国内某家知名企业的法律顾问。凌飞看到这里的环境比较差，没有独立的卫生间与浴室，大多数房间是几个人一起合住，于是就问道："您老为什么不找一个环境好一点的敬老院呢?"

凌飞刚问完这句话，就感觉隐隐不妥，但这个白发如银的老人还是爽快地回答了他的问题。

老人说自己年轻时不懂得守财，整天跟一群朋友花天酒地，成家后也是大手大脚惯了，从来不在家做饭，吃饭就去上馆子，身上钱不够，就拿信用卡消费。夫妻俩每个人都办了七八张信用卡，想买什么，只要心动了，就会买下来。到事业巅峰时期，存款大量增加，花钱更是随心所欲，车子旧了一点，就换成新的。嫌楼盘里的房子闷得慌，就卖掉房子贷款买别墅……说起那些年的风光，老人眼中光芒闪烁。

直到有一天，银行从他的账户中扣清信用卡拖欠的费用时，他才蓦然惊醒，原来口袋里已经没有钱了，等卖车卖房供完子女的教育费用和还清信用卡所欠的费用后，老两口已经没有房子可住了。凌飞又问："中国人都讲究'养儿防老'，这养老院的条件并不怎么样，您老为什么不搬去跟儿女住呢?"老人一时感慨万千，叹气道："儿女们虽然已成家立业了，但是生活压力也不小啊。我儿子快40岁了，还不敢要小孩，他们需要供房贷啊。自己年轻图快活，没有给他们留下什么，现在去他们家住，他们每天忙到半夜连自己都照顾不好，我们去岂不是给他们添乱?"

　　老人接着又说道："其实，虽然我住这里的条件差，但相比其他的老人来讲，已经算比较好的了。就在我住的养老院里，有的老两口还要出去工作，以交纳养老院的各项费用。至少我儿子每月除了交纳 1 000 元的敬老院费用之外，还每月给我们 500 元的零花钱。他们日子过得很紧巴，能够这样给我们钱花，我和老伴已经很满足了……我和老伴唯一心安的是，我们不像养老院其他的老人那样，不是这病、就是那病。幸好，我们老两口身体还硬朗，没为子女们带来更多的负担。只是儿女们不能常来看望自己，有时很想念他们。"

　　老人虽然还是在微笑，但凌飞察觉到他的笑容显得有些苦涩，"不管怎么说，要怪就怪自己年轻时没有为年老作打算，如果能为儿女们打好基础，他们也不至于每天忙得没时间来看望我们。我们也不会住在这里了……"

　　凌飞用手摸了摸口袋中的录音笔，说了一通贴心安慰的话，就从敬老院出来了。时值秋季，院子周围的枯叶落了一地，无人打扫。凌飞望着那斑驳的砖墙，一时感慨万千，老人晚景凄凉，究竟是谁之罪？突然，墙上数行字映入他的眼帘，他走近去细细辨认，这是一首《写在养老院墙上的诗》：

　　孩子！当你还很小的时候，

　　我花了很多时间，

　　教你慢慢用汤匙、用筷子吃东西；

　　教你系鞋带、梳头发、抹鼻涕；

　　这些和你在一起的点点滴滴，

　　是多么的令我怀念不已。

　　所以，当我想不起来、接不上话时，

　　请给我一点时间，等我一下，

　　让我再想一想，

请给我一点时间，等我一下，

让我再想一想……

极有可能最后连要说什么，

我也一并忘记。

孩子！你忘记我们练习了好几百回，

才学会的第一首儿歌吗？

是否还记得每天总要我绞尽脑汁，

去回答你不知道从哪里冒出来的问题吗？

所以，当我重复又说着老掉牙的故事，

哼着我孩提时代的儿歌时，

体谅我，让我继续沉醉在这些回忆中吧！

希望你，也能陪着我闲话家常！

孩子！现在我常忘了扣扣子、系鞋带，

吃饭时会弄脏衣服，

梳头发时手还会不停地抖，

不要催促我，

要对我多一点耐心和温柔，

只要和你在一起，

就会有很多的温暖（涌）上心头。

孩子！

如今，我的脚站也站不稳，走也走不动，

所以，请你紧紧地握着我的手，

陪着我，慢慢地，

就像当年一样，我带着你一步一步地走……

读完这首诗，凌飞已是眼眶湿润，五脏如焚。想着为我们日夜操劳的父母，我们是否应该做些什么呢？对于父母们曾经为我们做的一切，我们

又是如何回报的？当我们拿到工资时，有没有想过要将这些钱交给年迈力衰的父母使用呢？当他们鬓发斑白，腿脚蹒跚时，我们有没有经常打电话关心他们呢？

太史公曾说过："天下熙熙皆为利来，天下攘攘皆为利往。"工作的目的之一是为了赚钱，赚钱就是为了养家糊口。当我们上有老人要赡养，下有小孩要抚养时，我们除了努力工作之外，还有其他办法吗？

我们很悲哀地发现，自己没日没夜地工作却仍然很穷，我们仍然需要努力。我们的生活是不是陷入了一个怪圈之中？我们"仍在努力"着，因为我们不是富人，我们在延续着上一辈的"努力"，到了我们的下一代，他们又开始延续我们的"努力"，但是，这种"努力"何时才是一个尽头呢？我们在生活中经常会看到这样的现象：第一代人是穷人，第二代仍然是穷人，第三代还是缺钱花……

这是怎么回事呢？是累世贫穷的诅咒，还是没有领悟到金钱的真谛？如果是诅咒的话，这样的诅咒也太多了吧，因为世世代代困在贫穷的泥沼中而不能自拔的家庭到处都有。

中国的传统观念是"养儿防老"，但是"衰老"所带来的家庭问题实在太多了，而这么多问题中一个最关键的问题就是"钱"。很多人虽然像黄牛一样工作，却一辈子都没有积累钱财；而有的人忙碌了大半生，积累了令人羡慕的财富，人却病了。推动一个家庭发展的，除了亲情之外，金钱的影响难道能被忽视吗？

随便在街上一站，就能看到有一个拿着麻袋的老人，在臭气熏天的垃圾桶里翻捡瓶、罐等垃圾。在不为人所知的小城市里能看到他们的身影，在北京、上海等大城市也能看到。拾荒者有男有女，但多半是上了岁数的老年人，这是怎么回事呢？这些拾荒者几乎都是外地户口，这些年迈的老人为何千里迢迢从家乡跑到大城市捡垃圾呢？

这些拾荒的老人，真的是因为儿女不孝才晚景凄凉的吗？

有些老人靠捡垃圾维持生活，有些老人在养老院里寂寥余生，而有些老人却可以修修花、打打高尔夫，这一切都是钱之过啊。然而真的是钱的过错吗？其实是不会理财的原因。

凌飞一时五味杂陈，他以《当你慢慢老去，贫病交加时》为题写了一份纪实报告。他还从网上搜集到这样的资料：

2007 年《北京周报》杂志曾讲述过这样一个真实的故事。71 岁的老汉李召坤向广东中山市的当地警局自首。谈到他为什么要故意纵火时，李老汉这样回答："因为放火烧山可以坐牢，而坐牢有饭吃、有衣穿，不用再流浪。"警方在进一步调查的过程中，发现另一件更令人惊讶的事情：李老汉因为放火烧山已经坐了 5 年牢，刚刚刑满释放。他这么做的目的仅仅是为了有个地方养老，不用到处流浪。

当然李老汉的事件只是一个独特的个例，不能以此抨击社会政策不好，但是，这个问题却令人深思：当国家在努力改善养老保障机制时，我们怎么样才能让自己的父母以及让自己晚年过得更幸福呢？

有份调查资料显示，现在很多上班族对照料年老的父母感到力不从心，一边是赡养老人的道德压力，一边则是工作与经济条件的压力。他们没有意识到，理财可以使自己的财富成倍地增加，他们没有信心——他们没有成为富人的自信。如果有这种自信，他们看问题的角度就会更高更广，他们就会真正明白理财并非富人的特权，上班族同样可以理财，并可以因此致富。

凌飞的这份纪实报告最后以这句话作为结尾："撇开那些不孝的子女，老年人灰暗的黄昏究竟是谁造成的呢？"

第二节 钱是什么玩意儿？

不过，凌飞虽然意识到了理财的重要性，却仍然没有决断地走上理财之路。正如许多人文章写得漂亮，但是实际上叫他按着所写的去做，他却做不来。理论与实践脱节是许多文字工作者的通病，凌飞无疑也患了这种毛病。

凌飞出生在一个贫困的家庭，贫困是什么？贫困就是没钱，但是凌飞自小就对钱一点也不敏感，这实在是一件让人无法理解的事。这也许与他的职业有关，他学的是中文，跟文字打交道，而看到数字，他的脑袋就一片空白，挣钱的数字他当然记得，但是花钱的数字他一点印象也没有。

赚钱很辛苦，但拿到工资却没有任何感觉，花钱时有一点点的虚荣与炫耀，在柜台里那些钱兄钱弟的招唤下，凌飞一个月的工资就恋恋不舍地离他而去了。赚到钱随手就花掉，这很像某些富二代的生活方式，但关键问题是，他们很富有，而凌飞依然贫穷。说到资产，唯一让他自傲的是那个花了一万多的笔记本电脑，可是现在早已贬值，能卖个 4 000 也就不错了。

他的父母曾苦口婆心地劝诫他要存钱，可是凌飞左耳进右耳出。看到家里务农的父母，脏乱的院子以及用了十多年都未曾换过的席梦思，他也常常自责、内疚，可是他就是改不掉乱花钱的习惯。凌飞并非不孝顺的孩子，他也会给父母买冰箱、洗衣机等生活用品，也会买保健品给他们补身体，但是，很多时候这些都成了一种愿望，拿到工资后，他会很快地存到银行卡里，可是到了月末，银行卡里又只剩几元钱。什么时候取了钱，取了几次钱，他完全不记得了，有时他还认为是银行的工作人员私吞了他的钱。

这种浑浑噩噩的生活方式一直持续了很多年，直到他遇见"神圣智者"达芬奇。

当时凌飞在公司里编书编得头昏脑涨，于是登上了QQ（这是公司允许的），碰到了达芬奇。

凌飞问："你是干吗的?"

达芬奇答："我是造钱的圣手，我是生钱的法宝，我是赚钱的智者。"

凌飞一愣，正要回复"神经病"，可打上的字却是："你这么看重钱，钱到底是什么玩意儿?"

达芬奇发来一个龇牙大笑的表情，却半天没说话。正当凌飞没耐心时，一行行字出现在了屏幕上。

"人人都有钱，但钱多的人是富人，钱少的人是穷人。钱是生活，钱是爱情，钱是一张纸。远古的咒语加在这一张纸上，就使它有了使鬼推磨、使人癫狂的魔力……钱的本质是什么? 我认为它是一种力量! 它能使你买到房子，买到车子，买到天使的服务，买到无与伦比的梦想之旅。同时，没有钱也会让你没有信心，没有微笑，成天皱着眉头，成天哭丧着脸，生活就像50年代的黑白电视一样，一片灰暗。"

凌飞不认同钱是生活，钱是爱情，但是想到生活需要油盐酱醋茶，结婚要钻戒要房子，他对这个陌生人的话有几分信了。他不由得问道："钱是一种力量? 那我怎么才能获得这种力量呢?"

达芬奇还是发来一个龇牙大笑的表情，不过这次他没让凌飞等太久。屏幕上又出现了一行字："问得好。一般人会说我没有钱，我的力量很弱小! 事实上，有多大的梦想，就有多大的力量。前提是，这些梦想不是不能实现的幻想，而且你有一颗坚强有力的心。

"你被别人激怒过吗? 想必每一个发怒的人都会想象自己变成狼人，突然之间拥有威力无匹的力量，把嘲笑自己的人撕成碎片。在你想拥有这种蛮力时，想想钱吧，因为它是一种力量! 为了获得这种力量，你可能忍受老板不堪入耳的辱骂，你可能忍受竞争对手残酷无情的打击，你还可能做你不想干却又一定要去干的事情，甚至违背道德去做伤天害理的事

情……"

凌飞不想听他啰唆，直接打断道："你还没告诉我怎么拥有这种力量呢。"

"哈哈，拥有力量的方法很简单，你需要学会理财。"

凌飞想也不想就回道："我不是学经济的料，一看到数字我就发晕，我甚至都记不全自己的手机号码，枯燥的理财，算了吧！"

达芬奇嘲笑道："看看你，你不像一些乞丐一样吗？渴望金钱，却又不停地去乞讨。你在乞求上帝赐予你力量，却又不愿意去改变自己，不敢面对现实却幻想拥有力量，这真是痴人说梦。伙计，你没有你想象的那么脆弱！"

凌飞陷入一片沉默，不是因为达芬奇的语气让他恼怒，而是他沉默了好久才消化了这些话的含义。正当他准备发问时，达芬奇的企鹅图标却呈现灰色，他马上打字："喂，别走啊，我还有问题要请教。"

电脑屏幕上出现一行字："我有事忙，先走了。当你想问下一个问题时，你先回答我一个问题，你想做一只蚂蚁吗？"

凌飞在组一本介绍柬埔寨旅游的小册子，但是整个下午，他一个字都没有敲出来。这是一个阳光温和的午后，凌飞来到落地窗前，远眺街道上应接不暇的车辆，再想想年迈的父母劳碌一生却仍要工作的辛酸生活，他百感交集。他不知道这一个午后短暂的邂逅会改变他的一生，朦胧中他觉得达芬奇是他的一个贵人。尽管他不承认自己有这种想法，不过，他仍然像老牛反刍一样，回味着这一句话："钱是一种力量！"然而，更令他困惑的是达芬奇提出的问题："你想做一只蚂蚁吗？"

蚂蚁是什么？

他只知道蚂蚁是一种动物，不过他回到了电脑前，在百度百科中很快搜到了答案，蚂蚁是一种昆虫，它和人类最相近的地方，就是它们也过着社会性的生活。看着有关蚂蚁的介绍，凌飞似乎明白了一些，但是他不确定。直至晚上 10 点，他终于等来了达芬奇。

第三节　你想做一只蚂蚁吗？

凌飞在 QQ 上的留言是："蚂蚁一直忙忙碌碌地工作，却不知道自己的工作究竟是为了谁。我现在回答你的问题，我不愿意做一只蚂蚁。"

达芬奇一上线就回复了："蚂蚁主要有三个特点：第一个是蚂蚁不为自己而活，它是为了整个社会而活！第二个是如果蚂蚁有钱的话，它会都付给社会，到头来总是为他人作嫁衣裳。第三个是当蚂蚁不工作时，它就没有吃的！而你，只说出了蚂蚁的第一个特点。"

凌飞有点丈二和尚摸不着头脑，他感觉达芬奇说的这三点似乎都是一个意思，但是他为什么分三点来说呢？于是问道："我知道你讲蚂蚁是对人的生存状态的一种譬喻，但是，我还是不能够明白你的意思。"

达芬奇的文字有些严肃，他这样回复："我提到的蚂蚁的三个特点中，最重要的一点是第三点。当你不工作时，你想一想，你能活多长时间呢？看看你的父母，看看你的朋友，看看你周围的人，他们都在为工作而忙碌。一旦他们停下手头上的工作，他们还能生存多久呢？你想过吗？人的一生是不是只是为了工作？如果答案是否定的，那么穷人的一生就是为了工作，而富人呢？他们在做蚁后，只有那一阵交配的痉挛，让他们冷汗满面之外，其余的时间他们可都是无所事事的，因为有人替他们工作。"

凌飞看到这种新奇的观点，有些目瞪口呆，不过他聪明地选择了保持沉默。达芬奇的滔滔"口水"果然如期而至。

"在蚂蚁的社会中是蚁后，那么在你的社会中是什么呢？你关心的又是什么呢？如果你关心的是你自己的父母、兄弟、妻儿，那么你的社会也只有你的父母、兄弟、妻儿。那么，你在为谁而活呢？就像蚂蚁一样，你

在为'你的社会'而活。钱是一种力量，但是穷人没有这种力量！富人拥有这种力量之后，他可以把一部分钱用在自己的亲人身上，而把另一部分钱用于自己个人的娱乐，他拥有这种力量！"

这些话听起来有些绕口，不过凌飞还是看懂了。达芬奇讲的是蚂蚁的第三个特点，也就是穷人并非不能为自己而活，而是他们没有能力为自己而活，因为他们的"力量"全用在亲人身上了。

接下来，达芬奇又问道："你现在的工资有多少？"

"5 000。"

"哦，那也算得上是白领了。但是，你觉得自己是富人还是穷人？"

凌飞很丧气地回答："穷人。我每一个月总是把钱花得光光的，然而又不知道是怎么花的。"

达芬奇回答道："你的工资用在哪里了呢？用在了社会上，社会上有各种诱惑，稀奇的电玩、诱人的奢侈品以及各种快乐无比的享受。结果，钱从哪里来又回到哪里去了，你没有想过吗？用这些钱是可以再赚钱的。"

这下又回到了这个问题上，凌飞赶紧抓住时机，他感觉自己的嗓子有些发痒，手指有些颤抖，几乎是在一秒钟，一行字就出来了："那么怎么用这些钱再赚钱呢？"

达芬奇很久都没回应，凌飞就默默等着。凌飞觉得自己好穷，他很想赚钱。市面上有不少理财的书，也有不少教人创业的书，但是凌飞没看几页就呵欠连天了。文字工作把他的思维训练得娇贵起来，他欣赏的是那种艺术化、形象化的文字，而看到那些枯燥的文字，他的大脑就会停住不转。他知道是自己的意志力薄弱，但是如果找到一个引路人的话，跟着"引路人"前进，他相信，自己会叩响财富之门的。

达芬奇终于回复了，他的文字透露着感慨："我有两个从小玩到大的朋友，他们是马超和王大胆，但是他们的命运却截然不同。其中最富戏剧性的是王大胆，他的经历简直可以拍成一部传奇纪录片了。在30岁之前，他是真真实实的穷人，有时沦落到靠在街边捡垃圾过日子。你如果想听的话，就把语音打开，敲字要敲几个小时……"

凌飞的好奇心完全被提起来了，他马上接受了视频聊天，这让他很激动，他很想看看对面那一张脸，可是看到的只是豪华的立体柜。

有一个声音笑道："很帅的小伙子嘛。"

对面的声音带着一丝磁性，浑厚敦和，凌飞判断不出说话人的年龄，他不好意思地笑了笑："过奖了。我叫凌飞，该怎么称呼你呢？"

对面的声音又响了起来："人们都叫我神圣智者达芬奇，你就叫我达芬奇好了。"

凌飞感觉很奇怪，哪有这样自己夸自己的人呢？不过他的好奇心完全被"神圣智者达芬奇"给吸引住了。

达芬奇开始讲王大胆的故事，一个冒险者的传奇经历。

第四节　顶着压力死嗑

　　达芬奇说他的这一生，老天对他很不公平，但是又很公平，因为上天赐给了他这两个朋友。凌飞无法理解这自相矛盾的话，不过他听得出，达芬奇说这句话时那饱经沧桑的感慨。达芬奇说："人生最难得的是机会，当机会来临时，如果没有准备好，大多数人会选择退却，只有少数人会选择'试一试'！20 世纪 80 ~ 90 年代初是一个机会爆炸的时代，不少人都抓住这样、那样的机会渐渐地积累了财富。但是，这需要勇气！80 年代，不少人靠摆地摊发了财，但大多数人都不屑。90 年代，不少人靠炒股票而致富，但很多人都不信。到了现在，一个好的想法、一个好的创意能赚钱，却没有几个人会尝试……

　　"许多 80 后都在抱怨生不逢时，如果生于 70 年代，他们相信自己会像自己的长辈一样有房有车，这样的猜想带有想当然的色彩，他们没有想过，当机会来临时，他们有胆子一试吗?"

　　凌飞听了这话，心中一震，达芬奇看似在说 80 后的人，但更像是在说自己，他虽然算不上聪明，但是自知之明还是有的，"说得对，很多人都喜欢做事后诸葛亮，他们经常把成功想象得太容易。那么你说的王大胆究竟是怎样的一个冒险者呢?"

　　达芬奇笑了笑，然后开始讲述下面的故事:

　　王大胆在 20 世纪 80 年代已经是一个 20 出头的青年了，他在镇里一家小水泥厂上班，靠着这点微薄的工资哪里养得活一家老小七口人。

　　凌飞听到这里，就惊讶地插了一句话:"怎么会是七口人，那时他不会结婚了吧?"

达芬奇说："他何止结婚，还养了两个儿子。除了父母、媳妇之外，还有一个弟弟。这算不上早婚，这种家庭结构也比较合理，但是最致命的是，他们一家的生活开支全由王大胆一个人承担。"

一个20出头的青年就背负起养家的重担，凌飞感觉到不可思议，他想问一问王大胆的父母是否没事做了，但是他没有问。很多事情都是"福无双至，祸不单行"，如果一家的开支都来自王大胆的工作收入的话，显然是他的父母患病了，而王大胆的压力则可想而知。

凌飞感觉得到达芬奇说这句话的指向性很强，他在剖析王大胆在背负重压下的大胆冒险精神。这让凌飞的心也跟着揪紧起来，他不由暗自问道：如果王大胆的冒险失败，他们一家子该怎么活呢？如果我是家里的顶梁柱，我能像王大胆一样放开手脚，不惧不畏地做事吗？

王大胆在水泥厂的熟料库做拆卸工人，职责是在仓库里把打包好的熟料（水泥）摆整齐，并装上车，这是最脏最累的活。当时工厂里的许多女工为了补贴家用，就把废弃的水泥袋带回家，然后一条线一条线地把缝合处拆开，抖落残余的水泥，将收拾齐整的水泥袋卖给外地捡破烂的老汉。王大胆灵机一动，他也开始把水泥袋带回家"加工"，当时厂里人都笑话他，说他年纪轻轻就开始收破烂，没出息！

王大胆不为闲言碎语所动，他白天在水泥厂上班，晚上就和媳妇开始拆水泥袋，这样省吃俭用积攒了一定的钱，王大胆的心思又活了起来。他考察了厂里女工带回加工的水泥袋的数量之后，就准备辞掉工作，成立一家水泥袋回收站。这遭到了他媳妇的阻挠，她一把眼泪一把鼻涕地说："有多少人想进水泥厂都进不去啊，你竟然要辞掉，你叫我们一家老小以后怎么过啊？"王大胆跟她比划，说村里女工手里10天左右就有1 000个水泥袋，还不包括村外的4 000个，如果卖给自己的话，就算每一个只赚2分钱，10天就可以赚100元，除了镇里的水泥厂，县城里还有3家，他们的厂子比我们镇子里的大，就算他们也只有5 000个水泥袋，那么3家共可以赚300元。而这些，只是10天所赚的，一个月至少能赚1 000元以

上，这比在厂里打工一月几百元钱的工资强多了。

他媳妇听了这话，有点动心，但还是忧心忡忡地问："要是她们不卖给你，那该咋办呢？要是你收进的水泥袋卖不出去，又该咋办呢？"

王大胆没有听到这句话，或者说，他是有意躲避这样的话，他趁着媳妇犹豫的时候，转身走出了房间，并到各家各户去，谦卑和顺地跟村里的几名女工打招呼，说自己以后收水泥袋了，价钱比那个外地老汉还高出五厘。王大胆在村里人缘很好，即使他不加钱，乡里乡亲也会把水泥袋卖给他，尽管她们的丈夫都在背后讥笑王大胆没出息。

后来有一段时间，只要提起王大胆，人们就会说那是个整天背着麻袋收水泥袋的。但是当村里兴起养鸡、养鸭的"潮流"，鸡毛、鸭毛丢得满地都是的时候，王大胆又开始收起鸡毛、鸭毛、废纸等破烂，这一方面使村庄恢复了干净，另一方面也拓宽了自己的"业务"范围，同时还为他赢得了良好的名声。王大胆在那些养鸡、养鸭专业户破产之前，一直都充当着村里清洁工的角色。

一年后，全镇人都知道了王大胆的大名。不少外镇水泥厂的工人还找上门来，专门把水泥袋卖给他，只因他的名声好。到了后来，村里、镇里的人家只要有废铜烂铁什么的都会往王大胆屋里送，他就在村中盖了一间仓库，扩大了业务，不仅收水泥袋，还开始收其他破烂，舒服地做起了他的"破烂大王"。

后来呢？

达芬奇没有说后来，他突然问了一句："你猜猜王大胆是哪里人？"

凌飞的大脑飞快地思索着，王大胆所在的地方能养鸡鸭，就少不了水，"不可能是大西北，应该是沿江、沿海一带吧。"

达芬奇温和地笑了笑："看来你不笨啊。智者会认为，天下事一理通万理通。当然这是最上智，只有几个人才能达到。上智者像颜回一样，举一反十。而中智者则像子贡一样举一反三。一般的聪明人都像会说话、会做生意的子贡一样举一反三，而且有不少'举一反三'的联想还是从经历

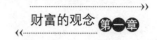

与教训中得出来的……"

凌飞隐隐感觉达芬奇绕了一圈想说什么，但是又不是很明白。

达芬奇直接点题说："王大胆是浙江人，他的这段冒险经历，说他'莽撞'也好，说他'大胆'也好，但是他最终成功了。这是为什么呢？首先，他从水泥厂切入，这是他的本行。其次，他观察到了水泥袋越积越多，而回收者寥寥无几的状况。再次，他成功打动了媳妇，并带动了村里、镇里的女工，还因为勤快拥有了一个好的名声。

"天时、地利、人和不只用于战争，事实上，这一句话无论在哪一个行业都是至理名言。由这一句话，你想到什么了呢？"

凌飞心中一动："你的意思是指，自己最熟悉的领域才可能创造财富吗？"

达芬奇严肃地说："你只说对了其中一个。事实上，三者如果缺了一个，成功就只能靠侥幸了。**财富就在你的身边！'野心勃勃者'会注意自己身边的时间、空间、人和的变化。**简单地说，天时指的是时机，选一个最好的时机切入。地利，指的是位置，选择熟悉而有利的领域。人和指的是团结，简单地说就是让所有人都跟着你动起来。三者俱备，创造财富的成功率才是最大的。当然还要有果断、大胆等正面的性格。"

凌飞听得不住地点头，有一种听君一席话，胜读十年书的感觉。但是想到达芬奇曾说过王大胆的一句话，不由得问道："你不是曾经说过王大胆在30岁之前绝对是一个穷人吗？他现在富了，难道又衰败下去了？"

达芬奇笑了笑："你还记着我这一句话啊。"

凌飞"嗯嗯"地答应，他可不想岔开话题，他在等达芬奇接着说故事呢。

达芬奇问："你知道孙权的故事吗？曹操曾说过'生子当如孙仲谋，刘景升儿子若豚犬耳'。这是为什么呢？"

第五节　稳住自己的"力量"

凌飞对孙权还是比较了解的，知道他是一个少年得志的主，也知道刘表（字景升）的儿子刘琮、刘琦。刘琮是呆瓜一个，知道后母要加害于他，就找到刘备，哭哭啼啼地要刘备帮他。

达芬奇说："对，刘表的儿子不怎么样，用曹操的话来说就像猪狗一样蠢。而孙权18岁承父兄之业，统领江东大权。曹操不仅赞叹他的英明贤能，更感慨孙坚有这么一个好儿子，能守得住事业！刘表的儿子把好好的荆州九郡让给了别人，刘备的儿子把好好的蜀地让给了别人，虽然后者是后来发生的事，但以曹操的睿智，他不可能不担忧打造好的宏伟基业，自己的儿子能守得住吗？上马打天下容易，下马治天下可不容易。王大胆败就败在不会守财上！"

凌飞这才明白，原来生财重要，学会保财更重要。

达芬奇接着说："王大胆能成功致富，凭的是他胆大心细，凭的是凑巧符合天时、地利、人和的条件，但这并不代表他掌握了系统的致富理论，也不代表他拥有专业的理财知识。只要自我膨胀到一定程度，再加上外界的一点诱因，他当然会倒下去。上帝欲要其毁灭，必先让其疯狂，王大胆如斯！"

王大胆在村里率先富了起来，短短五年，他不仅扩建了厂房，还借贷40多万买了压板机、剪钢机等现代设备。这个大胆的决定让王大胆的财富像滚雪球一样越滚越大，工厂里的工人突然猛增到了40名。

王大胆有钱之后开始花天酒地，买那些炫富而没用的奢侈品。最重要的是，他开始炒起股票来。股市大门有两句话："股市有风险，投资需谨慎。"这是一个能造就暴富神话的传奇命盘，也是一个瞬间吞噬财富的无底黑洞。没有人敢说股市简单，即便那些在股市中赚得盆满钵满的人。事实上，买哪一只股票是人云亦云的事，专家的话很多时候不对，普通股民的话有时却很有道理。王大胆抱着一知半解先去股市大海中探了探水，结果他买的那只股票为他赚了好几千，一高兴，又投入了 10 万元买了一只高价股票，只因这只股票一直强劲地涨。结果第二天，股票就开始跌了起来。然后他开始惊慌，在某些"高手"的指点下，又从银行借来 10 万并投进了数万元补仓自救。

达芬奇见凌飞不太明白，就解释道："所谓补仓自救，就是指在原有筹码不想卖的情况下，继续买进跌价的股票，从而使总体买进股票的平均成本变低。"

"其实王大胆已经犯了很多常识性的错误，这些常识他可能知道，但是碰到白花花的银子哗哗地流出去时，他慌了，心怯了。买股票首先是要遵循逢低建仓的原则，而王大胆却抱着侥幸心理，看到这只股票上午是 50 元，下午是 50.5 元，第二天又变成 51 元，他心动了，结果撞到墙上了。其次，他买股票没设立止损点，损失到了多少，自己就忍痛割爱算了，反而一直抱着幻想希冀赢得失去的。再次，股票是 51 元，并没有跌到谷底，他就开始补仓，这明显增加了股票的平均成本。试想，一只股票单价 51 元，后来发现跌了，人们是当它跌到 40 元去补买一些好呢，还是等它跌到 10 元再去补买更划算呢？当它跌到谷底，买得越多，损失就越小，赚钱的机会就越大。"

"王大胆买股票的资金全是工厂所要用的流动资金，而且还向银行贷了款。由于股海翻船，王大胆大受打击，也无心去管理工厂，工厂勉强挣扎了半个月宣告破产，他一夜之间就成了穷光蛋。"

凌飞听得眼光发亮，他舔了舔嘴唇："大师，你是炒股高手吗？你能教我几招吗？"原来他最关心的倒不是王大胆的一夜赤贫，而是炒股票。

达芬奇感慨道："股票啊……就是变相的豪赌！如果要问怎么炒股票，

每一个人的说法都不同，而炒股大师的说法又往往朴素简单，没有提供太多的可操作性手段。'股神'巴菲特早就告诉我们，他只寻找那些他看得懂的生意，这样就排除了九成以上的公司股票。中国'股神'段永平面对记者的提问时，他反问道：'投资股票最重要的是什么？最重要的是要明白你所投资的股票的价值所在。一只股票5元，你觉得它不值这个价，你就别买，一只股票20元，你觉得物超所值，你就购买。'"

凌飞点了点头，不由得附和道："他们说得实在是太笼统了，就像你所说的，他们并没有提供太多的可操作性手段。"

达芬奇笑了一下："你是学中文的，我问一下，你写文章最需要什么呢？"

凌飞晃了晃脑袋："需要的东西太多了，需要文笔、阅历、知识、想象力，等等，至于最需要的，这些好像都是最需要的。"

达芬奇纠正道："这些都不是最需要的，最需要的是风格。你需要有自己的风格，这样才能给人留下印象。当然，许多没有风格的文章和没有独特个性的人依然普遍存在，那它们只是蚂蚁，无法做到出类拔萃。炒股亦如此，许多股民由新手晋身为炒股高手，并非因为他们掌握了很多高深的证券交易理论，也并非他们有很高的智商，他们只是有自己的风格。因为股海有很多小鱼，更可怕的是还有一些兴风作浪的大鱼，如果小鱼不坚持主见，傻乎乎地跟着'专家'和'消息'跑，不吃亏才怪。"

凌飞急切地问："那么，他们炒股的风格是什么？"

达芬奇笑了笑："这个问题不回答。我本来讲的是王大胆的事，没想到被你扯到股票这件事上来了。害得我没有给你'洗脑'，反而被你牵着鼻子到处跑。伙计，你这文学的发散性思维要改一改，把主要的事情弄清楚之后，再去弄那些细枝末节。我们再回到王大胆的事情上来，你觉得王大胆最失败的地方是什么呢？"

凌飞不好意思地笑了笑，心里纳闷，怎么炒股票倒成了细枝末节的事情了呢？不过，他知道的一点是，他希望自己能被智者"洗脑"。

"最失败的一点是他不了解股票，而去炒股票。"

"不对，炒股票的风险，我想他知道。最主要的原因是他赚到钱后，有了一颗浮躁的心。当他认为赚钱很容易的时候，他就不尊重钱了。我早就说过，钱是一种力量。只有尊重这种力量的人，才能成为富人。很多人因为初战告捷就会得意忘形，他们没有想到怎么样保护胜利的果实，他们不会稳住自己的'力量'。保财与生财同样重要！一开始我就说过，曹操如此感叹，是因为他羡慕孙坚有一个会守城的好儿子。"

凌飞心有所悟，赞同道："孙权当时还不到20岁，却夹在两个可以做他父亲的对手之间稳如磐石地保住基业，的确不简单。而且这两个对手并非一般的对手，一个被称为当世奸雄，一个被称为世之枭雄！"

达芬奇问："那么，你准备好尊重这种力量，并保住这种力量了吗？"

凌飞狠狠地点了点头，一幅壮士出征的凛然神色。他心里却在暗想，自己以后拿到工资时不会再那么没感觉了，毕竟它们是自己一个月辛苦赚来的。正在他胡思乱想的时候，却发现达芬奇没出声，QQ视频被关掉了，不过他还在线。凌飞就耐心等待，他看到时间是凌晨零点10分了，不过，如果达芬奇能继续给他"洗脑"，他愿意这样一直听下去。反正做他这一行，熬通宵也是常有的事。

达芬奇的QQ图标闪了，上面是一行字："那么你需要进一步了解这种力量所生的一对双胞胎，现在太晚了，明天再聊。"

凌飞键指如飞，恳求道："做人要厚道一些，你不能这样吊人胃口啊。"

达芬奇发了一个龇牙大笑的表情："我好心让你早点休息，明天有精神工作，你倒反而诬蔑我不厚道了。"

凌飞发了一个大哭的表情，手指乱动，一行字出来了："那好吧，你告诉我那一对双胞胎是什么，我就放你走。"

"资产与负债。"

"喂，你明天晚上还上线吧，几点上来？"

达芬奇的QQ图标却呈现灰色。凌飞这一晚真是睡不安稳，做梦都想着达芬奇那温厚的声音，他左脑在想那些财富的理论，一句一句地咀嚼达芬奇的话，但是右脑又不停地想：达芬奇究竟是怎么样的人？他为什么告诉我这些？直觉告诉他，达芬奇不像是坏人，那么，他到底为什么如此青睐自己并告诉自己关于财富的理论呢？

第二天早上醒来后，凌飞趁着脑子好使，赶紧把达芬奇说给他的"经典语句"做了笔录：

(1) 钱是一种力量！

(2) 要学会尊重这种力量！

(3) 有天时、地利、人和才能更好地获得这种力量！

(4) 稳住自己的力量！

末了，还加了一句，不要随便投资股票，以王大胆为戒！

第六节　一对孪生兄弟

你怎么看管好自己的"力量"呢?

达芬奇的解释是,在保卫财富方面,你需要对数字进行研究,明确地说,你需要懂一些财务知识,当然,懂得越多越好。如果确实不喜欢财务,那你需要懂得最基本的两个概念:资产与负债。

看会计学家给资产与负债下的定义,对大多数人来说意义都不大,而且还会陷入云里雾里,觉得离现实生活挺遥远。达芬奇给财产的定义是钱流进荷包里,而负债则是钱从荷包里流出去。

作为一个为别人打工的普通人来讲,凌飞感觉达芬奇给的这个简单定义太过严苛。如他所讲的话,凌飞感觉自己根本就没有什么资产,因为除了工资之外,他根本没有现金从外面流进自己的荷包里,而工资不可能是资产。

凌飞就这样问道:"每一个人最引以为豪的是拥有自己的房子和车。那么,它们难道不是资产吗?"

达芬奇笑了笑回答:"那么我就让你明白,买房子、买私家车所带给你的究竟是现金的流入,还是现金的流出。买房需要交房价1.5%的交契税、0.5%的印花税、交易手续费和权属登记费等。除此之外,还需要交纳银行按揭费用,包括保险费、他项权证费、律师费等,入住之后要交防盗系统费、管道煤气开通费、有线电视安装费、电话安装费、宽带上网费和物业管理费等。而购买私家车则需要交纳车辆购置税、车船使用税、养路费等,这些加起来是一笔不少的开支。"

凌飞听完达芬奇的话,浑身打了一个激灵。难怪自己按揭买房了的朋友会告诉他,自己表面风光,实际上却是"暗无天日"。

达芬奇又说:"房子和车子只会让你的钞票每时每刻地从荷包里流出

去，就像是止不住的堤坝，而你的工资就是在应付这些支出中精疲力竭的，想变成富人岂不是很艰难的事？当然上帝的羔羊是非常卑顺的，许多人都困进这样的'陷阱'中而不能自拔。当你的'力量'完全被绊住的时候，你怎么可能再有'力量'去发财呢？当现金每年都在流出的时候，人们所自豪的'资产'就变成了沉重的负担，变成难以摆脱的'负债'。"

"这是一个严肃的问题，实际上很多企业的大老板都没搞清资产与负债的含义，而导致资金链断裂甚至破产。"

"2008年，中国最大的印染企业浙江江龙控股集团破产，究其原因是它把自己的负债当成了资产，为了高速扩张，频频向银行借贷高额巨款，等国家紧缩信贷市场时，流动资金就出现了断裂，民工工资发不出来，供货商货款付不出来，银行贷款又贷不到，民间融资又很难，最后只有破产了事。每一个企业都希望生意兴隆，希望钱生钱，像滚雪球一样越滚越大，但首先需要保住自己的钱，如果把借贷来的钱作为资产的话，那问题就很严重了。当资产与负债达到一种合理的比例时，企业的资金运作才会出现良性循环。"

在结束这段谈话时，达芬奇作出了总结："要变成有钱人，首先就要牢牢掌握现金的流向，流入的是资产，流出的是负债。这对孪生兄弟会经常穿着同样的服装来混淆视听，所以需要理智地分析现金流动数据。如果需要更加有力地掌握金钱，就必须学习更多更深的财务知识。世界上有两种职业体现着保财与生财的极端：一个是会计师；另一个是销售员。会计师的工作很枯燥，销售员的生活应该是五彩缤纷的吧。"

"那么，"达芬奇的笑声中带着一丝不怀好意，"就让我来听听你早期的销售经历吧。作为交换，你需要告诉我你真实的经历。而且，如果你想成为富人，却不找出以往的过失原因，怎么能成为富人呢？"

达芬奇显然是谈判高手，他似乎让凌飞感觉到自己是在帮助他，实际上却是想听凌飞的早期经历。

达芬奇又加了一句："尽管人们对销售人员存在种种误解，不过，懂得销售的人是最容易成为富人的。后来王大胆破产后，就因为做销售而东山再起。"

第二章

流逝的青春 «

第一节　卖出手中的笔

尽管凌飞不愿提及那段销售经历，可是，他没有办法拒绝达芬奇咄咄逼人的理由与"帮助"，恍惚之间，这种情景让他想起了《沉默的羔羊》，仿佛自己是寻找"野牛比尔"的克拉丽丝，而达芬奇却变成了精神病专家汉尼拔博士，他不得不吐露心底受伤颇重的那段经历来换取博士的帮助。

当然，凌飞一直承认自己心理脆弱，他知道敏感与神经质又让自己犯了多疑症，达芬奇也许真的只是为了帮助自己。凌飞甩了甩脑袋，试图甩掉过去的伤痛，然后他开始平静地叙述自己大学的那段生活。

时间回到 2002 年，凌飞那时正是国内某师范院校的一名大二的学生。凌飞的成绩经常在班中名列前茅，这让他获得了数额不菲的奖学金。但是，他并不满足于此，为了追求更"潇洒"的生活，他开始与室友小黄一起进货跑起销售来。

当时的想法是，圆珠笔、中性笔、透明胶卷等文具用品是学生们所必备的，而他们跑到批发市场去打听了一下：一支普通中性笔进价 0.3 元，卖出去 1 元，利润 200% 有余，而当时外面卖同样产品的价格是 1.5 元，应该讲，这样的优惠价应该有很多人买才是。但是，他们的销售结果却并不理想，忙了一段时间，他们才逐渐认识到问题出在了哪里。原来，之前有很多卖廉价假货的商贩搞臭了推销员的名声，结果同学们被这些上门推销的搞怕了。即使凌飞他们卖的正宗中性笔比外面商店便宜 0.5 元没有人买也没有人相信。

关系不错的男同学拿了七八支，作为赠品分给女同学。关系一般的同学会用微笑来婉拒，大家都是学生，还真没到山穷水尽的地步，于是凌飞

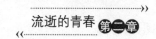

与小黄也没有勇气拉下脸皮来推销。

三个星期过去了，只卖了不到50支，凌飞与小黄的生活费大部分都用来进货了，现在货没卖出，吃饭的钞票却用光了，两人只好苦着脸打电话向家里要生活费。

既然大学里销售效果不佳，凌飞准备转移"战场"，他们在周末带着装满中性笔的塑料袋到附近的中小学去上门推销。没想到的是，碰到的情况竟然与大学一模一样。一个高中生还愤慨地说，"在你们之前，已经有很多来推销的了。我们有同学买了他们的洗发水，结果没有头屑的人洗出了头屑，有的同学孝顺买了一个自动剃须刀送给爸爸，没有用到一个月，刀片就钝得厉害。还有卖鞋子的最可恶，买了一双崭新的球鞋，穿不了几天，就变形得像是从垃圾堆里捡来的一样。你们这笔啊，我看保不准两三天就会油尽灯枯，奉劝你们一句，别再害人了，不然……"这位胖胖的高中生用大拇指做了一个往下按喷洒液的手势，"我报告给校长，把你们这些人民的害虫统统消灭掉。"凌飞与小黄一时愣住了，同宿舍的其他学生听了此话，开始起哄，他们两手做赶鸡之状，嘻嘻哈哈将凌飞与小黄赶了出来。

两人臊得满面通红，平生第一次尝到"惶惶如丧家之犬"是什么味道。4 000支笔再怎么用也用不完，怎么办呢？两人冥思苦想却毫无办法，过了一个月，凌飞再一次受到沉重的打击，他的合伙人小黄开始不干了。他的说法是周末自己没时间去推销了，他需要回到自己的生活中来。凌飞劝说半天，未果，只好货物平分，各自单干。

2 000支中性笔再怎么用也用不完，凌飞免费送了一些给朋友，但是还剩下一大部分，只好"囤积居奇"，后面的两年，由主动出击的上门推销，变成了"守株待兔"，如果有同学想要买笔，就贱卖给他们。

达芬奇问："你们是怎么推销的？"

凌飞愣了愣，一时还没明白过来："怎么推销的？就是闯进同学宿舍里问他们要不要笔啊。"

达芬奇发来一个龇牙大笑的表情："销售这么高的技术活儿，却被你们弄得如此索然无味，穿街走巷的小贩吆喝时都要讲究拿捏腔调，讲究字音的轻重缓急、抑扬顿挫，像你们这样直接闯进别人宿舍，问别人要不要中性笔，岂不是太干巴巴了。"

凌飞辩解道："也不全是如此，我们也会与低年级的同学聊聊生活状况、当今时事什么的，当然不会总是直奔主题。"

达芬奇沉思了半晌说："这次卖笔的经历可以说是你的第一次创业，从你不情愿讲述这段经历来看，我感觉它对你的生活影响极大。"

凌飞不由为达芬奇敏锐的观察力所震动，他点了点头："你观察得非常正确，这次经历的确很打击人，以致严重影响了我的世界观，感觉事事不顺意，像是老天爷特意与我过不去一样。现在，即使我的朋友发现了一个好的项目，我也不敢轻易投资了。"

达芬奇回答道："其实你这次创业犯了一个大忌，那就是没有重视销售。"

凌飞勉强笑了笑，不过他在心中可不赞同达芬奇这个结论：在大学里，自己也可以算得上最早重视销售的人了，达芬奇竟然说自己不重视销售。

达芬奇的脸第一次出现在视频里，他有着一张圆圆的脸，满面春风，保养极好，显得非常年轻。最令人印象深刻的是他有一双炯炯有神的眼睛，射出睿智的光芒。嘴唇微翘，下巴肥圆，展示着一个宽厚长者的形象。

他笑起来的感觉就像是一阵和煦的春风吹过，凌飞开玩笑道："我以前还认为你有三头六臂呢，除了眼睛像一面镜子一样之外，其他的跟普通人没什么两样呀。"

达芬奇依然在笑，他问道："你说自己重视销售，如果再让你回到大二，那些笔你是否能轻易卖出去呢?"

凌飞明白，他的意思是问自己有没有找到卖笔的解决方案，凌飞很快就照搬了时下的推销模式，说可以举行买一赠一的活动，还可以节日打折, 等等。

达芬奇摇了摇头, 说: "看来, 你还是没有找到问题的关键。无论是销售, 还是创造财富, 碰到问题后, 首先要找到出现问题的原因, 接着才可以想办法解决它。你们的笔卖不出去, 其重要原因是销售环境不好。在你们之前, 一些不良商贩已经败坏了推销员的名声, 让学生对产品的质量产生了不信任感。"

"既然他们认为笔是假的, 其实你们可以每一个宿舍发一支, 让学生们试用, 觉得不满意的就不收钱。在之前, 你要做好准备, 把每个宿舍编成一组, 因为一组只有一个人试用, 你就把这些试用的人的名字记录下来。

"过了一周之后, 你再找到这些人, 看看他们有没有什么建议。如果你的中性笔不存在问题, 你的同学一般都会买下来, 而且, 他们作为组里的一个成员, 至少会替你向组里的其他人宣传笔的物美价廉, 这样, 其他人也会过来买。用不了一个月, 你这 2 000 支笔恐怕就会卖完。"

凌飞叹口气道: "你说得倒容易。许多学生, 特别是高年级的, 都成了老油条。你想对他们搞推销这一套, 恐怕不容易得逞。"

达芬奇又说: "这个问题的关键是, 你需要说服组里的一个人, 让他试用你的笔。当然这要靠你的眼力了, 你觉得谁为人和善, 对外界事物充满好奇, 你就把笔给他试用。

"如果这个方法不行, 那你就需要忍耐一下了。等到 9 月新生入学后, 你们到新生那里试这一招, 保证管用。你们可以以学长的身份, 向这些心尚未定的学弟们传授一下关于学校的知识, 比如, 应该选修哪些课程, 哪些课程现在社会上比较吃香, 或者调侃一下哪些老师课讲得好, 可以选修他的, 哪些又不行, 最好不选等, 还可以讲一些教师的典故, 活跃一下气氛。如果你想把销售做活的话, 还可以鼓动那些'志向远大'的积极分子入主学生会, 参加学校团体的竞选等, 不要不好意思, 别以为他们年纪比你小就轻视他们。如果你找到自己的'政治靠山', 某一个未来学生会主

席是你慧眼识中的，经常保持友好联络。别说你这几支笔，以后你们卖什么东西，只要有他们来宣传一下，几周内就会卖光。"

凌飞吃惊地看着达芬奇，"你怎么知道这么多，真是太厉害了！难道你当初读大学时就是这么干的。"

达芬奇摇了摇头，说："实际上我并没有上过大学……许多模式，或者说许多规律，只要你理解透了，一理通百理通。你看看社会上的一些营销模式，就可以了解很多领域是相通的，无论你说'隔行如隔山'是多么难以逾越，还是面对新兴的领域是如何忐忑不安，有一些规律是完全通用的。同样，作为财富的第一课，把产品卖出去，也是与做人的道理、积累财富的道理是相通的。

"很多人都开始明白，创业的第一步就是把产品卖出去。那么，怎么培养将产品变成商品的能力呢？如果你能将自己训练成出色的销售员，那么你很快就能找到财富的宝山。"

凌飞用力地点了点头，达芬奇的话真有醍醐灌顶之效，让他对财富的含义把握得更直观了。

达芬奇接着说："创造财富最重要的一个环节是卖出产品，也就是我们常说的推销。一个成功的推销员不仅仅是卖产品成功，做人也会做得很成功。想必你也知道苏秦与张仪师兄弟，他们被认为是战国时期最伟大的纵横家，用我们的话来讲，他们就是当时最出色的推销员。那么，他们的产品是什么呢？"

第二节　在销售中获得财富

苏秦的产品就是他的观点，为了卖出他的观点，第一次，他选择将产品"连横策略"卖给秦王，结果碰了一鼻子灰，回到家后还遭到家人的冷嘲热讽。苏秦分析战国形势，认为秦强而六国弱已成为定局，于是反其道而行之，决定将联合六国以抗强秦的"合纵策略"卖给其他六国。六国感于秦国势力强大，遂买了他的产品，苏秦也从一介草民变成了身佩六国相印的达官贵人，其财富、地位、名声俱达到巅峰。

但是最厉害的是，为了使产品畅销，苏秦把自己的师兄张仪也"算计"过来。他促使张仪研制出破坏六国"合纵"的产品"连横策略"，并将之卖给秦国，结果六国一直感觉有危机感而要倚重苏秦，苏秦也就可以使自己的产品常年热销。

一个伟大的推销员能够摸透天下之事、摸透人情世故、搞清社会的各种利害关系，苏秦无疑做到了这一点。

从广义来讲，销售不仅仅是推销产品，更是推销人。在学校里，你要推销自己，以获取老师的好感；在公司里，你要推销自己，以获得上司的赏识，同事的认同；在员工面前，你要推销自己，以收获威望与敬重。

以此可以看出，推销是影响世界发展最重要的职业之一，同时也是创造财富最锋利的兵器之一。

推销的目的是为了赚取利润，也就是买低卖高。2 000支笔推销出去，你可以赚1 400元，很多人可以看出中间的差价，发现其中的商机，可是却推销不了产品，这是导致失败最关键的因素。尽管推销的技巧纷繁复杂，但如果细心观察，还是可以发现其中有许多通用的规律。

讲到这里，达芬奇的声音异常肃穆，温和的声音竟然显得凝重低沉，"这些是通用法则，不仅适用于销售，也适用于财富的创造与积累，适用于为人处世等各个方面。每一条法则，你如果从另一个角度来阐释，就会发现另一番天地。"

第一条是"知己知彼，百战不殆"。

了解别人最直接的方式是语言，而影响别人最直接的方式也是语言。只要客户开口了，你定然能够获得里面隐藏着的信息，只是蹩脚的推销员不擅长倾听，客户那么大声地喊出自己的需求，但是他们却视而不见、充耳不闻，这样就无法从客户的语言中获取客户本人的信息。试想，如果与客户交谈半天，结果对客户的大致性格、爱好、学识等都搞不清楚，那么这位推销员就是对一个木头或石头说话了，有人相信木头或石头会买你的产品吗？

倾听客户的话，观察他的行为，可以得知他的基本信息和他的需求。但做到这一点还不够，因为推销员需要用说话来影响客户。这就是需要"知己"了，你需要对自己的产品很了解，这样才可能有的放矢。

只要你开口了，你说的话，必然会对别人造成影响。那么，影响力的强弱，就要看你的话是否说到"点子"上去了。推销的语言可以分为三种，第一种是"心语言"，即智慧。智慧的深浅厚薄，将是你能否敏锐观察到客户需求点的关键。如果你能准确地"知彼"，把握其需求点，那么拿下一个客户时，你也就把金钱揣进了自己的口袋。第二种是口头语言，即表达的清晰性、条理性以及善意性。清晰性是指说话要洪亮清晰，让客户听得很清楚；条理性指的是指说话逻辑清楚，不要东扯西扯，让人感觉不到重点与中心；善意性指的是语言的委婉度、风趣度等，让你的语言变成绕指柔，而不是锋利的钢刀。第三种是肢体语言，用轻松的微笑与真诚的眼神使客户关注你的话语，不经意的搔首摸耳是缺乏自信的表现。销售要用嘴来说，但是并非只是靠嘴说话的，一个微不足道的行为，可能就会改变客户的看法。

达芬奇说："我这两个朋友走的是不同的路线。马超靠销售成功，王大胆靠创业起家。但最后的结果证明，马超是两人之中最会创造财富的。当时马超身家还没达到10亿，而只是一家化妆品公司的销售主管，他给我讲过这样一件'小事'。

"那一天，他邀请某商场经理在咖啡厅里谈事情，由于商场急需铺货，马超很容易就拿下了这份价值20万元的单子。但是令人尴尬的事出现了，马超在公文包里翻腾了半天，却没有找到事先带来的合同。马超急得满头大汗，他实在想不到自己竟然会忘记带合同，正当他要表示道歉的时候，那位商场经理毫不客气地说：'不用找了。这次我们连锁商场要的量大，而且时间紧迫，贵公司做事如此马虎，我很担心我们要的货能否在规定的时间内上架。'说完，就抽身离开了。事后，马超打电话再怎么道歉，20万元的合同终究还是泡汤了。

"这件'小事'给马超的启发是，做销售工作一定要注意小事，特别是行为上的细节。马超还说，自己在谈判前一天就预料到合同能够顺利签下来，但是他太高兴了，以致没有检查公文包里的文件。经此一事后，马超无论是在销售，还是在以后的理财中，都养成了谨慎的性格。"

第二条是物以类聚，人以群分。

西方哲学家也有相似的观点："人们总是喜欢做自己能力可能达到的事情。"在现实生活中，即使一首歌多么难听，但是有的人却非常喜欢，其原因是他的喉咙适合唱类似的歌。看书亦如此，人们总是夸赞自己能够看得懂的文章，其原因是文章中的一些观点与自己不谋而合。

推销亦如此，如果要打动客户的心，就需要找到自己与客户的相似点，找到共同的话题，不管这个话题，是多么的无趣，都要记得对于客户来讲，这才是他最感兴趣的。如果客户是一位家庭主妇，那么琐碎的家庭事务或谈论对小孩子的教育可能会让她们兴致勃勃；如果客户是一位基金

经理，那么谈论股票的"波浪线"可能吸引他们的热情；如果客户爱健身，那么懂得一些健美知识则会受到他们的青睐；如果客户是"愤青"，那么谈谈《环球时报》上的国际报道则很可能使你被他引为知己。

寻找相似点，就是一个"投名状"，是走入客户的世界的晋身之阶。同样，将"物以类聚，人以群分"用到事业上，找到与我们本性或爱好最相近的职业，将是获得财富的一把钥匙。

第三条是将予取之，必先予之。

我们所谓的"现实社会"就是一个功利性社会，抛开道德与法律的羁绊，你会发现甚至交情和人情都是可以"买"来的。

客户买你的产品，希望得到的是什么呢？利益。要客户买你的产品，首先要明白这种产品能给客户带来什么好处。只有许诺给了他这些好处之后，他才会买产品。

在营销方式上，"必先予之"就是给客户一点小甜头，然后牵着他们的鼻子，让他们跟着你走。有一则营销案例是这样的：某一家玩具厂商生产出了一种新型玩具，令人吃惊的是，这种人型玩偶材质精美，造价不菲，却是完全免费赠送给小孩子们玩的。一时之间，很多家庭争相疯抢。这个新型产品也因此"一夜成名"。但是，事情还没完，过了一个月后，这家公司打广告说，人偶长大了，需要给它换衣服了；过了不久，又说，新款人偶鞋子上市，欢迎各位小朋友前来选购；之后，又说人偶需要维修，等等。

把人偶所需要的日常生活用品，全部都推销了一遍，虽然当初人偶是免费的，可却是光溜溜的。有些孩子看到其他人的玩偶穿着漂亮的衣服，打扮得非常美丽，就哭着吵着要买，那些父母拗不过吵闹不休的孩子们，结果以高昂的价格买来这些玩偶的"生活用品"。这家玩偶公司虽然前期免费赠送产品时损失巨大，但是后面价格不菲的"生活用品"完全弥补了损失，并赚到了巨大的利润。

第四条是以情动人，以理服人。

"以情动人"并非以眼泪来打动人，事实上"情"包括各种情绪。可以是羞辱，可以是激怒，也可以是哀求、装可怜等。

达芬奇说："王大胆破产之后，就跟着马超跑起销售来，他读的书虽不多，但是一张嘴能说会道，很快就成为了业务骨干。有一次，王大胆闯进一家商场进行推销，他双手捧着名片热情地递给商场的负责人。那位负责人接过名片，斜睨着王大胆，不客气地下了逐客令。即使王大胆如此厚脸皮，也不由得老脸羞红，正当他走出办公室大门时，却一眼瞥到那位负责人将他的名片撕成了两半。不由得火从心起，他猛然转身，然后缓缓来到负责人的面前，礼貌地说：'既然贵公司无意合作，我希望能收回我的名片。'那位负责人一时愣住了，他的声音虽然平静但是掩饰不住惊慌，他说：'你的名片被我不小心给弄脏了，我把它扔进了垃圾篓。'王大胆继续说：'即使弄脏了，我也希望能取回。'负责人问：'你一张名片值多少钱？'王大胆说：'四毛左右。'负责人从钱包取出一元钱，说：'不好意思，我弄丢了你的名片，这一元钱算我赔你的。'王大胆鬼使神差地接了过来，还说出这样颇有气度的话：'我的名片不值一元钱，不过，为了弥补差额，我愿意再奉上一张名片。'说着，低着身子将名片交给了这位负责人。正当王大胆转身离开时，那位负责人说：'等一等，也许我可以给你几分钟，谈谈你们化妆品的事。'虽说是谈几分钟，王大胆却与那位负责人谈了半个多小时，最后敲定了这笔数额庞大的生意。王大胆又开始累积财富，最后东山再起。此是后话，暂且不谈。

"当然王大胆这次经历很少见，我举此例只是为了说明别将'以情动人'理解得那么狭隘。销售上的'以情动人'实际上是指对待客户要真诚，将心比心才会让客户感受到你是真的为他着想，而不是"功利性"的服务。而'以理服人'就是找到产品与客户利益的契合点，用道理说服他们。上面所说的'心语言'实际上也是'以理服人'。"

第五条是不断激励自己。

就像我们点到电脑桌面上的快捷图标，就能轻易打开一个文件一样，懂得销售也是致富的"快捷方式"。一个产品质量再好，堆在仓库里只会发霉生锈，卖出去才能赚钱；一本书内容再上乘，没有人买也只能摆在书库里孤芳自赏。

为什么说销售人员容易致富呢？因为销售人员容易成为成功的老板。他把自己推销出去的同时，他的产品也会跟着被推销出去。李嘉诚、黄光裕、马云和史玉柱等知名企业家，在建造自己的财富之前，都从事过销售。

销售是天底下最辛苦而又最轻松，最卑下而又最高贵的职业。事实上，许多人都有"心血来潮"的勇气，却无法坚持下去，他们害怕拒绝，害怕失败，害怕别人异样的目光。

凌飞开诚布公地吐露心声："我知道销售很重要，但是我不能坚持。不知道是我搞文字工作，情绪容易波动的因素，还是本性如此。事实上，我的情绪经常出现波谷与波峰，当处于波谷之时，我不想说话，而到波峰时，似乎也可以像诸葛亮那样舌辩群儒。"

达芬奇点评道："每一个人都害怕自己的情绪，无论是每天朝着镜子说一句'我能行'，还是暗暗地打气'我能做好'，这都是在激励自己。以往的成功经验足以让人们面对困难时能够挺起胸膛，但是对未知的恐惧又会让他们有气馁之心，这时，激励就成为战胜恐惧的法宝，因为激励能让人产生奋发向上的情绪。每一位销售人员都是一名心理战士，不断地激励才会产生坚定的信念，坚定的信念才会产生超乎常人的心理承受力，如此，便能取得成功。"

凌飞问："那么不懂得销售的人就不能创造财富？不能做老板了吗？"

达芬奇回答："事实上，懂得销售的人最容易致富，但是并不说明不懂得销售的人就不能发财。**如果从职业规划的角度来讲财富，你就会发现，那些从事自己喜爱的职业的人更能获得财富，因为兴趣使他们具有独**

特的禀赋，或者说独特的禀赋使他们喜爱自己的职业，从而更能够在此行业出类拔萃。

"选你所爱，不仅适用于婚姻，也适合于你的事业。

"对工薪阶层来讲，这一法则尤为重要。对于大多数工薪阶层来讲，第一桶金的来源是薪水。那么选择一个喜爱的职业，将是致富的起跑线。但是，很多大学生在生活背景、家庭经济压力与父母的期望下，所学习的知识并非自己所喜爱的，而是社会上流行的'很赚钱'的专业。而他们在走出大学变成工薪阶层后，从事的工作也并非自己所学的专业，而是与自己专业完全不相干的职业。

"太多的外力使人们做出了错误的判断，以致没有选择适合自己禀赋的专业，也没有从事适合自己禀赋的职业。这不仅会给自己的工作带来阴影，也会给自己的生活带来阴影。更遑论获取财富了。"

凌飞听了这些话，心中大为紧张，因为小他一辈的亲戚（90后）在职业问题上都存在着达芬奇所说的这种状况，那么他们该怎么办呢？

"你能想象一个人从事自己不喜欢，甚至讨厌的工作，是什么样的心情吗？就像一位青年找了一个没感觉的对象结婚。"

第三节 女怕嫁错郎，男怕入错行

俗话说："女怕嫁错郎，男怕入错行。"

这一句话实际包含着男女人生的真谛。

身为女人，就要从小开始选择自己的如意郎君，找到一个可以托付终身的人，这样的事情在古代大多由父母来操办。如果讲什么是财富的话，那么找到一个如意郎君恐怕就是女人最大的财富了。而在现代，这句话依然是至理名言，但却未必全对。事实上，女人在社会上只要经济独立，同样会生活得很滋润。要想完全实现经济独立，拥有自己的财富，那也得像"男怕入错行"一样，先选对职业。

理财不单是跟钱有关，跟你的人生规划也有关，如果你的起点便是一个错误，理起财来当然比别人更费时间也更辛苦。从长远看，选对一个职业是非常重要的，它决定着你一生是否能够开心地工作，也决定着你在本行业能否做到出类拔萃赚取高薪。

有一份资料显示，有超过七成的职场人士感觉自己选错了职业，而六成人是在工作三年后有此感受的。

这份数据看起来颇为吓人，刚从大学毕业出来的职场人士对自己究竟适合干哪一行，干哪一行自己更有天赋，似乎并没有清晰的认识。

实际上，职业定位与规划是一个专业性很强的问题，如果想要准确定位个人职业方向，就需对个人的职业兴趣、职业气质、职业倾向性和职业满意度等进行真实准确的考查。除此之外，职业定位还需要考察个人的性格、兴趣、优势、缺点、隐藏的天赋与潜能等各个方面。

现在网上有不少职业规划网，只要把关键词"职业规划"敲进去就能搜索到，里面有专业的职业规划师替你"量身定制"合适的职业。不过，这样的网站大多需要收取高额的费用。

对此，达芬奇提出六条简单的职业定位规则，凌飞以自己刚毕业时的想法对其规则进行了自我测试，结果如下：

（1）你职业的最终目标是什么？

作家、大老板。

（2）所学的专业是什么？当初选此专业的原因？

师范院校汉语言文学专业。

教师是父母钦定的，而选择中文则是因为自己喜欢。

（3）自己的职业兴趣是什么？

喜欢在房间里泡杯咖啡，沐浴在午后的阳光中静静看书或写文章。文字感悟性强，能够辨别文章优劣。看到好文章会拍案叫绝，经常会在书中碰到名家说出了自己的心里话。经常灵感迸发，并写成小说数十万字，网上 VIP 销售。

经常"闭关"，不爱出门，不喜欢与人打交道。喜欢静静思索人生的终极意义、剖析人情世态。

（4）从事的行业是什么，对所从事行业中哪些内容兴致很高？

从事的行业是语文教师。

对课文中的优美文字、结构布局、叙事方式等感兴趣，而并非教学过程。

（5）个人性格、情绪、人际关系的状况等如何？

自主性强，偏内向，不爱多说话，有主见。写文章感性，做事比较理性或者现实。可以控制情绪，拥有主动与陌生人交谈的能力，不过是为了搜集素材，走进别人的世界。为人直率，喜欢实话实说，容易得罪人，在社交场合中不活跃。

（6）适合干什么？

独行侠，喜欢安静地沉醉在自己的世界里。理想主义者，对于艺术的

美有着执著的追求。其优势是拥有较强的文字功底。其缺陷是在社交中行为呆板，不习惯过集体生活。

得出的结论是：适合从事文字工作。

达芬奇说，这六条规则只是一个简单的测试，如果一个人足够"自知"的话，将会得到自己的职业定位，不然效果就不明显了。比如，有的人看到"你职业的最终目标是什么？"，是这样回答的："成为有钱人。"显然他还没有量化自己的职业目标，没有做到足够的"自知"。

我们从这六条简单的规则中可以得到职业方向，但是，所从事的职业究竟有多大的实现可能，即使实现了，是否能真正给我们带来稳定的收入，还未可知。而且每一个人的家庭环境不同，有没有条件去从事自己喜欢的事，也是未知数。

这就需要专业的职业规划师结合社会环境、职业环境以及你个人的家庭环境来帮助你进行评估与分析。

达芬奇以凌飞为例说道："你生活在一个乡镇职工家庭，生活条件一般。刚从大学毕业，你就嚷着自己要成为作家，相信你的父母肯定不会接受。那么，怎么成为作家，以及写书能不能赚到钱，这就需要一个详细而量化的计划。

"我们最终的目标是拥有财富，而定位职业则是帮助自己拥有一个健康快乐的工作，并使自己在工作中出类拔萃，更容易获取财富。"

凌飞说："我从毕业到现在，从事的行业不下二十种，未毕业时做过推销、做过家教，毕业后从事过行政助理、招聘专员、教师，但是工资低微，在亲戚的帮助下又从事过 CNC 操作员与编程，工资虽然高，但是自己完全没有兴趣，最后还是放弃了，并下定决心专门找适合自己禀赋的职业，接着在乡镇里又干过杂志编辑，迫于生活压力再次跳槽，来到北京从事专职作者、图书编辑等。

"实际上，像我这种刚开始对职业定位非常模糊的人不在少数。上苍眷顾，我终于找到了自己可以一辈子努力的方向，但是，并非所有人都像我这么幸运，如果他们从事本行业五六年以上，已接近而立之年了，那么他们该怎么办呢？选错职业的人，难道他们就不能创造财富了吗？"

达芬奇没有立即答话，思索半晌后，说："首先，你需要弄清这样一个概念，从事本行业五六年以上，到底是指在一个比较固定的职业和固定的公司里待了五六年，还是所学专业与职业不相符，像你那样多次跳槽这样的状态持续了五六年。

"如果是后者，在五六年中不断地跳槽选择自己合适的工作，那么工作本来就不稳定，无所谓放弃，只要朝着自己喜爱的方向努力就行，前提是你认真分析了自己的职业环境与社会环境。

"如果是前者，那么放弃自己从前的兴趣，专心做好自己现在的工作就行。实际上，许多人在现实社会中会因各种外界因素而把握不好自己的命运。五六年的工作生涯早就使他们培养了新的兴趣，而且放弃稳定的工作与收入，重新开始一番新的领域，没有多少人真的有这么多青春可以挥霍。

"其次，人的兴趣是可塑的。如果你将自己不喜爱的职业一直走到底，你也能积累财富和创造财富。只不过比常人要痛苦一些罢了，当然在付出痛苦的代价而收获一次次职业成功时，你就会拥有崭新的自信、兴趣与快乐。就像'条条道路通罗马'，只要我们努力，目的地最终会到达的。只不过有的道路是独木桥，颤颤巍巍的；有的道路是阳关大道，两岸鲜花相迎。

"再次，当你因为选错职业，在工作中没有发掘出自己的禀赋而庸庸碌碌时，依然可以获得财富，那就需要学习理财方面的知识。致富虽然是一个变数，但是理财却是一项可以学习的技能。你掌握了这项技能，就能掌握金钱的秘密。每一个人都可以找到财富之门，就像每一个人都要经历结婚一样。只要你年轻，财富就伴随在你的身边！"

凌飞摸了摸鼻子，瞪大眼睛道："怎么你越说到最后，越感觉像是在布道一样。每一个人真的都会经历拥有财富的过程吗？"

达芬奇笑了笑，"天下事一理通万理通。我以前说过'物以类聚，人以群分'可以用到销售方面，也可以用到事业方面。你看，现在不是对了吗?"

"什么对了?"

"就是推销时应该找产品与客户的相似点，应该谈论客户感兴趣的话题。而在职业上，则要找与我们本性或爱好最相近的职业。"没等凌飞插话，达芬奇又快速说道："一些放之四海而皆准的原理是不分行业、不分领域的，但是，这里面的原理有很多只是一些技术性的原理，也就是说可以很容易地操作的。还有一种统摄世界万物的原理，那又是什么呢? 它就是时间与空间。我们生活在特定的时间与空间里，利用地域的差异我们可以买低卖高，利用节假日、大事件的发生等特定时间，我们也可以赚得盆满钵满。特别是时间，它对我们生活产生的影响最大。它控制着人的生老病死，同样也控制着人财富的多寡。"

凌飞感觉莫名其妙，达芬奇究竟是怎么思考的，怎么一下子扯到时间上来了。他心里正在犯嘀咕，达芬奇却接着说道："有人问爱因斯坦，世界上最强大的力量是什么，他的回答并非是原子弹，而是复利! 并大力称赞复利是宇宙间最强大的力量、是人类最伟大的发明。但实际上，复利的威力其实就是时间的威力。

"在理财手段中，利用得最多的也是对时间的把握，股票何时买进，何时卖出；此刻的汇率是否值得买入，什么时候卖出才能赚取丰厚的收益；投资房产需要趁现在吗? 以后的房价是涨还是跌，等等。

"闻道有先后，致富分早晚。有些人在有生之年没有富裕，是因为不知道相关的理财知识，如果他活 200 岁，等他开窍了，掌握了理财的知识之后，你看他能不能富! 举一个最简单的例子，假设那个人又笨，工资又低，但是他每天将 20 元钱塞进储蓄罐里，一个月就是 600 元，一年就可存7 200 元，一直不间断，过了 200 年，就可以达到 144 万元了。所以说，只要努力，每一个人都会经历拥有财富的过程。"

凌飞听得心痒难挠，简直如同心急的猢狲听菩提祖师讲道一般，赶紧问道："那你说说看，复利又是怎么回事？"

话刚问完，手机响个不停，凌飞正没好气，一看是女朋友尹洁的电话。只好接了，心里打算说"我有急事，稍晚给你打过去"，没想到电话那头传来"嘤嘤"的哭泣声，凌飞心中一紧，问道："出了什么事？"

凌飞的女朋友尹洁比他小好几岁，在北京某家公司做文员，只听尹洁哭泣道："今天上 QQ 偷菜时，被上司抓了个正着，他狠狠训了我一顿，让我没事干就不要占用公司的网络资源，还说我是废人一个……呜呜……我不干了！"

凌飞一听这话，就知道尹洁的上司肯定是那种尖酸刻薄的人，但是他一听到女朋友说"不干了"，心里有些发慌。尹洁所在的公司是一家房地产公司，办公室文员虽然事比较杂，但是由于最近政府加强了对楼市调控的措施，将首付款比例提高至 30% 及以上、限制购房套数及调整契税等，使得公司房产成交量大幅下降，尹洁基本上是很闲的。尽管如此，一个月拿 2 500 元的工资，已经很不错了。

文员的工资不算高，有的甚至只有 1 000 元出头，现在说要跳槽，找其他的工作显得太不理智了。

凌飞想到达芬奇关于职业定位的话，心中突然冒出一个念头，自己当初也是换了很多工作，才找到自己所爱的，是不是尹洁并不喜欢做文员的工作，而另有所好呢？

凌飞耐心安抚了尹洁，接着把职业定位的简单调查问卷通过 QQ 给她传了过去。

尹洁填完调查问卷就发送了过来，凌飞不看则罢，一看吓一跳，她的工作定位竟然是美容行业。

（1）你职业的最终目标是什么？

开一家美容店。

（2）所学的专业是什么？当初选此专业的原因是什么？

文秘专业。

父母替我选的。

（3）自己的职业兴趣是什么？

追求美丽，喜欢做面膜和化妆打扮，希望能永远保持靓丽的容颜。

生性活泼开朗，喜欢交朋友，能说会道，非常喜欢与人打交道，具有推销天赋，自己的话往往对别人具有极强的影响力，同时自己也容易受别人的影响。日常工作中能与同事打成一片，待人真诚、热情，喜欢帮助别人，能迅速地获取别人的信任，特别是女性。

向往"上流社会"的生活，对安利、雅诗兰黛、欧莱雅等化妆品品牌如数家珍。随身携带一整套的化妆品行当，隔离霜、粉底液、粉饼、眼线笔、腮红和唇彩等，曾经接受过绣眉的专业培训，而且在实践中反响不错（嘻嘻，朋友们说我比那些专业的绣眉师都绣得好）。

具有过目不忘的天赋，即使是在地铁或公交上看到别的女孩子盘的新发型，也能原模原样地"复制"下来，闺中密友出嫁还是请我盘的头发呢。

（4）从事的行业是什么，对所从事行业中哪些内容兴致很高？

文员工作。

对工作中与其他女同事聊美容话题、交流美容心得等感兴趣。

（5）个人性格、情绪、人际关系的状况等如何？

性格外向，情绪很少是阴天，人际关系优秀，无论路过哪一个地方，都会留下一堆朋友。奉行这样一句话："一颦一笑皆是美，一言一行皆是缘。"

（6）适合干什么？

喜欢青春美丽，力图永葆美丽。

得出的结论是：适合从事美容工作。

QQ 里，凌飞有些担心地问尹洁："你真的要重新开始吗？美容这个行业，我可不太熟悉。听达芬奇说，职业定位还需要考虑社会环境、职业环境等，万一你所从事的行业不稳当，那该怎么办？我们还是花个千把块，请专业的职业规划师来评估一下，你看怎么样?"

接着凌飞还将达芬奇关于职业定位的事情悉数告诉了尹洁，过了半晌，尹洁发过来一个微笑的表情:"那个达芬奇好厉害啊，他知道的挺多的。其实，在今天之前，我就已经有转业的打算了。我那个闺中密友就是从事美容工作的，用了一年时间就做到了美容顾问，我现在的工资水平只不过是她的底薪，除此之外，她还有全店业绩3%的提成。"

接着发了一个大大的"OK":"你放心好了，我比她更有天赋做这一行!"

凌飞无语了，想当初自己也是这么跳来跳去跳过来的。达芬奇说，找到自己喜欢的职业，就比较容易获得财富。那么，就让笼中的鸟儿飞向自由，寻找它自己的那一片天空吧。

尹洁辞掉工作后搬来凌飞这里住，没过几天，她便找到了工作，是在一家美容院做美容师学徒，月薪800元。

也许很多人认为，工作开心不一定能赚钱，自己不喜欢的热门职业反而能赚到高薪。但是，从长远看，一个自己喜欢的职业可以做一辈子，而最后能否赚钱并不一定需要高薪，而是靠理财。人生就像打麻将，中间有输有赢，如果只将一个通宵的"战果"作为衡量标准，不免过于短促。既然时间能够产生原子弹的威力，那么，只要在有生之年一直努力，谁能料到笑到最后的不是自己呢?

第四节　谁偷走了你的钱？

　　尹洁所在的美容院，离凌飞的住所只有五站路。现在她每周都有一天的休息时间，一休息就来找凌飞，无非是聊天、逛街。如果这样散散步也好，还可以锻炼一下身体，可问题是每次逛街牵着手去，都是大包小包地拎着回来。

　　凌飞自己也没心没肺地自在惯了，反正工资不被尹洁花光，自己也会花光。人们常说生活平静如水，可凌飞的生活却波澜壮阔、大起大落。发工资后的前半个月是风光无限，陪女朋友一起逛街购物，跟同事上 KTV 唱歌喝酒，吃肯德基，叫披萨，看演唱会，玩蹦极等，而到了后半个月呢，开始勒紧裤腰带做人，安静地做宅男，偷偷买了电磁炉做饭吃。

　　这一天，凌飞又接到了尹洁的电话，听她电话里的语气，就知道她心情不好，她一心情不好就会疯狂地买东西。如果像杜拉拉那样，心情不好就吃东西还好一点，至少花费不了多少钱，疯狂购物那可就成吞钱的无底洞了。

　　想到这里，凌飞手中一哆嗦，耳畔的手机差点掉下来。尹洁最后一句话彻底将凌飞震得无语了："我要办一张 1 万元的信用卡，就算借了你两个月的工资了，反正信用卡没利息。不说这么多了，我收拾一下，待会儿见。"

　　今天是 20 号，扣掉房租 1 000 元，各项费用花了 3 000 元，还剩下1 000元，下个月 10 号发工资。用 1 000 元支撑 20 天，凌飞有办法支撑，但是如果尹洁来消费的话，恐怕没到月末，他这些钱就见底了。

　　尹洁以前做文员的工资还可以自己维持自己，现在换了职业，重新开始了，她当学徒那么点工资肯定不够用。难道真的要办张信用卡？

凌飞潜意识里对信用卡是持抵制态度的，如果按揭买房买车是一种超前消费的话，凌飞感觉用信用卡购买奢侈品则是一种寅吃卯粮的行为，用明天的钱来赌今天，虽然可以鞭策得自己开足马力飞奔起来，但是，太累了。

能够劝说尹洁不办信用卡的理由，好像只有动用自己的存款。那1万元可是自己控制了多少魔鬼冲动才存起来的，而且是整存整取的定期存款，第一年的年利率是2.25%，也就是说有225元的利息。凌飞想到这里，感觉不忍心了，一动我那钱，利息岂不是泡汤了。

想了半天，想不出一个好对策，凌飞上了线，希望能碰到"神圣智者"达芬奇。看到他的QQ图标是彩色的，凌飞飞快地在胸中划了一个十字。

"江湖救急啊！！！"

"？"

"我女朋友要办信用卡，要花掉我所有的钱，快救命啊！"

"哈哈，只要你每月能按时还款，还款能力很强，办一个信用卡也不要紧的。"

凌飞一边摇头一边敲字，"关键的问题是，她花掉的钱可大大超过我的薪水啊。你没见过她购物时的疯狂，她的控制力比我还差。"

"哦，那最好不要办。你办信用卡时，有你的信用登记，万一到时还不上，会影响你的信用记录，如果被打入黑名单，以后就不好贷款了。而且过了还款期限，银行会收取高额的利息费，有的甚至高达12%。"

凌飞听了此话更是心有余悸，1万元，利息1 200元？他最后咬了咬牙，说："没办法，我只好动用自己那1万元的存款了，希望能堵住女朋友的手。辛辛苦苦存了将近一年，好不容易有一个2.25%的利息，看来又要打水漂了。"

达芬奇打开了视频，荧屏里的他抽着一根香烟，房间里云蒸雾绕，他

歪着头笑着说："伙计，你这样也不是办法，不好的消费习惯会使钱跑起来倍儿快。你不是一直想请我吃饭吗？这样吧，明天你把她带过来，来我家吃一顿便饭。"

听了此话，凌飞心中大喜，达芬奇肯定会帮自己搞定尹洁乱花钱的习惯的。拿到他的住宿地址后，凌飞心中悬着的一块石头终于落了地。

第五节　一百万你能用几天？

凌飞带着尹洁坐 5 号地铁到达天通苑南站时，已经下午 1 点了，他们很快就找到了达芬奇所在的小区，门铃响后，一个温厚的男中音笑道："是他们来了，快去开门。"

开门的是一个 50 左右的妇人，和蔼可亲，忙把凌飞二人让进了房子。达芬奇看到凌飞提着一大堆水果，说道："难得来一次，带什么礼物。这些水果你们回去时可要带走啊。"

凌飞跟他推搡半天，才终于让他收下。

令凌飞吃惊的是，他看到的达芬奇是坐在轮椅上的。据达芬奇讲，是他小时候有一次不小心从楼上摔了下来，结果就半身瘫痪了。凌飞暗想，难怪每次请他出来吃饭，他总是推托。达芬奇还真的姓达，他父亲爱画画，就给起了这个名字。但是达芬奇的志向并不在画画，他教人以赚钱的理论。不过，他小时的朋友只有马超真正实践了这些理论，短短 1 年就变成了富可敌国的大富翁，为了回报达芬奇给他的帮助，现在达芬奇一家人的生活费用，有一半都是他来支付的，另外一半是达芬奇依靠投资赚的钱。

酒桌上气氛热烈，达芬奇对尹洁重新开始自己的职业生涯表示祝贺，说这不仅是新生活的开始，也是财富积累的新开始。他话锋一转，突然问尹洁："如果你买彩票中了百万大奖，这些钱，你准备怎么用呢？"

尹洁一脸向往的神情，说自己如果中了一百万，一定要买很多很衣服，一定买很多很多化妆品。"嗯，至少要花 10 万在买化妆品上。"她点了点头。

达芬奇笑了，他问："难道你不想把钱花在结婚上，不想把钱花在买自己的房子上？结婚是人生的小登科，如果没有完成这个小登科，你就需要控制自己的花费。因为一般人最终的归宿是从父母家里搬出来，组建自己的家庭。"

尹洁问："那么，我们趁年轻没结婚时，不应该多享受一下生活吗？我们辛辛苦苦赚来的钱最后是为了结婚吗？"

达芬奇说："在你成为富人之前，你就要延后你的享受。如果你想成为富人的话，就必须学会理财。理财不外乎节源、开流这两种方式。在开流之前，我们需要节源。那么，一个月的工资用多少才是真正的节源呢？有理财专家建议，如果固定储蓄中只有工资，那么每一个月的工资至少要保留3个月的生活费用。如果负债的话，比如，用信用卡消费，那么负债率最好控制在总收入的35%以下。"

看到尹洁在认真地听，达芬奇就继续说道："当节源，也就是储蓄到一定程度时，你就可以开流了。开流就是投资，我听凌飞说，你的最终目标是要开一家美容店。你瞧，一下子中了百万巨奖，你把开美容店这回事儿抛到爪哇国去了。"

尹洁脸色微红，不好意思地笑了笑。

达芬奇继续讲述他老朋友王大胆"东山再起"的故事：

王大胆在成功拿下化妆品的大单，收入猛增之后，又开始花天酒地起来，马超劝过他多次，他都不听。实际上，王大胆并不比马超笨，其勇气与胆量甚至比马超更胜一筹。但他有一个坏毛病，而他却自认为是美德，那就是"大方"。

到商场里买衣服一买就是上千块，不过，他去的最多的还是街边的小摊，小贩开口180元，他就真的甩下180元。从来不砍价，他自认为是大方，可小贩肯定在想这个人真傻。后来，他在这一带"出了名"，他所住的几条街，隔好几十米远，小贩们就跑来招呼他，让他选购衣服等生活用品。

这只是穿的方面，在吃的、玩的、住的方面，他的"大方"更是出了名，每次请客总是他一个人买单，到哪里去旅游，一高兴，路上的小吃和水全是他掏腰包。当公司里的同事都买车买房时，他还是一贫如洗。

说完之后，达芬奇又引用了拳王泰森的事例。

拳王泰森在20年的职业生涯中赚的收入超过4亿美元，但是这些钱很快就被他挥霍一空。2003年8月，令世人想不到的事发生了，拳王泰森竟然宣告破产，在清算债务后，他口袋里只剩下5 000多美元，而这个数字，在他的事业巅峰期只要用一秒钟就能赚回来。

以泰森自己的说法，是他的经纪人唐·金骗走了他的钱，还有他的前妻、律师等都从他身上偷走了钱。但实际上，挥霍无度的坏毛病是泰森破产的主要原因。他一个月的基本生活开销就要40万美金；曾经开过一个41万美金的生日舞会；到车店买车时，带着8个助手，结果一高兴，给每个人都送了一辆奔驰；准备到英国去买一辆100万英镑的F1赛车，最后明白F1是不能开到马路上的，就用那100万英镑买了一只金表，戴了没几天，就甩手送给了自己的保镖。

2006年上海之行时，泰森根深蒂固的坏习惯再次显现出来，他在锦江饭店的贵宾楼包了两套锦江套房，还包了一套行政套房。而泰森一行人却只有4个。只有几个人为什么要包下三套套房呢？按他自己的说法，是不愿意陌生人与他住同一个楼层，但实际上，是他爱耍派头、爱乱花钱的习惯在作怪。

我们现在许多上班族都奉行着"月光"政策，他们其实就是一个迷你型的泰森，当他们拥有4亿美金时，财富同样会被积重难返的消费习惯所败掉。

我们对自己的钱财应该设置一个良好的债务预警机制，应该经常评估自己的资产与负债在金额、风险水平等方面的差距，确认自己是否保持着一个良好的负债比率。

最后达芬奇总结道："随心所欲，任性地浪费钱财，不尊重自己辛苦

工作的成果，也就是不尊重钱这种力量。信用卡就是自己的负债，当工资不能满足自己购物时，是否应该去用信用卡里的钱，一旦钱用完了，自己有没有能力在 50 多天之内将钱还上，这是一个大问题。"

尹洁此时要办一张信用卡的念头早已烟消云散，但是她还是觉得很别扭，她有一种奇怪的冲动，却又不知道这种冲动是什么。静静地平定了心神，她终于明白自己的"别扭"是来自哪里了。她对达芬奇说："你说得很对，我也想朝着理财的方向努力。但是我控制不了自己消费的欲望，那该怎么办啊？我拿到工资时，看到的不是红色的伟人头像，而是一件件漂亮的衣服，一瓶瓶芬芳的香水，那该怎么办呢？"

达芬奇似乎对这个问题早就胸有成竹，他笑了笑，凌飞赶紧给他满上一杯酒。事实上，凌飞时常也会有这种情况，拿到薪水后，好像鬼迷心窍一样，就是控制不住消费的欲望。达芬奇喝了一口酒，问道："你现在有没有玩什么游戏？"

尹洁一愣，"你说游戏？我在玩 QQ 农场啊。"

"那好，我们就用 QQ 农场作比喻。不考虑被人偷菜的话，悉心的照料和时间会使你的土地由黄土地升为红土地，你以前买得起的种子是萝卜、白菜，现在变成了价格不菲的杨梅、柠檬。当拿到薪水时，你要想，我把钱花光了，难道我想一直在黄土地里种萝卜、白菜吗？什么时候存了钱，我可以买块红土地。你要知道红土地的土壤更肥沃，即使是普通的萝卜、白菜种在这里收入也会增产 10%。

"如果把黄土地看成是穷人，把红土地看成是富人。不难看出富人可以用钱生钱，富人的钱是怎么翻倍的。"

尹洁听了恍然大悟："你说得真好，那我以后不再把工资看成是衣服、香水了，而是看成一堆萝卜、白菜，我要存钱。努力升级让黄土地变成红土地，让收入微薄的萝卜、白菜，变成顶级的黄金果、决明子。"

达芬奇点了点头，总结道："不要把自己的收入看成一堆堆的衣服、化妆品、奢侈品，而是要把钱看成正在孵蛋的母鸡，别打扰它，让它安静地孵着，等一会儿，再等一会儿，里面的小鸡就要出世了。

"改掉乱花钱的习惯，学会储蓄永远是捍卫财富的不二法门。除此之外，你还可以在网上下载一些理财账簿软件（这种软件网上有很多），坚持记录自己的收支情况，这也是改掉乱花钱习惯的一个好办法。"

凌飞看了看尹洁，揶揄道："呵呵，我那一万元存款终于不用忍受骨肉分离的痛苦了，终于可以拥有高利息了。"

听了此话，达芬奇古怪地笑了笑，然后轻轻摇了摇头。

第三章

一个肥猪猪
与求个护身符

$

$

第一节 存钱能使财富增加吗?

>>

凌飞看见达芬奇摇头,就知道事情一定有蹊跷。达芬奇笑道:"能够坚持存钱这是好事,这也是真正关注理财,真正进行投资的前奏准备。"

说到这里,达芬奇开始大谈储蓄的重要性了,并说储蓄作为一种积累财富的方式,它至少有三大功能:一是帮助人们形成良好的理财习惯;二是能够为投资积累资金;三是可以有效抵御生活中的风险,比如疾病伤残、意外死亡、事业危机、金融风暴和政治动荡等。

凌飞洗耳恭听了半天,再也忍耐不住了,打断道:"我明白这些道理啊。只是我不明白为什么……"

"为什么我开始的时候要摇头,对吧?"达芬奇笑了笑。

凌飞点头道:"你能给我讲讲其中的道理吗?"

达芬奇说:"你认为那个2.25%是高利息,而且想通过这些利息来增加财富,对不对?"

"是啊,我这个想法是错的吗?"

达芬奇没有直接回答这个问题,而是拿来一张表,并说:"这张表里是工商银行的银行年利率。现在银行的存款年利率是基本固定的,当然也存在根据地域差异、银行性质的差异进行上下波动的情况。

"下面是工商银行的存款年利率:

活期 0.72%

定期

整存整取

三个月 1.71%

半年 2.07%

一年 2.25%

二年 2.70%

三年 3.24%

五年 3.60%

零存整取

一年 1.71%

三年 2.07%

通知存款

提前通知的期限

一天 1.08%

七天 1.62%

"银行储蓄的种类主要有活期储蓄存款、整存整取存款、零存整取存款、存本取息存款、整存零取存款、定活两便存款和通知储蓄存款。但是,存款年利率最高的是整存整取,三年之后,收益率达到3%以上。

"别光顾偷着乐,这3%的利息你也不一定能拿到。因为银行年利率在增长时,通货膨胀率也在跟着增长,安信证券的报告早在2010年年初就声称,上半年的通货膨胀率最高点可能达到5%左右。

"通货膨胀率增长的后果是居民消费价格持续走高,钱越来越不值钱了。"

"无论你是身揣一万元的穷小子,还是身价过亿的大富翁,想想看,存五年你的存款年利率只有3.60%,而通货膨胀率很可能比这高,当存款严重缩水,钱不再是原来的钱时,你会是什么样的感觉。因为银行年利率就像一个老太太走得很缓慢,而通货膨胀率却像一个精壮的小伙子健步如飞。"

凌飞笑了笑:"你在煽动别人不去银行存款,坏了他们的买卖,银行

可是要投诉你的。不过，按你这种说法，我好像是最支持你的。我活期存款都存不到一个月，更别说存定期的了。"

达芬奇严肃地说："其实像你这种'月光族'是最应该到银行去存钱的。在没有确定自己未来的投资方向时，储蓄就应该是你最好的投资手段。聚沙成塔，集腋成裘，你一分钱都没有，何谈投资呢？"

听了这话，凌飞靠在椅背的身子立即挺直起来："你说得对。这个月发了工资，一定控制自己不乱花钱，去银行存起来。"

达芬奇点了点头："即使是储蓄，我们也应该实现利益的最大化。银行的那些储蓄的基本种类比较呆板，但是，稍微变通一下，我们就可以找到收益更好的储蓄方式。王大胆最后幡然醒悟，改掉了自己乱花钱的习惯，你来看看他是怎么存钱的。"

第二节　无为无不为的储蓄

王大胆一直过着挥霍的生活，当马超由销售经理辞职开始创办化妆品公司时，王大胆才终于醒悟，自己的钱在不知不觉中溜走了，而马超存的钱却开始显现出威力。

事实上，王大胆一直认为自己是一个会打天下而不会守天下的主，他不喜欢做一些善后的事，也许他可以冲锋陷阵赚很多钱，但赚来的金山银山放在哪里，他不是很敏感。但马超的突变让他惊醒，于是他开始存钱，但是存钱也并不是这么简单的事。

储蓄的最终目的是为了消费，那么储蓄与消费（取钱）之间的矛盾该如何解决呢？

截至2000年，王大胆用零存整取的方法，陆陆续续存了30万元，为了获取高额利息，他又将这30万元调整为整存整取。到了2005年，为了要买房子，他需要首付款20万元，这叫他很为难，因为这些年30万算起来利息也有一万多。如果取钱的话，自己存的利息岂不全没了吗？

达芬奇告诉他两个办法，第一种方法是取出要用的部分金额。也就是取出20万元，而非30万元，因为剩下的10万元还是按照原利率计算；第二种方法是办理存单抵押贷款。就是用30万元作为抵押申请20万元的贷款，不过这个问题需要自己估量一下，贷款所付的利息与银行存款的利息哪一个更高一些。如果借贷的20万元可以在不久就能还上，而且其借贷利息比自己存款利息要少，那么就采用这种方法。

因为王大胆在2005年年底，其30万元存单就到期了，于是他欣然办理了存单抵押贷款。经此事后，王大胆明白了问题的所在：存款最终是要

拿来消费的，因此好的储蓄方式尤为重要。

付了房产首付的20万元后，王大胆对剩下的10万元进行了调整，并采用了下面六种拆分储蓄法。

1. 阶梯储蓄法

简单地讲，阶梯储蓄法是将资金平均分成若干部分，然后设定逐年递增的存款期限。王大胆从10万元中拿出3万元，平均分成3个1万元，分别开设1年期存单、2年期存单、3年期存单。这样，1年后，王大胆就可以使用到期的1万元，可备家庭需要。如果家庭不需要，则可以把这1万元存为3年期存单。其他的亦如此，3年后，王大胆手中持有的存单全部都是3年期，每份到期期限依次相差1年。

其存储法不仅可以最大限度地获得利息，而且每年需要用钱时，都会有钱用。

2. 交替储蓄法

剩下的7万元中，王大胆拿出2万元进行交替储蓄。他将2万元分为两部分，每份为1万元，分别按半年、一年的存期存入银行。若半年期存的1万元到期，自己需要急用，便可取出。如不需要用，就可设置约定转存为一年期，而另外1万元到期后可以约定转存为半年期。这样往来循环，每年都有半年期与一年期的存款。

约定转存是一个很方便的储蓄方式，达芬奇曾告诉过王大胆银行里有一种"定活约定转存"，但是王大胆没有听进去，结果那半年期的1万元到期后就变成了活期，一直以活期的年利率来计算利息。

3. 分存储蓄法

自从用阶梯储蓄法与交替储蓄法存了定期之后，王大胆10万元中还剩下5万元，于是他按照分存储蓄法，从5万元中又拿出1万元出来，将其分别存成1 000元、2 000元、3 000元和4 000元四笔定期存单，即每笔存款的金额呈上升趋势，当然还可以1万元更加细分成五份、六份等。如果需要1 000元时，那么只需要动用1 000元的存单即可，这避免了动用其他大存单。

4. 每月储蓄法

王大胆说这种储蓄法是他的最爱，因为这样他每一个月都有钱用，而且取得的都是定期的利息。其做法是将资金平均分成12等份，每一个月开一张一年期的定期存单，总共就有了12张存单，对应一年12个月。

当次年一月份的存单到期后，就将本金与利息一起取出来，再存成1年期的定期存款。其他11个月的存单也如此类推。

在剩下的4万元中，王大胆取出了2.4万元。这样，每一个月都有2 000元的定期存单，万一家庭有急需，每一个月都有存单到期，每一个月都有钱花。

5. 驴打滚储蓄法

在这些储蓄方法中，这种储蓄法最为麻烦，但是如果坚持下来，其储蓄收益也是最高的。王大胆剩下的1.6万元就是以这种方法来储蓄的。他将钱先存为存本取息定期储蓄，一个月后，取出利息，并开设一个零存整取储蓄账户，将第一个月的利息都存进一个零存整取的储蓄账户里，接着第二个月，第三个月……直至每一个月的利息都存入这个户头。这样，其本金1.6万元不仅可以生利息，而且存在零存整取储蓄账户中的利息又可以生利息，产生传说中的驴打滚利生利的效果。

不过在银行储蓄产生的利息是要征收利息税的，如果家里有小孩读书，可以在银行开办教育储蓄，这种储蓄方式可以获得不扣利息税的优惠政策。

储蓄体现的精神就是无为而无不为，存款之后就要无为，但是选择储蓄方式时却要无不为。

达芬奇接着感叹道："相比于20世纪90年代初银行的高利率时代，现在的银行年利率都很低了，在这种情况下，想获得最高利息，就需要选取银行拥有的最高年限存入（一般定期都为5年）。从我们现在的银行年利率来看，储蓄并非最好的理财方式，但是只要坚持，其威力是不可小瞧

的。实际上，每一个人在积累财富的过程中，都会使用储蓄作为理财手段。

"我们不算利息，单单来看看每天坚持存本金会有多少钱。假设一个人的月收入有 2 000 元，他从 22 岁开始存钱，一个月存 1 000 元，一年就存有 12 000 元，如果 55 岁退休，那么他即便不做什么投资在他余生也有 12 000 × 33 = 39.6（万元）。在他工作的这 33 年之中，不可能工资一直是 2 000 元，也不可能存款一直是 1 000 元，另外，银行的利息都没有算进去。以此，我们可以看出储蓄的威力有多大了！"

吃完饭后，两人起身告辞。凌飞对此行非常满意，达芬奇成功地说服了尹洁，现在看来效果还不错，而且自己还学到了怎样去银行存钱的知识。

刚送走凌飞，达芬奇的电话就响了。里面传来熟悉的声音，"老达，最近真是倒了大霉。"

"出什么事了？"

"记得你劝过我，马超也劝过我，我就是不听，结果出事了。"

达芬奇听得云里雾里，他皱着眉问："大胆，你怎么也打起哑谜来了，究竟出什么事了。"

王大胆声音带着哭腔，说："我老婆开车撞了人！叫她不要开车，她偏要开，结果撞了人。"

达芬奇听到这儿，关心地问道："严重不严重，没死人吧。"

"死人到没有，她把人肋骨撞断了，据医生说可能会留下脑震荡，光医院治疗费就要 20 万，还有其他误工费、营养费等，我辛辛苦苦赚来的钱却要葬送在这场车祸里……唉，后悔当初没听你们的，早买一份保险就好了。幸亏我炒房赚了一点钱，不然真是倾家荡产了。"

第三节　武林中最吃香的是什么人？

由于尹洁第二天要上早班，他们两人在地铁分手了。回到住处，凌飞刚进门，就听见门外有敲门声。

一个年轻人戴着眼镜，穿着白色的衬衣，打着红色领带，提着一个黑色的公文包。一进来，就双手把名片呈给凌飞，然后简单地做了自我介绍："我是 XX 保险公司的业务员。"说完之后，就迅速把公文包里的手提电脑打开。

凌飞正要插话，这位推销员礼貌地说道："我能打扰您 5 分钟吗？"说着抬手看了一下手表，"现在是 18 点 10 分，我介绍到 18 点 15 分。您如果觉得我说的有用，我就继续讲，不然，我就离开。您看行吗？"

凌飞点了点头。

在笔记本电脑开启的一分多钟里，这位推销员跟凌飞进行了如下的对话。

"看您挺年轻的，应该也是 80 后吧。"

凌飞点了点头。

"那么，请问您是干哪一行的？"

凌飞随便回答了一句："写稿子的。"

保险推销员夸张地惊叫起来："啊，原来是作家啊。我曾经也是一个文学票友，最钟情的是武侠小说。金庸古龙的书都看过，那么，古龙的书您看过没有？"

凌飞正想回答"废话，当然看过"，但那位保险推销员似乎没看见凌飞不满的表情，他开始滔滔不绝地说起来："唉，我多问了，您当然看过。

不过，古龙曾问过这样一个问题：'武林中最吃香的是什么人？'您知道答案吗？"

凌飞立即在脑中开始搜索，古龙的50多部小说，虽然没看全，但也看得个八九不离十了，他问过这样的话吗？

看到凌飞愣住了，那位保险推销员飞快地说："我想您肯定知道。"

凌飞看到他怪怪的笑容，反问道："他总不会说是保险推销员吧。"

那个保险推销员惊讶道："哎呀呀，你的答案虽然看似错误，但实质上却是对的。武林中最吃香的是医生。你想啊，江湖中血雨腥风，保不准哪天挂了点彩，中了人的暗算。想保命的话，医生才是最重要的。同样，人的一生，意外不可能经常光顾，但是疾病却不一样了。存在银行里的10万元钱，也许一场大病就会让它化为乌有。但是如果花点小钱在保险公司里买一份医疗保险，万一不幸生病了，这些钱就可以派上用场了。如果一生安顺健康，没病没灾，那么所缴的钱不仅不会损失，而且还会增加（分红保险），若干年后，子女们还可以免遗产税继承这笔钱。"

虽然这位推销员说得有那么一点道理，但凌飞还是一脸疑惑，古龙说过这样的话？

保险推销员继续啰唆不停："医生的职责是救死扶伤，但我们保险的功能也是救死扶伤啊，其救人、防风险的功能是一样的。人们的生活充满着各种各样的危机与风险，生、老、病、死、残这是人生的全部，说不定哪一天风险就会降临到你身上，到那时你就会有叫天天不应，呼地地不灵的无助感，财富会因此渐渐消逝，生活充满阴霾。如果有了保险，你的人生就会无后顾之忧，只管尽情地享受美好的生活吧。"

凌飞对他的"夸夸其谈"不置可否。

随着一阵动听的音乐声，笔记本电脑开启了。那位保险推销员敏捷地双击桌面上的一个图标，PPT（幻灯片演示文稿）就展示出来，里面介绍的全都是保险方面的知识。

一张张精美的图片展示出来，有保险的历史、保险的定义、保险的功能、适合你的保险、保险的回报和理赔原则，等等。

凌飞对此毫无兴趣，不客气地说道："对不起，我已经买了保险。"

那位保险推销员不依不饶地问道："真的啊，那您买的是哪个公司的保险呢？"看到凌飞没有说话，他又接着说："我们 XX 保险公司的赔付率指标与所占的市场份额在全国名列前茅，今年还被评为省十佳信誉知名企业。最近我们推出了新的保险品种……现在您还是单身吧？这里有一款特别适合像您这样单身贵族的新险种，你看看电脑里关于我们保险新品种的介绍，就可以知道，其实这个才是你最需要的险种。"

凌飞看到他刚才彬彬有礼的表情荡然无存，变得喋喋不休，有些烦躁起来。

磨了好久，终于打发了那位"热情"的保险推销员，凌飞松了一口气。他承认那个推销员口才很好，但是感觉语气上有点咄咄逼人。刚开始还算礼貌，但一说起他的本行，就像要吃人一样，恨不得让凌飞马上交钱买一份保险。

登上 QQ 之后，凌飞看到达芬奇在线，遂在上面发泄一番对保险推销员的不满："我回到家了。今天真晦气，刚回家就碰到一只大苍蝇，嗡嗡地叫个不停。那个保险推销员真是有点烦，不过终于把这只苍蝇送走了。我跟他说自己买了保险，他还怂恿我退掉保险，重新买他们公司的保险呢。他以为我不知道呢，他们劝客户退保再投新保，口头上说是为了客户着想，为客户量身打造最适合的险种，实际上是为了完成公司的业务指标，赚更多的钱。"

达芬奇说："如果保险业务员让你退保，你先弄清楚为什么要退保，他们推荐新的品种是否符合你的实际情况。不过，也有一部分无德的业务员，像你刚才所说的，只是为了完成业务指标。退保会损失一笔不少的费用，如果真的要退保投新保，你还是要慎重考虑。"

"哈哈，我根本就不买保险，说什么退不退保的。"

"什么，你没有买保险？"达芬奇显然感到惊讶。

"实际上,我的同学、同事、朋友都不怎么喜欢买保险,认识的会走人情路线,不认识的会死缠烂打,搞得我们都有点不耐烦了。"

达芬奇语重心长地说:"其实保险业务员的压力非常大,他们没有底薪,如果不积极销售,一个月下来,饭都吃不上!虽然有些保险业务员并非为了客户的需求而强行推销,但不能以偏概全,认为保险就是无关紧要的事。"

凌飞笑了笑,心想反正自己不买保险,还跟达芬奇说了那个武林中最吃香的人故事。听完后,达芬奇郑重地说:"那个业务员说得不错。保险确实很重要,买保险也确实非常必要!"

凌飞还是第一次听人用如此肯定的语气来谈论保险,他以前坚持保险骗人的信念有些动摇。心中暗想,达芬奇这么肯定保险,一定有他的道理,那究竟是什么呢?

第四节　选择合适的护身符

达芬奇说："你们走之后，我就接到王大胆的一个电话，说自己老婆开车撞了人，要赔很多钱，很后悔当初没听我的话买保险。"他摇了摇头，感叹道："王大胆真是做事如其名，以为胆子大，天不怕地不怕，这回出事了，他才真的傻了眼。"

王大胆是有车一族，在国家强制性政策下只买了交强险（含交通强制责任险、第三者责任保险），但是商业三责险并没有买。前者赔偿最高限额为 12.2 万元，其中包含为被保险人责任时的死亡伤残赔偿限额 11 万元、医疗费用赔偿限额 1 万元、财产损失赔偿限额 2 000 元。而后者通俗地讲是指肇事司机造成的人员伤亡或财产直接损毁，由司机承担责任，但由保险公司负责赔偿的经济损失。商业三责险按条款规定的事故赔偿保额分为：5 万元、10 万元、15 万元、20 万元、30 万元、50 万元、100 万元和 100 万元以上，最高不超过 5 000 万元。

如果王大胆买了 50 万元保额的商业三责险，那么再加上交强险的 12.2 万元，保险公司替王大胆赔偿的最高限额就为 62.2 万元。

至于交多少保额的商业三责险，则需要根据个人的安全意识、驾车技术、经济条件等来综合考虑。

现在我国保险制度愈趋成熟，保险已走入千家万户。人们已清楚地知道，保险这种理财方式，有着其他理财手段无法与之相媲美的优势，那就是保障。因为保险不仅可将保期内的意外事故或自然灾害导致的损失降到最低点，而且还可以补偿被保险人的经济损失，除此之外，保险还可以为你提供治病等费用，提供退休之后的生活资金，等等。

从投资理财的角度来分析，保险可以分为两大类：一类是保障类保险，一类是投资类保险。

保障类保险又可以细分为医疗保险、养老保险、子女教育类保险、人身意外保险、失能保险、重大疾病保险、女性保险、终身（或定期）寿险、家庭财产保险和机动车辆保险等。

投资类保险主要分为分红保险、万能保险和投资连结保险。

达芬奇择要对其中几个保险种类进行了解释。

失能保险也被称为收入损失保险，是健康保险的一种，以被保险人因疾病或意外伤害而丧失工作能力为支付保险金的条件。失能保险分为两类，一类是由疾病造成的残废补偿，一类是由伤害导致的残废补偿。

人身意外保险承保的是被保险人的身体，以被保险人因意外伤害而造成的伤、亡、残等为支付保险金的条件。根据承保的风险来划分，人身意外保险又分为普通意外伤害保险和特种意外伤害保险。而根据保险的期限来划分，则分为极短期人身意外伤害保险、一年期人身意外伤害保险和多年期人身意外伤害保险。

女性保险是针对女性特有的生理情况，专为女性量身定做的保险产品。主要包括女性重大疾病保险、生育保险和意外保险等。

家庭财产保险承保的是被保险人家庭的自有财产。主要分为普通家庭财产保险、到期还本型家庭财产保险、利率联动型家庭财产保险三种。

分红保险指的是保单持有者可以分享保险公司红利的保险种类。它首先承诺给客户某种保障利益，若是保险公司年终有盈余，则与保单持有者分享。如果经营不善，就没有红利。分红保险的红利分配方式主要有现金红利法与增额红利法。

万能保险除了拥有传统寿险保障生命的功能之外，还可以用由保费建立的账户进行投资活动。万能保险设有最低保障利率（目前最低的是1.75%），投保者的实际收益与保险公司投资账户的收益紧密相连。

投资连结保险简称投连险，是将保险与投资相联系的保险。投保者一方面可以获得人寿保险，另一方面也可以获得使用自己的保费进行投资的权利。保险公司会开设如基金账户、发展账户、保证收益账户等风险程度不等的账户供投保人选择，没有最低收益保障，一切收益都是根据投保者的投资账户收益而来的。投保者享受着高收益，同样承受着高风险。

达芬奇对于保险存在的误区作了分析，并对如何投资保险作了一个规划方案，发给了凌飞。

一、保险投资的错误观念

由于人们的保险意识不强，由无知导致的偏见让不少人讨厌保险。除此之外，也有一些人不排斥保险，但以各种借口回避保险，认为自己生活得很好，不需要买保险。

错误观念一：保险就是传销。

现在有不少人不了解保险，将保险业务员看成传销员，认为他们没有良心，忽悠自己的亲戚朋友买保险，一旦赔付起来就百般抠字眼、找毛病，总之就是能拖则拖，能刁难就刁难。不可否认，确实有一些保险业务员的不诚信行为，伤害了广大客户的感情。但是，保险却不是传销，而是国家的金融行业，保险公司也是国家正规的金融机构。

《中华人民共和国保险法》第一章第二条就规定：本法所称保险，是指投保人根据合同约定，向保险人支付保险费，保险人对于合同约定的可能发生的事故因其发生所造成的财产损失承担赔偿保险金责任，或者当被保险人死亡、伤残、疾病或者达到合同约定的年龄、期限等条件时承担给付保险金责任的商业保险行为。

因此，保险实质上是转移和分散被保险人的风险，承担或补偿被保险人因风险事故所造成的经济损失的商业行为。随着社会的发展，保险必然在社会生活中扮演着越来越重要的角色。一个人生活质量的好坏，并不仅仅在于物质的贫富，而在于能否享受安宁无忧的生活，而保险就是为这种安全稳定的生活提供保障。

错误观念二：收入低没钱买保险。

有人认为自己生活一团糟，工资又低，资金又少，买不起保险。但是，正因为收入少才要买保险，这样，即便工作中出现了什么意外，家庭中出现了什么灾难，你才不会举债消灾。反而会因为有保险帮你分散了风险和补偿了损失，你的资金才不会出现重大亏损。

现在的保险真的很贵吗？这需要依险种与保额而定，实际上，一年只需要花上几百元，你就能买一份保额至少为5万元的保险。

错误观念三：看价钱买保险。

保险没有最好，只有最合适的。保费贵的保险不一定好，保费便宜的保险也不一定差。保险针对性较强，它需要根据每一个人的性别、年龄、职业、收入和资产等实际情况来量身定制。坐办公室的文员与高空作业的焊工买了同样价格的一份保险，专业保险人员会说前者的保障已经够了，而提醒后者的保障还差得好远。对于一个从事危险职业的人来讲，有保障、有分红的保险并不适用，而应该关注意外保险、重疾保险等。

错误观念四：买保险看收益。

保险的主要功能是分散风险、补偿损失，其作用主要是保障。实际上像分红险、连投险这类保险虽然能够提供收益，但是其保障功能比较弱，有的家庭看到分红就呼吸加速，同样的保险买了几份，实在是不智之举。

对于一般工薪阶层来讲，尽管提高收益的愿望是如此迫切。但是最好不要买太多保险，因为衡量保险买得好的标准，不是看收益，而是看是否真的适合自己的需要，是否真的能够给予生活以保障。

买保险，保障永远是第一位的，而收益则是第二位的。

错误观念五：有社保不用买保险。

现在的社会医疗保障并不完善，只能"低水平、广覆盖"。能够报销的药品范围、药品金额都大受限制，而且一些诊疗项目、医疗服务设施都不在报销范围之内。自己最后还得掏钱诊治。除此之外，当出现重大疾病，社会医疗保障付钱滞后，不像商业保险只要确诊就给钱，这对于资金周转不灵的家庭是极为不利的。

错误观念六：我很有钱了，不用买保险。

随着财富的增加，人们的抗风险能力的确在增强。有足够的钱养老了是不是就不需要买保险了呢？李嘉诚曾说过："别人都说我很富有，拥有很多的财富。其实真正属于我个人的财富是给自己和亲人买了充足的人寿保险。"

如果从企业现金流的角度来讲，柜子里的银行卡、口袋里的钱包、工厂的资产、房子、车子等最终都不是自己的钱，因为当负债大过资产时，这些所谓的钱都会被拍卖以偿还债务，到时候身价上亿的人可能一文不名，更别提保障自己的生活了。但是把钱存入养老保险的账户，情况就大大不同了，无论是生意失败，还是负债累累，这些钱不仅不需要抵偿债务，而且不需要纳税，身故后还可以作为财产留给儿孙，免征继承税。

年金类养老保险、终身寿险不仅像银行那样具有储蓄资金、退还本金的功能，而且还能提供资金保障老年人的生活，作为主险下面附加的重大疾病保险，能够在健康恶化时提供紧急的医疗费用，有效防范人生的健康风险。我们真正的财富在于能过上平安无忧的生活，在于故去后能为儿孙留下生活的保障。

错误观念七：保险越多越有保障。

有不少投保人存在这样的观念，买的保险越多，理赔就越多，保障就更大。至于哪些保费付得越多，理赔就越多，这需要依照保险合同的条款来定。一般情况下，像重大疾病保险、意外保险、死亡保险和定额给付医疗保险等，只要投保人愿意多买，就可以获得更大的保障。但是，像财产保险、意外医疗保险等，虽然买了多份，但是其赔付额度一般都有限制，并不会因为你的保费增加而获得更多的理赔。

《中华人民共和国保险法》第四十条第二款规定："重复保险的保险金额总和超过保险价值的，各保险人的赔偿金额的总和不得超过保险价值。除合同另有约定外，各保险人按照其保险金额与保险金额总和的比例承担

赔偿责任。"也就是说，当发生重复购买保险时，各保险公司将会以平摊的方式或者以合同约定的方式赔付投保者的损失总额。在两家保险公司买了1份同样的保单，如果赔付的总额是6万元，那么分摊给每家公司的就是3万元。

除了重复投保多花钱不讨好之外，超额投保也是如此，特别是对于恶意的超额投保，保险公司是不会给予理赔的。

二、不同年龄阶段要买的保险

每一个人在不同的年龄阶段所遇到的风险不同，因此需要对症下药，不同年龄的人所购买的保险应该符合自己的年龄特征。但是，除了意外险之外，无论哪一种保险，都是买得越早就越好。

1. 孩子的保险理财规划

保险就是一份责任和关爱。购买保险，投保年龄越小就越省钱，但是保障时间就越长，收益就越丰厚。

孩子是家庭的未来，是父母的希望。但是由于小孩体质比较弱，抵抗力比较差，因而容易患上流行性疾病，可以买偏重医疗补偿的保险，一般这种保险都附加重大疾病保险。当孩子长大后，就需要接受学校教育，可以购买教育类保险。现在这种险种大部分都带有分红性质，只要交几年的费用，当小孩上学后，每年都可以领一笔钱。

2. 单身年轻人的保险理财规划

年轻人参加工作后，收入开始增加，同时各种玩乐也在增加，特别是户外运动，会给生活带来一定的风险，因此这一阶段的险种以定期寿险与意外险为主。

除此之外，年轻人收入较低，在具体的投保金额方面，可以选择那些保费低、保额适中的保险。如果收入不错的话，可以购买万能险。万能险缴费灵活，取款灵活，另外还可以灵活设置其保险金额。一方面可以作为资金积累与投资，另一方面还可以作为教育金或者养老金。最方便的是随心领款，哪个时候缺钱用了，就哪个时候取钱。

3. 二人世界的保险理财规划

结婚后，两人的薪水自然比一人的薪水要强不少。但是，家庭收入增加了，其承受的负担也变重了，身体健康成为这一个阶段的主题。因此夫妻双方可以购买重大疾病保险、意外险、医疗保险、定期寿险或终身寿险。购买重大疾病保险需要注意，将缴费期定得越长越好。因为保险条规中有一个豁免原则，比如说缴费期是20年的话，如果在缴费第1年就患了保险条规中列举的重大疾病，那么以后19年的保费就不用再交了，而保障作用依然不变。

一般用于保险的费用占家庭总收入的10%左右为宜。如果要节约费用的话，可以选择连生险，只要一张保单就可以保障夫妇两个人的生活。如果资金比较充裕的话，还可以购买投资型保险，像分红险能够保证本金，其分红多少看保险公司的经营状况，适合风险承受能力较差的人。如果抗风险能力强，想要收益高的保险，可以选择投连险。不过这类保险回报率高，其投资风险也比较大。

4. 为人父母的保险理财规划

为人父母后，自己的小家庭就正式成立了。这时，稳定成为压倒一切的力量。但是供房、其他理财投资、家庭一般性开销和应急资金等都开始动摇着家庭稳定的基础。

这个时候的负担也最重，夫妻双方要供养4个老人，养老险、医疗险、意外险、女性险、少儿险和定期寿险等不可能每一个险种都要买一张保单，那么家庭保险套餐是最好的选择，只需要签一份保单，就可以保全家。

理财专家建议的投资比例是高风险投资占总收入的40%，家庭一般生活开销占30%，应急款占20%，保险占10%，其保额最好是总收入的5～8倍。

5. 老年人的保险理财规划

保险买得越早，收益越好。实际上，老年人如果买健康类的保险，就

需要做体检，保险公司很可能以老年人健康不佳为由拒保，即使保险公司同意担保，那么被保险人也需要交高额的保费。如果在年轻时买的意外、医疗、养老等保险都坚持了下来，那么老年人买的保健就应该以偏重储蓄的险种为主。另外，保险产品是不算遗产税的，老年人买的保险就可以作为一笔财产留给后代。

三、选购保险五法

（1）货比三家。投保者在决定购买保险时，不妨先到保险公司网站对比各家保险公司推出的险种，具体对比其保障收益、责任免除、投保人或被保险人的义务等。一般来讲，保障收益越多越好，责任免除、投保人或被保险人的义务越少越好。

（2）选择适合自己的保单组合。投保者决定购买保险时，需如实告诉保险业务员自己的想法，由他们替你选择合适的险种。咨询所选险种的保障内容、范围以及保费情况等。

（3）谨防保险业务员夸大投资收益率。有些保险业务员为提高业绩，故意夸大投资类保险的收益。对此，投保者要注意，投资收益率并非每年都能获得，可以要求保险业务员将低度分红、中度分红等收益列表出来核实。一般情况下，除了万能险有基本收益保障之外，分红险、投连险都不能保证固定的收益率，有的收益率还可能会缩水。

（4）警惕无素质的保险业务员。目前保险市场有一些保险公司的代理人出于"好意"，擅自更改客户的保单。为了防止此类情况的发生，可以在保单下面注明"擅改保单，以最先签订的保单为准"等字样。另外，还有些保险业务员收了被保险人的保费之后，却私自扣下没有在保险公司入单。因此，在收到保单之后，客户需要及时打电话向保险公司确认保单是否存在以及核对保单的填写信息，如果出现问题，需要向保险公司说明情况，并立刻向公安机关报案，有效制止这类非法分子私吞保费。

（5）对保险业务员的口头承诺需要落实到纸面上来。一些保险业务员很能扯，说出的保障收益听着不错，不过，究竟有没有这一回事，谁也不清楚。投保者可以请他指出所讲的收益在合同的哪一条款，或者对于承诺的收益在合同中注明。不然，以后发生索赔纠纷就难以取证。

四、看懂保险合同条款

大多数人都表示保险合同的文字描述看起来吃力，特别是一些逻辑层次感不强的人，往往觉得读保险合同如读天书。结果购买保险时没弄明白，到要求理赔时，保险人员依照合同条款"据理力争"，最后弄得自己哑巴吃黄连——有苦说不出。那么，对于保险合同存在的一些"陷阱"，我们应该怎么读呢？

（1）合同中签名的地方需要认真核实。看一看投保人、被保险人、受益人的姓名、身份证号码是否正确。另外合同中投保的险种、保险金额、保险期限和每期保费等是否存在问题。

（2）对于合同中的"保险责任"要特别留意。"保险责任"一项主要描述的是保险的保障范围和内容，简单地讲，它是具体规定被保险人来要求理赔时，保险公司在什么情况下需要赔付、赔付多少及如何赔付等。

（3）对于合同中的"责任免除"要特别留意。"责任免除"指的是保险公司在哪些情况下不赔偿。有些保险业务员为提高成交可能性，故意误导投保者，对免责条款未加以说明。但是投保人在签合同时需要看清楚，写在合同里的这些免赔条款自己是否接受，如果接受的话，那么以后在生活、工作中要小心回避这些"免责"情况的发生。一般来讲，车险中对于超载造成的损失是免责的，遗传性疾病在重大疾病中也是免责的，还有一些意外险，对于某些体育运动造成的伤害也是不给予赔付的。

（4）抠专业术语。比如，保险条款中有对高度残疾一项说是全赔的，但是，什么是"高度残疾"，什么又不是"高度残疾"，需要弄清楚。一只脚受伤，只能一瘸一拐地行走，这算不算"高度残疾"呢？被保险人自认为这是"高度残疾"，但保险公司很可能说"高度残疾"是指完全丧失行走能力，而不给予赔付。实际上，对于"高度残疾"一词，保险合同条款中并没有引文给予注释。这需要被保险人签订合同时不耻下问，一些专业

的医疗术语或者其他术语需要弄清楚。购买保险不是购买一件生活用品，以为付了钱就没事了。既然决定购买，就一定要抱着认真的态度力争弄懂合同里的内容。

（5）了解哪些情况下保险合同会解除或终止。一般来讲，投保人、被保险人、受益人未履行如实告知义务或谎称发生了保险事故，向保险公司提出赔偿请求时，保险公司有权解除合同。

五、保险公司拒赔原因

（1）未及时交纳保险费用。一般情况下，在投保人缴纳首期保险费之后，保险合同就正式生效。合同生效后，投保人需要按照规定按期交纳保险费。如果未能按期交纳，保险费用可以在以前多交的费用中自动垫付，合同依然有效。但是，既无保费自动垫交又没按期交纳保险费用的，那么保险合同自动中止，投保人在此期间发生的保险事故，保险公司可以拒绝赔付。

（2）未如实告知自己的情况。保险合同是投保人与保险公司建立诚信关系的纽带。在签订合同前，投保人有如实告知的义务。不少索赔的纠纷正是因为被保险人隐瞒了自己的情况而导致的，在这种情形下，保险公司可以拒绝赔付。比如，买重大疾病保险，投保人在签保险合同前隐瞒了自己有肺结核的病史，两年后确诊为肺癌，保险公司可以不给予赔付。

（3）保障内容与保险合同不符。如投保者投的是连投险等投资险种，因车祸住进医院申请保险公司理赔。由于连投险不包含医疗保障，故无法得到赔付。

（4）免责条款中规定的保险事故不给予理赔，免责期限内发生的保险事故不给予理赔。

（5）无效合同不给予理赔。保险合同无效就是指所签订的合同没有法律效力。非投保人本人签名的合同、投保人授权别人代签又未订立代签文书的合同、投保人未取得被保险人（未成年人除外）同意而擅自代签的合同等。比如，一位老汉瞒着自己成年的儿子替他买了一份人寿保险，但他儿子（被保险人）并未书面签字认可，尽管老汉已交纳了10年的保费，但却是一份无效合同，保险事故发生后，保险公司不给予理赔。

（6）投保人缺少索赔的相关材料。投保人发生保险事故后，应及时提供必要的有关证明、资料或者其他证据等。

（7）过了索赔时效。索赔时效简单地讲就是保险金请求权诉讼时效，是指被保险人或者受益人发生保险事故后，根据保险合同的约定，而要求保险公司给予赔付或者给付保险金的法定时限。

根据《中华人民共和国保险法》第二十六条：人寿保险以外的其他保险的被保险人或者受益人，向保险人请求赔偿或者给付保险金的诉讼时效期间为二年，自其知道或者应当知道保险事故发生之日起计算。人寿保险的被保险人或者受益人向保险人请求给付保险金的诉讼时效期间为五年，自其知道或者应当知道保险事故发生之日起计算。

（8）谎称保险事故。《中华人民共和国保险法》第二十七条：未发生保险事故，被保险人或者受益人谎称发生了保险事故，向保险人提出赔偿或者给付保险金请求的，保险人有权解除合同，并不退还保险费。

投保人、被保险人故意制造保险事故的，保险人有权解除合同，不承担赔偿或者给付保险金的责任；除本法第四十三条规定外，不退还保险费。

保险事故发生后，投保人、被保险人或者受益人以伪造、变造的有关证明、资料或者其他证据，编造虚假的事故原因或者夸大损失程度的，保险人对其虚报的部分不承担赔偿或者给付保险金的责任。

投保人、被保险人或者受益人有前三款规定行为之一，致使保险人支付保险金或者支出费用的，应当退回或者赔偿。

最后，凌飞看到在文章后面还附有达芬奇为各个年龄阶段的人群制作的一个保险理财规划方案，见小知识（注：以下描述为简要介绍，最终均以各保险公司的条款为准！）。

选择合适的护身符

一、儿童健康教育保险理财规划

险种组合：

金色朝阳少儿保险

教育年金保险

附加儿童重大疾病保险

保障利益：

（1）被保险人在 15～17 周岁的三年中分别按 10% 基本保险金额领取高中教育保险金 1 000 元，连续领取三年，合计 3 000 元。

（2）被保险人在 18～21 周岁的四年中分别按 20% 基本保险金额领取大学教育保险金 2 000 元，连续领取四年，合计 8 000 元。

（3）被保险人在 22～24 周岁的三年中分别按 20% 基本保险金额领取研究生教育保险金 2 000 元，连续领取三年，合计 6 000 元。

（4）被保险人在 25 周岁按照 30% 的基本保险金额领取创业金 3 000 元，本附加合同终止。

（5）被保险人有权参与本险种的盈余分配（高于银行利息），合同终止时分红，中等分红 8 500 元。

表 3-1 为重大疾病保险金给付比例表。

表 3-1

被保险人身故或全残时的年龄	给付保额比例/%	以保额 10 万元计算/万元
不满 1 周岁	20	2
满 1 周岁但未满 2 周岁	40	4
满 2 周岁但未满 3 周岁	60	6
满 3 周岁但未满 4 周岁	80	8
满 4 周岁但未满 18 周岁	100	10
18 周岁后的首个保单周年日零时之前	100	10
18 周岁后的首个保单周年日零时之后	200	20
已满 20 周岁且已婚	300	30

附加少儿重大疾病保险（19 种重大疾病）：

① 恶性肿瘤　　　　② 主动脉手术

③ 重大器官移植　　④ 慢性肾脏衰竭

⑤ 暴发性肝炎　　　⑥ I 型糖尿病

⑦ 再生障碍性贫血　⑧ 肌营养不良症

⑨ 良性脑肿瘤　　　⑩ 细菌性脑膜炎

⑪ 脑炎　　⑫ 失明　⑬ 川崎病（伴有冠状动脉瘤）

⑭ 严重幼年型类风湿关节炎 ⑮ 肢体缺失

⑯ 瘫痪　　　　　　⑰ 严重烧伤

⑱ 严重头部创伤　　⑲ 经输血导致的人类免疫缺陷病毒感染

备注：

90 天内，因意外伤害导致重疾，给付基本保险金额 260 元，本附加合同终止；90 天后，首次患重疾，按保险金给付比例表给付基本保险金额 10 万元，本附加合同终止。

保险费用：

被保险人年龄为 0～14 周岁，年缴保费 1 328 元，平均月缴 110 元，共缴 15 年。

二、单身者保险理财规划

险种组合：

吉星高照 A 款两全保险分红型

定期寿险 B 款

附加意外伤害保险

附加 08 定期重大疾病保险

保障利益：

（1）合同生效一年内，被保险人疾病导致身故或全残，将获保险金基本保额 × 10% + 吉星高照所交保费（10 万元 ×10% + 4 790 元）。

（2）合同生效一年后，被保险人疾病导致身故或全残，将获保险金（基本保额 10 万元 + 累积红利保额）×2 + 终了红利。

（3）合同满期，保额分红复利递增，保障金额不断提高，将获保险金基本保额 10 万元 + 累积红利保额 + 终了红利。

（4）若不幸发生合同所列 33 种重大疾病之一，一年内给付（保险金基本保额 10

万元×10% +530 元）；一年后，给付保险金基本保额10万。

（5）合同生效一年内，被保险人疾病导致身故或全残，将保险合同载明的保险金额的10%（注：本示例中定期寿险保险金额为50万元，被保险人所获保额为50万元×10%）给付身故或身体全残保险金，并无息返还所交保险费，合同效力终止。

（6）合同生效一年后，被保险人疾病导致身故或全残，按保险合同载明的保险金额给付身故或身体全残保险金，合同效力终止。

表3-2为投保示例演示表。

表3-2

险种	保额/万元	年交保费/元	保障期/年	交费期/年
吉星高照A款	10	4 790	20	20
附加08定期重大疾病	10	530	20	20
综合年交保费5 320元（每月443元）				
定期寿险B款	50	800	30	30
综合年交保费800元（每月66.6元）				

附加33种重大疾病保险：

① 恶性肿瘤　　　② 急性心肌梗塞　　　③ 脑中风后遗症

④ 重大器官或造血干细胞移植术　　　⑤ 冠状动脉搭桥术

⑥ 终末期肾病　　⑦ 多个肢体缺失　　　⑧ 急性或亚急性重症肝炎

⑨ 急性脑肿瘤　　⑩ 慢性肝功能衰竭失代偿期

⑪ 脑炎后遗症或脑膜炎后遗症　　　⑫ 深度昏迷

⑬ 双耳失聪　　　⑭ 双目失明　　　⑮ 瘫痪

⑯ 心脏瓣膜手术　⑰ 严重阿尔茨海默病　⑱ 严重脑损伤

⑲ 严重帕金森病　⑳ 严重三度烧伤　　㉑ 严重原发性肺动脉高压

㉒ 严重运动神经元病　　　㉓ 语言能力丧失

㉔ 严重再生障碍性贫血　　㉕ 主动脉手术

㉖ 严重多发性硬化　　　㉗ 脊髓灰质炎

㉘ 医护人员职业行为感染艾滋病病毒或患艾滋病

㉙ 记性坏死性胰腺炎　　㉚ 肌营养不良征

㉛ 系统性红斑狼疮性肾炎　　㉜ 终末期肺病

㉝ 严重胰岛素依赖型糖尿病

责任免除:

因下列情形之一,导致被保险人身故或身体高残的,保险公司不承担给付保险金责任:

(1) 投保人、受益人对被保险人故意杀害、伤害。

(2) 被保险人故意犯罪或拒捕、故意自伤。

(3) 被保险人服用、吸食或注射毒品。

(4) 被保险人在本合同生效或复效之日起二年内自杀。

(5) 被保险人酒后驾驶、无照驾驶及驾驶无有效行驶证的机动交通工具。

(6) 被保险人患艾滋病(AIDS)或感染艾滋病毒(HIV 呈阳性)期间。

(7) 战争、军事行动、暴乱或武装叛乱。

(8) 核爆炸、核辐射或核污染。

发生上述第四项情形时,保险公司对投保人退还保险单的现金价值。

发生上述其他情形,本合同终止,如投保人已交足两年以上保险费的,保险公司将退还保险单的现金价值;未交足两年保险费的,保险公司扣除手续费后退还保险费。

如投保人有欠交保费的情形,退还上述款项时应扣除欠交保费及利息。

三、组建家庭保险理财规划

险种组合:

国寿康宁终身重大疾病保险(2009 版)

国寿长久呵护住院费用补偿医疗保险

保障利益:

(1) 被保险人于合同生效(或最后复效)之日起 180 日后,初次发生并经专科医生明确诊断患合同所指的重大疾病(无论一种或多种),将获得重大疾病基本保险金额(本示例中保额为 30 万元),合同终止。

(2) 被保险人身故,保险公司支付其家人保险金基本保额 30 万元,合同终止。

(3) 中途投保人如需流动资金,可凭保单按条款规定获取借款。

(4) 被保险人因意外事故住院,扣除医保报销部分,90% 报销。无医保报销 70%。

(5) 被保险人因疾病住院,扣除医保报销部分,90% 报销。无医保报销 70%。

表 3-3 为投保示例演示表。

表 3-3

险种	保额/万元	年交保费/元	保障期	交费期/年
国寿康宁终身重大疾病保险（2009版）	30	8 700	终身	20
国寿长久呵护住院费用补偿医疗保险	2	360	1 年，按合同约定方式最长可延续至被保险人年满 70 周岁的第一年生效对应日	1
综合年交保费 9 060 元（每月 755 元）				

附加全额保障的 20 种重大疾病：

① 恶性肿瘤——不包括部分早期恶性肿瘤

② 急性心肌梗塞

③ 脑中风后遗症——永久性的功能障碍

④ 重大器官移植术或造血干细胞移植术——须异体移植手术

⑤ 冠状动脉搭桥术（或称冠状动脉旁路移植术）——须开胸手术

⑥ 终末期肾病（或称慢性肾功能衰竭尿毒症期）——须透析治疗或肾脏移植手术

⑦ 多个肢体缺失——完全性断离

⑧ 急性或亚急性重症肝炎

⑨ 双目失明——永久性不可逆

⑩ 瘫痪——永久完全

⑪ 严重阿尔茨海默病——自主生活能力完全丧失

⑫ 严重脑损伤——永久性的功能障碍

⑬ 严重帕金森病——自主生活能力完全丧失

⑭ 严重Ⅲ度烧伤——至少达体表面积的 20%

⑮ 严重运动神经元病——自主生活能力完全丧失

⑯ 重型再生障碍性贫血

⑰ 主动脉手术——须开胸或开腹手术

⑱ 严重多发性硬化症

⑲ 严重系统性红斑狼疮性肾病

⑳ 严重重症肌无力

责任免除：

因下列情形之一导致被保险人身故或患合同所指重大疾病，保险公司不承担给付保险金的责任：

（1）投保人对被保险人故意杀害、故意伤害。

（2）被保险人故意自伤、故意犯罪或抗拒依法采取的刑事强制措施。

（3）被保险人在合同成立或合同效力最后恢复之日起二年内自杀，但被保险人自杀时为无民事行为能力人的除外。

（4）被保险人服用、吸食或注射毒品。

（5）被保险人酒后驾驶、无合法有效驾驶证驾驶或驾驶无有效行驶证的机动车。

（6）被保险人在合同生效（或最后复效）之日起 180 日内，患合同所指重大疾病或因疾病而身故。

（7）战争、军事冲突、暴乱或武装叛乱。

（8）核爆炸、核辐射或核污染。

（9）遗传性疾病、先天性畸形、变形或染色体异常。

无论上述何种情形发生，导致被保险人身故或患合同所指重大疾病的，合同终止，本公司向投保人退还合同的现金价值。投保人对被保险人故意杀害或伤害造成被保险人身故的，本公司退还合同的现金价值，作为被保险人遗产处理。投保人对被保险人故意杀害或伤害造成被保险人患合同所指重大疾病的，本公司向被保险人退还合同的现金价值。

四、老年人保险理财规划

险种组合：

国寿鸿寿年金（分红型）

国寿长久呵护住院费用补偿医疗保险

保障利益：

（1）从本合同约定的年金开始领取日起至被保险人年满 79 周岁的年生效对应日止，若被保险人生存，按规定给付年金（年领养老年金＝基本保险金额×5%）。

（2）被保险人不幸身故，其家人可领满期保险金（满期保险金＝基本保险金额×2）。

（3）被保险人生存至年满 80 周岁的年生效对应日，按规定给付满期保险金（满期保险金＝基本保险金额×2）。

（4）中途被保险人如需流动资金，可凭保单按条款规定获取借款。

（5）投保人在投保时可选择以下任何一种红利处理方式：现金领取、累积生息。红利保留在本公司以复利方式累积生息，红利累积利率每年由本公司公布（若投保人在投保时没有选定红利处理方式，本公司按累积生息方式办理）。在本合同有效期内，在符合保险监管部门规定的前提下，本公司每年根据上一会计年度分红保险业务的实际经营状况确定红利分配方案。如果本公司确定本合同有红利分配，则该红利将分配给投保人。

（6）被保险人因意外事故住院，扣除医保报销部分，90% 报销。无医保报销 70%。

（7）被保险人因疾病住院，扣除医保报销部分，90% 报销。无医保报销 70%。

表 3-4 为投保示例演示表。

表 3-4

险种/万元	保额/万元	年交保费/元	保障期	交费期/年
国寿鸿寿年金（分红型）	10	6 900	自从领取老年金（55 岁或 60 岁）开始算共 20 年	20
国寿长久呵护住院费用补偿医疗保险	2	360	1 年，按合同约定方式最长可延续至被保险人年满 70 周岁的第一年生效对应日	1
综合年交保费 7 260 元（每月 605 元）				

资料来源：

http://picchgl0830. unibao. com/chanpin_ list. asp

http://www. xinhuabaoxian. org/jixinggaozhao/jixinggaozhao. html

http://lu95519. unibao. com/fangan_ xxy. asp？id＝7161

http://lu95519. unibao. com/fangan_ xxy. asp？id＝7162

生 财 篇

种一棵摇钱树《

第四章

第一节　可怜的80后

事实上，达芬奇的家庭算不上贫穷，但是一直以来他对从楼上摔下来而无法得到及时医治的事耿耿于怀。无论是过去的父母，还是现在的父母，对教育孩子方面的投资，都不会嫌贵，但是对医院治疗的费用，虽然是自己心甘情愿为孩子着想的，但还是觉得贵了。

凌飞看了看达芬奇发给他的保险投资组合方案，不由感叹，以自己目前的经济水平，不像达芬奇的父母一样吗？虽然勉强可以应付得起某项支出，但是却舍不得。理财专家建议保险投资占收入的比例大约为10%～20%，显然以自己目前的花销来看，能否按期缴纳保费是一个问题。身为80后，他心中对未来充满着迷茫与无助。

凌飞已将近30岁，但是前几年的职业摸索与社会摸索，让他根本没有存钱。他的生活虽然过得比较风光，但是长辈却时不时冒出一句：你不会过日子！

为此，凌飞将近些年的收入与消费进行了"盘点"，并对未来买房、结婚、生子的生活进行了展望。而买车，目前对于凌飞来讲还是一件比较遥远的事情。

凌飞现在北京一家图书公司做图书编辑，周末给某家杂志社撰写稿件，每月税后收入约有5 000元，加上年终奖一年赚有6万元左右。

他与同事在海淀西三环租了一套二房一厅的房子，平摊房租后月交1 000元，加上水电费、网费等开销，一年花1.3万元。

早餐一杯牛奶、一块面包，花费3元。中午盒饭10元，晚上兴致好的话，就自己做饭炒菜吃，平均下来一天生活花费25元，加上经常与同事一起下馆子聚餐，年消费约 1 万元。

租房与吃饭是一年最大的消费，其次便是买衣服。在专卖店买的中档衣服，一件上衣需要 300 元，裤子 200 元，皮带 100 元，鞋子 200 元，其他比如衬衫、内衣、内裤等，共需要 1 200 元，春装、秋装区别不大，一年至少要备 2 套替换，冬装 2 套，夏装 4 套（需要经常换洗），总共需要 8 套衣服，再以每一套衣服用 2 年，那么每一年花在衣服上的钱是 1 200×4 = 4 800（元）。

再就是通讯与交通费用，北京人虽多，但是公交与地铁的费用很便宜，一个月 100 元左右，手机费一个月需要 120 元。这样一年花费约 2 600 元。

另外就是买书、充电培训、娱乐（KTV、酒吧等）等花费约在 1 万元左右。

过年来回的车费约 1 000 元，给父母的钱 5 000 元。

一年花费加起来约 4.6 万元。收入 6 万，剩下的只有 1.4 万元。

这里没有考虑的是尹洁"借去"的钱与自己生病的费用。事实上，凌飞近些年来很少去医疗，身体健康状况良好。但是尹洁花在买衣服、化妆品、小吃方面的钱少说也在 5 000 元以上。

凌飞这才弄清楚自己一年可以存约 1 万元了。但是工作这些年以来，他最终的存款却只有 1 万元。

想起以后还要谈婚论嫁，还要买房子，还要养小孩，凌飞有一种虚脱的感觉。他闭着眼睛，任由浑浑噩噩的思绪在大脑里驰骋，仿佛看到了自己的未来：

凌飞与尹洁结婚，首先要买一套房子。北京房价每平方米都涨到将近 2 万了，他不敢奢望，那么就在老家安个小窝。老家的房价涨到每平方米 5 000 元，相比其他各大城市，房价还可以接受。尹洁银行里分文不剩，凌飞也只有这 1 万元，那么 90 平方的房子需要 45 万，交首期 30% 与装修费用需花 25 万左右。其他的 24 万，现在必须请父母援助，凌飞父母没有什么积蓄，尹洁家里可以提供 5 万（以前谈论买房子时，尹洁红口白牙亲自

说的），虽然要岳丈家给钱买房，凌飞心中有一点憋屈，但是为了营造一个小家庭，似乎别无他法了。另外还需要借19万，以老家房子抵押贷款，年利率按5.94%计算。

然后一切从简，给尹洁买结婚首饰需要2万元，办婚宴请客需要2万元，当然收彩礼可以回收一部分，那么就当是1万元，最后凌飞至少需要花费3万元来打点这场人生最大的事情。

不考虑房子入住以后的物业管理费、水电费和煤气费等，也不考虑以后有小孩的费用，再把尹洁家里支持的5万抹去，凌飞需要借贷39万，还款10年，以年利率5.94%来计算，那么每月需要还款约为5 000元（以等额本金方式还款，本金3 250元＋月利息1 800元上下浮动），这样算来，一年还款为5 000×12＝60 000（元），正好与凌飞工资相抵。没了工资，以后可怎么办，凌飞还需要各种生活费用，还需要适当的休闲娱乐，还需要与朋友在饭桌上畅谈人生……

这天下班后，凌飞敲开合租朋友阿强的门，把自己的"未来展望表"拿给他看。朋友也是80后，看完之后一言不发，把凌飞拉到电脑前。上面是网上流传的一段名为《谁叫我们是80后》的文章，凌飞看后一时感慨万端，有一种欲哭无泪的感觉。

当我们读小学的时候，读大学不要钱；

当我们读大学的时候，读小学不要钱；

我们还没能工作的时候，工作是分配的；

我们可以工作的时候，撞得头破血流才能勉强找到一份饿不死人的工作；

当我们不能挣钱的时候，房子是分配的；

当我们能挣钱的时候，却发现房子已经买不起了；

当我们没有进入股市的时候，傻瓜都在赚钱；

当我们兴冲冲地闯进去的时候，才发现自己成了傻瓜。

我们经历过香港回归，经历过澳门回归，经历过申办奥运，经历过大学扩招，经历过 SARS，经历过禽流感，看过股市神话，也经历过炒股惨败，我们看到猪肉在涨，不过还买得起，我们看到房价在涨，这才幡然醒悟，原来人的一生要做的并非只是为人民服务，而是要养活自己。当我们开始谈婚论嫁时，才蓦然发现，原来人生应该做的第一件事就是买一套房子住。但是，房价在嗖嗖地往上涨的时候，我们的工资却是如此微薄。好不容易混了几年，工资涨上来了，房价却更高了，千辛万苦付了首付买了一套房子，却被每月的按揭压得喘不过气来……

凌飞不禁扪心自问：我真的可以通过努力变成富人吗？

回到自己的卧室后，凌飞马上告诉达芬奇自己的所思所想，他希望这个"神圣的智者"能传授一些具体的理财投资方法，而不是仅限于谈论成功学似的谈论财富，这样泛泛而谈不具有可操作性。

看到达芬奇后，凌飞问："我没有钱，我现在还能富起来吗？如果我从现在重新开始，还能拥有一套房子、一个老婆、一个孩子吗？"

第二节　富人的致富秘诀

达芬奇说："像你刚才的消费方式，完全可以节省一点。比如，你可以找一个租金比较低的住所，1 000元的房租至少可以降下一半。与朋友下馆子联络感情没错，但没必要如此频繁，这样每月在吃的消费上会省下不少钱，娱乐方面也是如此。另外，服装方面的费用，样式不错，穿起来舒服就行，不需要总是买什么有牌子的，衣服的费用至少可以省掉一半。手机通讯费用，如果想煲电话粥的话，可以选择电话超市打，可以省掉一半……总之，在没有存款的时候，你需要存款以备将来的理财投资。"

凌飞不满道："如此做的话，倒是能省下不少钱，但这样的生活还有什么意思呢？不能做自己想做的，不能尽自己所欲，工作一点动力也没有了。"

达芬奇哈哈大笑，说道："一些人在悲叹命运不公，又在网游中虚掷青春；一些人发帖发泄满腹牢骚，却对生活失去信心；一些人在想钱想得发疯，却不会积极学习理财。积累财富是一个痛苦的克欲过程，投资理财是一个坚持不懈、不屈不挠的过程。世界上的富人只有一种，那就是节俭而勤奋上进的人，至少在获取财富的过程中或拥有财富的初期是如此。大多数上班族需要积累投资的第一笔资金，那么就请延迟享受。真到了钱生钱的时候，你才可以尽自己所欲，才不必通过省钱来积累财富。"

达芬奇接着说，凌飞明白这些道理，但是却不能真正做到，是因为没有真正理解克欲的精髓——生命只是一个过程。经常有一些"月光族"上半个月下馆子，下半个月啃馒头吃泡面，这说明了什么？

说明生命只是一个过程，在15天里，你吃山珍海味可以活下来，同样你啃馒头吃泡面也可以活下来。

资本积累是一个不断控制自己欲望的过程。当天气炎热的时候，你极渴望买一只冰淇淋吃，但是，如果你不吃的话，有没有什么问题呢？一点问题也没有，在5分钟的时间里，你吃完了冰淇淋，感觉很舒爽，没吃冰淇淋，感觉有些难受。同样是5分钟，你的感受会完全不同，但是，5分钟这个过程是不会变的。也就是说，你最终会走向5分钟的终点，那么，何必浪费钱去买冰淇淋呢？

我们要做的是克制欲望，这里不仅讲的是改掉坏的消费习惯，欲望包括的层面很多，比如，爱慕虚荣、自我优越感、自我表现等。只有克制那些杂七杂八的欲望，我们才能保证持续那些最纯粹的欲望——赚钱的欲望。

每一个富人在拥有财富之前，他都是不断地控制着自己的欲望，像葛朗台一样吝啬资金的流出，这样才会慢慢积累资本，一旦遇到合适的投资机会，他们又会把钱"挥霍"出去，拼力一搏。

在中国每一个角落都能看到浙商，基本上已经形成浙商满天下的格局。他们不像晋商、徽商那样，只有精英分子才做商人，而是全浙皆商，下层的百姓也具有从商的意识。创业之初，他们精打细算地用每一分钱，为了节省资金，他们睡地铺，吃快餐，务实吃苦，到拥有财富之后才理智地开始自己的享受，这就是最好的克欲证明。金钱是一种力量，在没有拥有这种力量之前，你就要慢慢积累它，对它顺服一点，别以为你是它的主人，可以毫不怜惜地离弃它。你离弃它，它同样离弃你。

储蓄与保险也是理财，但它们侧重于防守，现在为了赚大把的钱，我们需要进攻的武器。在获取这种武器之前，我们根深蒂固的"穷人"观念，要脱胎换骨一番，变成"富人"观念，并在以后的投资实战中，坚持执行富人的理念，这些将成为以后致富的秘诀。

达芬奇打开网页，并将引用的文字通过附件发给凌飞。

恪守致富的理念

百万富翁成功的六大秘诀

如何成为百万富翁？不想知道的人恐怕不多，就算不想，也是因为不信，真的不想，我看没有。由不得你不信，理财专家经过多年的研究，深入分析世界各国多位百万富翁的发迹历程，发现了令人吃惊的六大秘诀。

秘诀之一：工作勤奋，干活拼命。司马华云：无财作力，小富经商。这一条古今中外，概莫能外。发财需要耐心更需要时间。李嘉诚、王永庆哪一个不是四五十岁才发起来，就算天纵英才如比尔盖茨，不也要拼上老命地干20年，才有今日的成绩？像我们普普通通的小百姓，既无祖宗荫蔽，又无海外关系，在发财这等好事上，自然需要多磨。只要方法得当，埋头苦干，捱上半辈子，挣一份丰厚的家业也不是什么难事。

秘诀之二：精通理财，能挣会花。凡是发起来的，没有几个不会投资理财，他们靠的就是这个。工欲善其事，必先利其器，理财亦然。如果投资不能趋利避险，那不是把血汗钱往火坑里送？只有懂得怎样把钱投到风险小、见效快、投资小、收益大的项目上，才算是学会了投资。而所有这些都需要学习。再则，要善于"借鸡下蛋"负债经营，只靠自己的力量是成不了大气候的，要善于利用社会的资金，用别人的钱来赚钱。

秘诀之三：财尽其用，投资生利。百万富翁手头上的钱不会太多，有些甚至看起来穷兮兮的。可不要以为这是什么韬晦之术，其实他们才知道怎么样去发挥钱的效用，与其把钱装在口袋存进银行，还不如扩大生产能力。金钱在于运动，资金在于周转，善用金钱才能尽享其利。如果所有的财富都是现金，那才是最大的浪费。

秘诀之四：智商不高，雄心不小。挣钱往往要靠一股蛮劲，说文雅点，就是要用铁的意志把理想变成铁的事实。这些富翁，在他们的性格中都有积极进取的一面，他们对事业的狂热与对财富的追求，其程度大大超过了常人。而聪明人遇事往往思前想后游移不定，一心向往投机取巧，一本万利，既没有创业者的狠劲和韧劲，也缺乏吃大苦耐大劳的勇气和毅力，所以，聪明人往往与财富失之交臂。

秘诀之五：白手起家，经营致富。据专家统计，90%的富翁都是靠赤手空拳打天下的。正因为他们一无所有，所以才有那种无所顾忌、大胆拼搏的勇气，这也就是人们常说的逆境造英雄。因此，逆境中的人们，只要鼓起信心，化压力为动力，背水一战勇于创业，成功必然指日可待。

秘诀之六：追求财富，永不满足。在百万富翁的字典上，是没有"退休"这个词的，事业就是他们的生命，只有在工作和追求中，他们才能感受到快乐，才能发现人生的意义。这对普通人是一个很好的启示，它让人明白，要惜时如金，充分利用一切可以利用的时间来增加收入而且永不知道停息。

你只有做到以上六点，才有机会走入百万富翁的行列。

百万富翁八步速成手册

有人通过对美国 170 名百万富翁进行系统地访问、调查，从他们的致富经验中，归纳出了要想成为拥有七位数身价的百万富翁的八个行动步骤。

第一步，现在就开始投资。没钱投资怎么办？卡尔森建议投资者强迫自己立即将收入的 10%~25% 用于投资；没时间投资怎么办？那就立即减少看电视的时间，把精力花在学习投资理财知识上；担心股价太高怎么办？别忘了股价永远会有新高。

第二步，制定目标。这个目标既可以是为小孩准备好大学学费、买新房子或 50 岁以前攒足退休费，总之，任何目标都可以，但必须要定个目标，全心去完成。

第三步，把钱花在买股票或股票基金上。美国人认为买股票能致富，买政府公债只能保住财富。百万富翁的共同经验是：别相信那些黄金、珍奇收藏品等玩意儿，把心放在股票上，这才是建立财富的开始。从长期趋势来看，股票年均报酬率是 11%、政府公债则略高于 5%。

第四步，不要眼高手低。百万富翁并不是因为投资高风险的股票而致富，他们投资的是一般的绩优股。

第五步，每月固定投资，投资必须成为习惯，成为每个月的功课。不论投资金额多少，只要做到每月固定投资，就足以使你的财富超越美国 2/3 以上的人，因为他们平常只想到消费，到老才想到投资。

第六步，买了股票要长期持有。调查显示，3/4 的百万富翁买股票至少要持有 5 年以上。股票买进卖出频繁，不仅冒险，还得付交易费、券商佣金等。这样交易越多反而不会使你致富，只会令交易商致富。

第七步，把税务局当做投资伙伴。厌恶税务局的思想并不可取，只有把它当成自己的投资伙伴，并随时注意新的税务规定，善于利用免税规定进行正当的投资理财，使税务局成为你致富的助手，才是正面的做法。

第八步，限制财务风险。百万富翁大多都能量入而出，买现成的西装、开普通福特车、在平价商场购物，他们通常都不爱频繁换工作、不生一大堆孩子、不搬家，生活没有太多意外，稳定性是他们的共同特色。

凌飞只看了半部分就不看了，他有些不满道："老兄，你有没有搞错，现在我求教的是致富学，而非成功学，似乎你讲的与成功有极大关联。"

达芬奇最后意味深长地说："你说谈论财富不要像谈论励志、成功那样，实际上，我直接告诉你具体的投资方法，你觉得你会听下去吗？

"市面上有许多投资理财的书，专业性强，可操作性强，但是除了真正执著追求财富的人会看这样的书、设法弄懂里面的内容，一般人哪能看得下去呢。我现在做的，就是把一个幻想财富的人变成执著追求财富的人，唯有如此，那些投资理财工具才能发挥其作用。"

人的心态、想法决定着人的习惯，人的习惯决定人的选择，人的选择决定着人的命运。士兵作战之前，优秀的将帅会激励士气，因为如此，士兵们才会勇往向前，前赴后继，而不会因为见到同胞的惨死，而中途放弃冲锋。财富亦如此，真正要攫取财富的人，只有培养坚强的财富理念，才不会因为后来被撞得头破血流而放弃。

我们需要种一棵摇钱树，唯有对财富执著的信念才是它生长的肥沃土壤，无论风吹雨打，还是火烤日灼，摇钱树即使被强风劈断枝丫、被天火烧焦树皮，依然能够茁壮成长，并为我们带来源源不断的金银元宝。

达芬奇接着说："做老板可以变成富人，工薪阶层同样可以变成富人。一些社会精英可以致富，一些普通的打工者同样可以发财。这就需要最通用、最有效的致富技巧，只要掌握了这些技巧，一切人都可以致富……我们来看一看这样一道算术题：一个上班族月存 1 000 元，每年收益率为 10%，30 年后，能够变成百万富翁吗？"

第三节　30 年后你就是百万富翁

凌飞开始拿起笔计算起来，一个月存 1 000 元，一年就存 12 000 元，如果每年收益率为 10%，那么 30 年后的累积收益率为 300%，30 年后的最终收入应该是 12 000 ×（1 + 300%）= 48 000（元）。

"你看是这样的吗?"凌飞小心翼翼地询问达芬奇。此前他曾听达芬奇讲过复利，还将复利吹得神乎其神，说世间的最大规律逃不过时间与空间，而复利是对时间的完美运用。不过以此看来，复利也没什么大不了的。

凌飞心里正在嘀咕，却听到达芬奇呵呵大笑起来。

"你刚才算的只是每年领取利息的情况，这是单利，也就是说，你每年都把利息取了出来。如果每年不领取利息，让利息与本金一起生利息，生出的利息与以前的本金、利息再生利息，一直这样持续下去，你想过 30 年后，你将获得多少钱吗?"

凌飞想了想，开始列表（见表4-1）计算起来：

表4-1

年数	投资本金/元	年回报率/%	复利终值/元
第一年	12 000	10	12 000 ×（1 + 10%）= 13 200
第二年	13 200	10	13 200 ×（1 + 10%）= 14 520
第三年	14 520	10	14 520 ×（1 + 10%）= 15 972
……			

凌飞算到第三年，头开始大了，这样算下去，何时才能算完。达芬奇为此给了他一个复利终值计算公式：

$$F = P \times (1 + i)^n$$

F：复利终值

P：本金

i：利率

n：利率获取时间的整数倍

为此凌飞列出了公式，依然很繁琐，不过为了能找到答案，他只好不辞劳苦了。30 年的收入应该是：$12\,000 \times (1 + 10\%)^1 + 12\,000 \times (1 + 10\%)^2 + 12\,000 \times (1 + 10\%)^3 + \cdots\cdots + 12\,000 \times (1 + 10\%)^{30} = 2\,170\,000$（元），是原来本金 12 000 的 180 倍。

凌飞看到这样的结果，吓了一跳，按单利计算，最后的结果是 48 000 元，而复利竟然是 2 170 000 元。

达芬奇看见凌飞惊讶的表情，笑了笑，说道："没有骗你吧。当时间帮你赚钱的时候，其威力大得令人震惊，不然爱因斯坦也不会称赞复利为世界第八大奇迹。虽然百万富翁可能在以后算不了什么，但是百分富翁依然缺乏。如果想成为千万富翁、亿万富翁呢，那么该怎么办？"

凌飞瞄了一眼自己刚才列出的表格，很快就回答道："有三个方法可以解决，第一是增加投入的本金，第二是提高年回报率，第三是拉长投资的时间。"

达芬奇赞同地点了点头，分析道："如果一个人的收入比较固定的话，增加本金不大可能。那么就考虑下其他两个因素。你自己可以算一下，本金、时间都不变，只要将年回报率提高到 26%，30 年后你就能成为千万富翁；将回报率提高到 36%，30 年后你就能成为亿万富翁。同样，本金 12 000、年回报率 10% 都不变，只要过 71 年，你就有 1 千万；只要过 95 年，你就有 1 亿。"

凌飞兴奋得满脸通红，甚至手舞足蹈起来，复利实在是太神奇了。

达芬奇似乎没有注意到凌飞异样的表情，接着说："用复利终值计算方式来计算，非常繁琐，这时不妨用一下 72 定律。这个定律能比较接近地算出复利所带来的最终收益。其公式为：资产翻倍需要用的时间 = 72 ÷ (年投资回报率×100)。举一个简单的例子，比如有 10 万元，年投资回报率为 10%，那么只需要 7.2 年 (72÷10)，10 万元就能成功地翻一番，变成 20 万元。如果投资年回报率为 5%，那么就需要 14.4 年 (72÷5)，10 万元才能实现翻番了。"

凌飞对这些话没有一点反应，仿佛已经沉醉在自己幻想的世界里了。听到凌飞激动的喘息声，达芬奇怪异地微笑，并用食指对着凌飞晃了两晃。

凌飞突然醒悟，哎呀，自己怎么忘了，一个人怎么可能从娘胎里出来就开始投资呢，95 年，看来自己是成不了亿万富翁了。还有每年 36% 的收益率，真的有人可以做到吗？如果退而求其次，每年有 10% 的回报率有人能做到吗？究竟应该怎么做到呢？

达芬奇看着凌飞用手指敲自己的脑袋，会意一笑："你找到问题的关键了吧。从上面所讲的，我们可以看到，时间与回报率是影响最终收入的重要因素。时间越长，其收入就越多。回报率越高，其收益就越大。然而问题的最终关键不是时间，而是回报率。每年 10% 的回报率究竟能不能做到呢？我们看看世界股神巴菲特，他没有建工厂，也没有开公司，仅凭股票投资就拥有 400 多亿美元的财富，他每年的回报率为 20% 左右。因此，10% 的年回报率是一个很难又不难的问题。"

凌飞盯着达芬奇，不断地点头。达芬奇说的话正是他心里想问的，他迫切想知道问题的答案。

这时，达芬奇故意卖了一个关子，他说这个周末马超与王大胆将到他家做客，讨论关于投资工具使用技巧的问题，你可以当面问问马超与王大胆，事实上，马超的实战经验非常丰富，相信他的话会给你带来裨益。

第五章

暴富神话——股票

$

$

第一节　股票入门知识

这一天是周日，凌飞早早就来到了达芬奇的家，正好尹洁排班今天休息，于是跟着凌飞一起过来了。

达芬奇已经吃完早餐，三人坐在达芬奇的书房里闲聊。现在还是上午9点，马超与王大胆大约要到吃中饭的时间才到。

凌飞继续昨天的话题，怎么才能让自己的年回报率至少是10%呢?

达芬奇笑了笑："你还念念不忘这个问题啊。"

凌飞说道："那当然，复利给我致富的希望，我总要把希望变成铁一般的事实吧。"

达芬奇讲："**股票、基金、期货、外汇和黄金等是当今最热门的投资理财工具，其年回报率都可以达到**10%。我给你们讲一个关于马超在股市试验性投资的真实案例。

"从2001年3月开始，马超就开始每月拿出1 000元用来购买XX股票，最开始买的价格是11.12元，买100股，接着每一个月都坚持买进，每一个月的价格呈波浪状，但总体趋势是一直往下降，其价格分别11.50，11.32，11.60，11.23，10.98，10.58，10.22，10.91，9.52……这样一直买到2004年8月某一日的5.02元，然后马超每月开始投资10 000元，每次买进2 000股，股票还在跌，到了2005年9月某一日股价跌至4.11元，马超开始每月投资20 000元以上，每次买进4 000股，熊市还在继续，尽管马超忧心如焚，可还是咬着牙往前冲，不过当2006年7月某日股价跌至3.32元时，马超并没有加大买进股数，反而每月减少了股数变成买进1 000股，2007年3月，熊市变成牛市，股票一路高涨，马超所持股票涨到

13.41 元，这个股价超过了以往所有的买入价格，马超就不再买进，一直观望，此时他手中所持股票共 111 600 股，当股票涨到 30 元左右，在 2008 年牛市变成熊市之前，他开始有步骤有计划地卖出，那时股价已有所回降。马超在所持股票跌破 30 日线时（当时价格为 29 元）卖出手中的 50% 的股票 55 800 股，到了跌破 100 日线时（当时价格为 33 元）卖出 30% 的 33 480 股，到了 2007 年年底跌破 250 日线时（当时价格为 25 元）全部清仓。

"最后结算下来，从 2001 年 3 月到 2007 年年底这 6 年多的时间里，总共投入资金 96 000 元，除掉本金后，获利高达 1 200 000 元，增值比例为 1 250%。"

听完马超的故事，凌飞又惊又喜，高兴得张大了嘴巴，暗想，这样说来，投资股票可以获得数倍甚至数十倍的利润啊。旁边的尹洁插话了，"炒股票能够发财，但是不少炒股票的人也输得倾家荡产啊。"说完还白了一眼凌飞，警告他没有金刚钻别揽那瓷器活。

凌飞挠了挠头，对着尹洁笑了笑："我在没有彻底掌握股票技术之前，绝不上股市浑水摸鱼。不过，现在闲着没事，了解一下股票的基本知识也无妨吧。"他看了看达芬奇，问道："老达，股票究竟是什么呢？"

达芬奇点了点头，说："我们常说的股票就是股份公司在筹集资本时向出资人发行，用以证明出资人股本身份的凭证。简单地讲，我们购买了某一家公司的股票，就证明我们成为这家公司的股东了。当然我们这种普通百姓组成的散户都是很小很小的股东，没有权利参与公司的重大决策，但是有权利收取股息或者分享红利等。"达芬奇开了一个小玩笑，接着有些感慨地说："我刚开始炒股票时，没人教我，但是运气好，正好碰到 20 世纪 90 年代中末期的牛市。马超给了我一笔赞助费后，我就狠下心来炒股票，结果本金翻了好几番。马超不再给我赞助费了，他也跟着我下了股海，赚得盆满钵满。"

凌飞听着达芬奇诉说"光辉史"，脸上是一片神往之情，不过他今天

是来取经的，而不是听昔日"股"事的，于是把话题引了过来，问道："老达，我听说过什么 A 股、B 股、H 股，还有什么红筹股、蓝筹股、ST 股等，这些股票究竟是怎么分类的呢?"

"目前我国上市公司的股票依据其上市的地点和面对的投资对象划分为 A 股、B 股、H 股。A 股是由我国境内公司发行，供境内机构、组织或个人（不含台、港、澳投资者）以人民币认购和交易的普通股股票。B 股是以人民币标明面值，以外币认购和买卖，在境内（上海、深圳）证券交易所上市交易的特种股票。H 股是以港元计价，注册地在内地、上市地在香港的外资股。因为香港的英文名字是 Hong Kong，取其第一个字母 H，所以称为 H 股。同理，在纽约（New York）上市的股票称为 N 股，在新加坡（Singapore）上市的股票称为 S 股，国内在国外（Foreign）上市的股票统称为 F 股。

"早在 20 世纪 90 年代初，我国香港诞生了红筹股、蓝筹股的说法。因为中国被西方世界称为红色中国，因此控股权隶属中国内地的公司，而在境外注册、香港上市的股票称为红筹股。蓝筹股的概念则更有意思，它起源于西方赌场。西方人打牌下赌时，有三种不同颜色的筹码，其中蓝色筹码代表的钱数最多，红色筹码次之，白色筹码为最低，因此投资者把那些股票市场上实力雄厚、成交活跃、业绩良好的股票称为蓝筹股。"

尹洁这时的兴趣也被调动起来，问道："我的一些客户经常说起什么 ST 股和前面加星号的 *ST 股，说自己贪便宜又被套了，这又是怎么回事呢?"

达芬奇笑了："ST 是英文 Special Treatment（特别处理）的缩写，简单地说，ST 股就是垃圾股、次等股，其上市公司连年业绩亏损有退市的风险，而 *ST 股则是垃圾中的垃圾。"他看到尹洁一脸的疑惑，说道："人们之所以选择购买 ST 股，一个原因就是对 ST 股认识不够，另一个原因是觉得它便宜。当然有些高手发现 ST 股中含有潜在升值的可能，选择做短线快进快出，一番快速交锋之后赚大钱的也有。对于广大民众来讲，选择购买 ST 股并不合适。"讲到这里，达芬奇话锋一转，说："这里跟你们说个马超关于垃圾股的怪论，你们可以听听。马超认为股市上的股票都是垃圾股，只不过分大垃圾与小垃圾。比较优秀的股票属于小垃圾，而比较差的股票属于大垃圾，把股票当做垃圾来炒，实际上是提醒人们股票中的风险，真正做到战略上藐视敌人，当然，战术上一定要重视敌人！"达芬奇接着说道："ST 股、＊ST 股当然属于大垃圾，由于所有股民都认为它是垃圾，买的人就非常少，价格就变得非常低，那么，股票价格与其真正价值就会非常接近，因此有投资的价值，但是也存在很高的风险，最害怕的是它这个'准垃圾'变成了真垃圾，那就麻烦了。一般来讲，初入股市者最好不要贪便宜而买 ST 股，因为只有操盘技巧娴熟的成熟投资者才能比较好地掌握它们。"

尹洁这才弄明白，自己那些当了老板娘又爱美容的客户为什么会抱怨 ST 股了。她接着问道："我还听说成长股、绩优股、热门股等股票，这又是怎么回事呢？"

"呵呵，其实关于这些股票概念的基本知识，上网一搜全部都能搜到。"

凌飞高兴地说道："对，对。不过，第一次开户买股票要很多钱吗？现在又是怎么办理的呢？"

达芬奇喝了一口茶继续说道："投资股票不需要很多钱。现在又时兴炒股，卖菜的、杀猪的、开小店的、大学生等都涌进股市淘金。在 1997 年的时候，不少证券公司要求新开户的股民要有数万元的资金，现在随着互联网与证券市场的发展，股民越来越多，据相关报道，中国股市开户数有 1 亿多，也就是说大约有 1 亿人在炒股票。交易容量的扩大与证券公司竞争的激烈，都导致证券公司不可能拉高开户资金的起点，而是转而规定新开户的股民无论购买哪一种股票，最低不得少于 100 股。"

"也就是说，如果这只股票 5 元钱的话，我只需要投入 500 元钱就可以

开户了?"凌飞兴奋地问道。

"你说的没错。不过,拿500元去股市上试试手也无妨,要想赚钱那就得多投入点了。如果是股票涨了10%,500元只能赚50元,投入5 000元就能赚500元,本金越大收益越高,相应地,风险也就越大。"

"那么,像我这种菜鸟,应该花多少钱去买股票呢?"

"5 000元左右比较合适。首先,需要申请开立上海或深圳的股东账户。作为个人投资者只要带身份证及其复印件到证券公司营业部办理即可。其次,还要办理资金账户。股东账户用来存放买进的股票,而资金账户则用来存放现金,包括买股票的现金及卖出股票所获的现金等。

资金账户的钱用来买股票,当现金减少时,股东账户里的股票就会增多,反之,当股东账户里的股票卖出时,资金账户里的现金就增多。

开办了个人资金账户后,还可以在网上申请开户,只要登录相关的网上证券交易网站,提供本人的证券账户、身份证及其复印件就能够办理,阅读《网上委托风险揭示书》并认真填写《网上委托协议书》后就能获得CA数字证书(相当于投资者网络上的身份证),然后再安装一些股票交易软件就可以操作了。"

"哇,还有这么方便的事,我记住了。"凌飞摇头晃脑地说道,"开了账户之后,只要买低卖高,不贪心,赚一点就是一点,呵呵……"

"股票可不光是通过买低卖高来赚钱的。拿着股票了,你就是股东,有权利获得所持上市公司的定期股息与分红。只是分红是按照你所持的股票份额来分的,对于散户来讲,通过分红来获利当然很微薄,因此长期持有股票是获得高额分红的重要途径。通常情况下,人们称那些手持股票1年以上的投资行为称为长线投资,而将频繁地买进卖出赚取差价的行为称为短线投资。那么,你觉得长线投资与短线投资哪一个更适合你呢?"

"我觉得短线投资见利快,应该容易致富吧。而长线投资不仅耗时间、耗耐心,如果一旦被套,那就吃不了兜着走了。"凌飞忧心忡忡地说,似乎看到了长线投资那无止无境的煎熬。

"事实上，长线投资与短线投资各有优劣，关键在于各人怎么使用了。但是，炒股就是炒心态，做股就是做人。真正能称之为股神的人，都是选中一只被人认为是'没用'的股票，长期持有，最后这只大牛股爆发起来，资产猛然升值数十倍、数百倍，从而成就一段不朽的传奇！股市上有一句著名的话'长线是金，短线是银'。但在理论上讲，短线股票投资其利润是最高的，而长线股票投资的利润最低。这个理论在现实上不好或者说不能操作，因为很少有人能够准确地在底部买进，在顶部卖出。因此从平均收益来看，短线股票投资的收益远远不如长线股票投资。

"我曾经讲过复利的神奇魔力，复利体现的是时间的威力，也就是说持有股票，只有做长做久，你才能赚到大钱。如果把股票作为投资工具来获利的话，那么就应该积极了解上市公司的财务状况、业绩情况、主营业务情况、公司的基本面、净资产收益率、市盈率和流通盘等，做长线投资，选择一只可靠的股票，坚持自己的判断，不听信风言风语，也不迷信专家点评，长期关注其上市公司的运营状况，然后坐着看它的股价一个劲儿地往上涨就行了。

"我们所熟悉的股神巴菲特就是用长线投资积累了巨额的财富，他一直持有伯克希尔·哈撒韦公司的股票，30多年来，这家公司的资本平均盈利达到20%以上，也就是说巴菲特很大部分的财富是通过吃股息与红利而获得的，而并非快进快出地买低卖高。有人说，如果在1956年把1万美元交给巴菲特，那么它今天就变成了大约2.7亿美元，而且是税后收入。"

凌飞问："你是指如果真的要把股票作为理财工具就应该长线投资，对吗？"

达芬奇说："正是如此。短线投资需要盯盘，一般工薪阶层这样做的话，会很耗时间与精力，搞不好还会影响工作。知道开户了，还需要学会如何竞价？"

"股票也有竞价？"凌飞抱着怀疑问道。

达芬奇严肃地说："股票就是通过买进卖出来赚钱，无论是买进，还是卖出，新股民经常会遇到这样的问题：以盘面的价格买不到股票或者卖不出股票。很多时候时机是转瞬间即逝的，如果因为不会竞价而失去赚钱的机会，这个问题就变得很严重了。"

喝了一口水，达芬奇继续说道："目前股票竞价成交原则分为两种：集合竞价与连续竞价。集合竞价时间为：周一至周五上午9：15～9：25；连续竞价时间为：周一至周五上午9：30～11：30，下午13：00～15：00；周末与交易所公布的休市日休市。"

所谓集合竞价就是电脑交易主机系统对所有投资者的有效委托进行一次集中处理。集合竞价时成交价格的确定原则为：

（1）有效委托的价格不得超出个股当日最高价、最低价的范围。个股最高价与最低价根据该股上一交易日收盘价及确定的涨跌幅度（一般为10%）来计算。

（2）电脑系统计算出成交量最大的价位首先实现成交。

（3）买家申报价格越高越容易成交，卖家申报价格越低越容易成交。

（4）与成交价格相同的买方或卖方至少有一方实现成交。

投资者在集合竞价，也就是上午9：15～9：25内未实现成交的，将从9：30分开始自动进入连续竞价。所谓连续竞价就是电脑交易主机系统对投资者申报的每一笔有效委托进行撮合处理。连续竞价时成交价格的确定原则为：

（1）最高买入申报价格与最低卖出申报价格相同，则以该价格为成交价。

（2）买入申报价格高于当时的最低卖出申报价格时，以当时的最低卖出申报价为成交价。

（3）卖出申报价格低于当时的最高买入申报价格时，以当时的最高买入申报价格为成交价。

（4）同等价格下，买进或卖出以时间为准，时间靠前的容易成交。

凌飞虽然明白集合竞价与连续竞价比较重要，但是听完达芬奇的解释却越来越糊涂。达芬奇遂叫尹洁在他的书桌里拿来一张纸和一支笔，很快，他画了一张表格（见表5-1），并举例说明什么是集合竞价与连续竞价。

表5-1

序号	委托买入价/元	买入数量/股	序号	委托卖出价/元	卖出数量/股
1	5.58	2 000	1	5.39	1 000
2	5.48	9 000	2	5.41	3 000
3	5.43	3 000	3	5.42	5 000
4	5.36	3 000	4	5.43	3 000
5	5.25	4 000	5	5.50	6 000

我们假设某种股票前一交易日的收盘价为5元，根据证券交易所交易规则，每日股票涨跌幅度不能大于前一日收盘价的10%，这样可以推算出今日该股票的价格应该在4.50元到5.50元之间。你以自己心理能承受的价格（4.50~5.50元）申报买进或卖出。那么在表中可以看到，序号1的投资者申买价5.58元已经超出了4.50~5.50元的范围，因此买入委托2 000股的报单为无效报单，不能实现成交。

按照集合竞价中不高于申买价与不低于申卖价的原则，序号2的5.48元买入委托与序号1的5.39元卖出委托将首先成交，成交数量为1 000股。首次成价的价格决定了后面的交易价格必须是在5.39~5.48元的范围内。第一笔成交后余下的交易情况见表5-2。

表5-2

序号	委托买入价/元	买入数量/股	序号	委托卖出价/元	卖出数量/股
2	5.48	8 000	2	5.41	3 000
3	5.43	3 000	3	5.42	5 000
4	5.36	3 000	4	5.43	3 000
5	5.25	4 000	5	5.50	6 000

在第一次成交中，由于买入委托的数量多于卖出委托的数量，因此序号 1 的卖出委托全部成交，而序号 2 的买入委托还剩下 8 000 股。序号 2 的买入委托价格不高于 5.48 元，序号 2~3 号的卖出委托价不低于 5.39 元，而且其数量加起来正好是 8 000 股，与序号 2 的买入委托数量一致，故实现成交。成交价格介于 5.42~5.48 元之间，成交数量为 8 000 股。第二笔成交后余下的交易情况见表5-3。

表5-3

序号	委托买入价/元	买入数量/股	序号	委托卖出价/元	卖出数量/股
3	5.43	3 000			
4	5.36	3 000	4	5.43	3 000
5	5.25	4 000	5	5.50	6 000

序号 4 的卖出委托与序号 3 的买入委托价格相符，而且委托买卖的数量都是 3 000 股，正好相符，因此两者成交，其价格为 5.43 元。第三笔成交后余下的交易情况见表5-4。

表5-4

序号	委托买入价/元	买入数量/股	序号	委托卖出价/元	卖出数量/股
4	5.36	3 000			
5	5.25	4 000	5	5.50	6 000

在完成上面三笔委托交易后，剩下的最高委托买入价是 5.36 元，而最低委托卖出价为 5.50 元（只有最后一笔），因此买入价与卖出价无法交集，不能实现成交，这次集合竞价到此结束。

按照集合竞价的规定，最后一笔（本例中的第三笔）成交价格为集合竞价的平均价格，即 5.43 元。同时，在所成交的 12 000 股中，无论是委托买进还是卖出，其成交价均为 5.43 元，该个股所发布的开盘价也为 5.43 元。

达芬奇接着开始演示连续竞价，见表5-5。

表5-5

序号	委托买入价/元	买入数量/股	序号	委托卖出价/元	卖出数量/股
1	5.58	2 000	1	5.39	1 000
2	5.48	9 000	2	5.41	3 000
3	5.43	3 000	3	5.42	5 000
4	5.36	3 000	4	5.43	3 000
5	5.25	4 000	5	5.50	6 000

连续竞价与集合竞价存在很大的区别，它是一对一捉对成交，其成交价为委托买入价与委托卖出价的平均价格。

序号1委托买入的价格为5.58元，为所有委托买入中的最高价。委托卖出价的最低价格为5.39元，两者最先成交，其价格为两者之和的平均值(5.58+5.39)/2，即为5.48元，成交数量为1 000股。该次成交后剩下的委托报价情况见表5-6。

表5-6

序号	委托买入价/元	买入数量/股	序号	委托卖出价/元	卖出数量/股
1	5.58	1 000			
2	5.48	9 000	2	5.41	3 000
3	5.43	3 000	3	5.42	5 000
4	5.36	3 000	4	5.43	3 000
5	5.25	4 000	5	5.50	6 000

上次成交后，序号1还剩下1 000股需要买入，其买入价格为5.58元。序号2委托卖出价为5.41元，两者成交1 000股，成交价格为(5.58+5.41)/2，即为5.49元。此次成交后剩下的委托报价情况见表5-7。

表 5-7

序号	委托买入价/元	买入数量/股	序号	委托卖出价/元	卖出数量/股
2	5.48	9 000	2	5.41	2 000
3	5.43	3 000	3	5.42	5 000
4	5.36	3 000	4	5.43	3 000
5	5.25	4 000	5	5.50	6 000

第三笔成交为序号 2 买入委托与序号 2 卖出委托，成交数量为 2 000 股，成交均价为（5.48 + 5.41）/2，即为 5.44 元。第四笔成交为序号 2 买入委托与序号 3 卖出委托，成交数量为 5 000 股，成交均价为 5.45 元。第五笔成交为序号 2 买入委托与序号 4 卖出委托，成交数量为 2 000 股，成交均价为 5.45 元。成交后剩下的委托报价情况见表 5-8。

表 5-8

序号	委托买入价/元	买入数量/股	序号	委托卖出价/元	卖出数量/股
3	5.43	3 000			
4	5.36	3 000	4	5.43	1 000
5	5.25	4 000	5	5.50	6 000

最后一笔交易为序号 3 买入委托与序号 4 卖出委托成交，成交数量为 1 000 股，成交均价为 5.43 元。

达芬奇介绍完集合竞价与连续竞价之后，补充道："股票清割有一个交收制度。现在我国证券交易所都实行 T + 1，简单地讲，就是当天买入或卖出的股票，不可在当天又卖或买，而是需要等到下一个交易日。这么做的目的是为了防止过度投机情况的发生，确保股市的稳定。深圳证券交易所在 1993 年推出了 T + 0 制度，即可以当天买入卖出，但是这种制度在股票上不用了，而主要用于证券或期货交易。"

沪深股票申报的单位数量与交易费用

名称	上交所	深交所
一、A 股		
ZQ 开户费	个人投资者为 40 元/户；机构投资者为 400 元/户	个人投资者为 50 元/户；机构投资者为 500 元/户
交易单位	100 股	100 股
每笔申报限制	100 万股	100 万股
委托价格最小变动单位	0.01 元人民币	0.01 元人民币
交易佣金	上限不超过成交金额的 3‰，起点为人民币 5.00 元	上限不超过成交金额的 3‰，起点为人民币 5.00 元
交易印花税	成交金额的 1‰	成交金额的 1‰
过户费	成交面额的 1‰，起点 1 元	无
二、B 股		
开户费	个人投资者为 19 美元/户；机构投资者为 85 美元/户	个人投资者为 120 港元/户；机构投资者为 580 港元/户
交易单位	1 000 股	100 股
每笔申报限制	——	
委托价格最小变动单位	0.002 美元	0.01 港元
交易佣金	不超过成交金额的 3‰，起点 1 美元	最高为成交金额的 3‰
交易印花税	成交金额的 3‰	成交金额的 3‰
结算费	成交金额的 5‰	成交金额的 5‰（上限：港币 500 元）

第二节　看K线预测股价

凌飞问："现在我知道开户与竞价了，那怎么才能挑选到一支上升潜力大的股票呢？我看到以前有很多同事都是买证券报纸参看股评，还有看电视中的专家个股推荐，再就是参照一些股票网站对个股走势的预测等。这些股票选择的方法感觉都不是太准，有好几次同事购买专家推荐的股票，结果亏得厉害，把那些专家统统臭骂了一顿。"

"实际上，刚才你同事所做的并不算真正的选股。真正的分析股票要靠自己亲自来，怎么能假手于人？目前分析股票主要包括两种方式，一是技术分析，一是基本面分析。"达芬奇接着授课，"我们刚才说到股票的长线投资与短线投资，如果将其与股票分析技术对应起来的话，那么基本面分析对应的是长线投资，而技术分析对应的是短线投资。所谓技术分析就是根据股价的历史走势来预测股票市场价格的变化趋势。1936年美国经济学家凯恩斯提出了著名的空中楼阁理论，这一理论解决了股票技术分析的合理性问题。他认为人们购买股票时，并不是因为所买股票值这个价，而是相信当自己持有一段时间后再卖出股票时，其他人会以更高的价格向他购买，从而可以赚取差价。作为一种经济现象，投资者通过技术分析股票走势，抢在股票价格接近最低点时买进股票，而在股票价格上升到最高点之后再将股票卖给别人。技术分析需要对概率进行分析，但是又不具备严密的数字逻辑，从整体上看，它显得主观性较强，每一个投资者都有自己独特的技术分析，每一位股票专家也可以提出自己对未来股票走势的截然不同的见解。因此，技术分析准确与否，非常依赖市场经验，经验越丰富，预测走势很可能就越准确。"

凌飞不由得问道："你说技术分析带有主观性，我感觉不可思议，有些弄不明白。"

"简单地说，技术分析就是一种股票预测术。世界上任何一种预测术都带有极强的主观性，像我们中国预测命运的梅花易数、奇门遁甲等，都是智者见智、仁者见仁的事。不过，有一些基本的理论系统是客观的，只有学习这些客观的理论系统才有可能进行预测。股票技术分析理论比较著名的有波浪理论、江恩理论以及道氏理论等，主要的分析方法有K线分析、量价关系分析、形态分析和切线分析等。这些股票知识非常多，三天三夜都讲不完。"达芬奇看了看手表，都10点30分了，马超与王大胆想必还在路上。

听到这些话，凌飞心中一沉，问道："没想到炒股票要知道这么多，这样学起来感觉太辛苦了，有没有快捷的法子呢？"

"这些技术分析方法中，现在最为流行的是K线分析。如果学会了看K线图，就知道该在什么时候买进股票，什么时候卖出股票了。当然炒股的事，没有人敢说一个定数，股市迷离诡谲犹如悬念小说一般。"

尹洁好像不太感兴趣，开始有点昏昏欲睡了。但是，凌飞却是精神倍增，特别是听到这话，他心中更是一震：股票赚钱就是靠择时买进，择时卖出啊。那么看得懂K线图里蕴含的信息，就是打开股票之门的一把钥匙。

达芬奇接着讲道："K线图又被称为蜡烛图，最早是由日本米商本间商久发明的，最初是为了预测大米价格的走势，被称为商人做生意的杀手锏，后来传入美国股市，用于分析股价走势。

"K线图由柱状实体与上下影线组成，实体又分为阳线与阴线。一般阳线是用空心的红色实体来表示，而阴线则是用黑色或白色的实体来表示。当收盘价高于开盘价时，就用阳线来表示；当收盘价低于开盘价时，则需要用阴线来表示；如果收盘价等于开盘价，就形成十字线。K线图通过其实体与上、下影线来表示股票的开盘价、最高价、最低价和收盘价在一段交易期内的变化范围（如图5-1所示）。

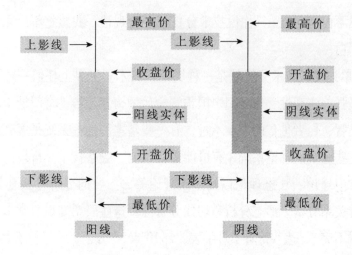

图5-1　柱状实体与上、下影线图

"根据K线的计算周期，可将K线分为日K线、周K线、月K线和年K线。日K线是根据股价一天走势中形成的开盘价、收盘价、最低价和最高价绘制而成的，而周K线则是根据周一的开盘价、周五的收盘价、一周内的最高价和最低价绘制而成的，同理可以推出月K线、年K线的含义。一般月K线反映的股价走势最为准确，其次是周K线，而日K线则存在不少的水分。

"有些短线操作者也喜欢研究5分钟K线、15分钟K线、30分钟K线和60分钟K线，以此抓住瞬间即逝的投资机会。真正学习看懂K线，需要掌握很多知识，K线的组合应用也非常复杂。一些常见的K线变化形态有红三兵、黑三兵、曙光初现、乌云盖顶、锤子线、吊颈线、希望之星、黄昏之星和十字星等。一时半会儿也讲不了这么多，你可以买些图书或者到网站上查找相关的知识。"达芬奇说道。

听到这些专用术语，凌飞云里雾里，达芬奇明显感到他一下子接受这么多知识有些吃力，于是，直截了当地概括道："根据对K线单体的分析，我简单地将K线的各种组合浓缩成三条原则。第一条原则是：K线分阴阳，阳线代表上升趋势，而阴线则表示下跌趋势。阳线在K线中占据主体时，股价会上涨，而阴线占主体时，股份会下跌。第二条原则是：观察阴阳两线的实体，阳线实体越长，形成大阳线，股价上升的概率就会越大，同样，阴线实体越长，形成大阴线，股价下跌的概率就会越大。第三条原则是：物极必反，否极泰来。上影线代表的是达到的最高价，上影线越长，就越不利于后市股票的上涨，当上升到一定极限很可能会回档。同样的道理，下影线越长则表明股价会向低处走，但是下跌到一定程度，回升的概率就较大，可以尝试探底。"

凌飞打起精神，注意听这三个原则。但是听完之后，却不以为然道："这三个原则很普通啊，一听就懂了。"

达芬奇笑了笑："大道至简。我们看 K 线，最重要的目的不是看那些错综复杂的组合，而是看由这些局部组合成的大局。K 线形态分析不是为了盲人摸象，最终的目的是为了看清大局走势。刚才所讲的那三个原则，可以应用于所有的 K 线形态组合，即使出现一个新的不认识的形态组合，只要真的弄懂了，也能大概地预计出股价的走向。"

凌飞点点头："我回去用一点功，一个星期内学会使用 K 线。"

达芬奇说："学习 K 线是一个不断积累经验的过程，除了掌握理论之外，还特别需要实战练习。现在网上有专门的看 K 线模拟软件，特别适合那些学习炒股的新股民。"

达芬奇又足足讲了一个多小时，凌飞总算对 K 线图有了一些基本的了解，但是达芬奇所讲的 K 线图就像《易经》中的卦一般，"错综复杂"，又如苏东坡所看的庐山一样，"横看成岭侧成峰，远近高低各不同"。凌飞深深感受到 K 线的精深复杂，不同的 K 线组合会衍生出一种不同的阴阳形态，而这些形态中又有不少水分，有的是庄家骗线，有的是大户打压吸筹，将本来就扑朔迷离的股市搅得更加昏天暗地，让人辨不清方向。因此 K 线既是行路的"指南针"，又是诱人进入歧途的"陷阱"。最后达芬奇讲道，"为了确保预测股价走势的准确性，股民应该将 K 线分析与上市公司基本面分析、股票成交量分析等结合起来，如果公司基本面、股票成交量等可以论证 K 线分析的走势，那么其股价走势预测会更加准确。"

第三节　怎么选股票？

达芬奇诲人不倦地讲授股票知识，凌飞如饥似渴地吸收知识，而尹洁却坐在椅子上歪着脑袋假寐。就在这时，防盗门开了，只听见门外一个洪亮的声音说道："老达，你又在哪里找来了学生？"

一个穿着白西服的中年人走了进来，脸形方正，鼻子高挺，下巴宽厚，一看就知道是手握权威的人。他身后还跟着一个男秘书，手中提着水果和名贵的保健品。

"马超，你这个大忙人终于有空来看我了。"达芬奇指了指凌飞介绍道，"这位是编辑凌飞。"凌飞站了起来，微笑道："马老板，您好！"

马超拉了一把椅子坐下，然后从口袋里抽出了一盒烟，递给凌飞一支，说道："你们刚才聊什么聊得这么专注呢？"

达芬奇笑道："除了致富经，还能有什么？对了，王大胆怎么没有跟你一块儿来？"

马超说道："他今天可能来不了了。他炒房时，有一个客户出了问题，现在正在解决呢。"

"那我们不等他了，王妈，把饭菜端上来吧。"达芬奇与马超一直聊着关于生意的事。

马超感叹道："王大胆也真倒霉，上次他老婆开车撞人了，又没买保险，赔得够呛。这次又在股市中翻船了，亏了近10万。"

达芬奇说："他可不是新手，怎么会亏这么多呢？"

马超举起酒杯喝了一口酒，说："还不是没有选好股票，将一个绩差股当成绩优股了。"

凌飞请教道："那么怎么选股票呢?"

马超微微一笑，开始讲述他跟达芬奇学来的炒股知识，并披露出那一段辉煌的炒股史。

马超在1990年怀揣着销售赚来的2万元进军深圳发展银行，到1993年初，已变成了100万元。之后又相中了贵州茅台与云南白药，投入资金60万元，至今已涨到1 000万元。

每一个行业里都有自己的龙头行业，而这些龙头行业往往是蓝筹股，认准它的价值，即使被套高达10元也决不放手，只要判断准确，它们一定会涨起来。说明白一点，炒股票就是炒公司，现在很多人被表面上金光闪闪的股票所迷惑，岂不知它们只是镀金的，最终还是会被打回原形。而发现真正埋在地底的宝石，就一定要坚持信念，一直持有它。和氏卖玉的故事是一个悲剧，但是这种悲剧在股市中却屡见不鲜。

没有选择好优秀的股票公司，逐利地狂热跟风、患得患失的浮躁心态最终会断送你账面的资金。

马超说，自己赚的钱并不多，真正赚钱多的人多的是，他们都有一些共同的特征：一是坚持价值投资；二是有良好的心态；三是有过硬的炒股技术。

当我们把炒股当成投机时，炒股奇人却把炒股当成一项真正的投资——投资公司。看中了哪只股票，就认真研究相应公司的财务报表，去实地调研，用一个脑袋和两条腿来赚钱，而不是盯着电脑两眼通红。

如果由股民变成职业的投机者，那就需要掌握过硬的技术。没有过硬的技术而频繁地买入卖出，后果必然是自己账面的不断缩水。世界股神巴菲特的炒股成功就在于注重对上市公司基本面的分析，研究该公司有无发展前景、关注该公司的财务状况，并能积极地贡献计策，他的成功，从某种程度上来说，就是长期持有股票后复利所带来的神奇效果。

除此之外，要想在股市中获得成功，不仅需要掌握知识、积累经验，还需要有良好的心态，在没有学习好炒股技术之前，切忌将大额资金投入

到股市中。

马超引用"民间股神"束伟平的话说，自己做短线有时三五天，有时十来天，但有一些铁的纪律是操作中所必须遵守的："我做短线，有八种股票是坚决回避的。它们是：

"（1）业绩亏损的问题股坚决不买。

"（2）高位横盘整理的股票不买。

"（3）正在走下降通道的股票不买。

"（4）整个板块走势不好的股票不买。

"（5）股性呆滞或超级大盘股不买。

"（6）多家报纸极力推荐的股票不买。

"（7）成交量特大但趋势不明的股票不买。

"（8）累计涨幅较大的热门股，且股价远离 10 天均线的不买。"

马超结合自己的炒股经验又说出了几个选股技巧。

一、挑选成长股的技巧

要挑选成长股，就需要挑选出那些成长型公司。这些成长型公司具有后劲足、增长稳的特点，其销售额与利润不仅能够持续增长，而且增长速度快于本行业整体的增长速度。当然，这些成长型公司很少能够一直持续增长下去，一般的增长周期是 3 年左右，之后，就回归平静。因此判断是否是成长股，主要是从基本面分析上判断这个上市企业是否是成长型企业。

辨别成长型企业需要注意以下几个因素。

（1）考察企业成长的动力是什么。一个企业能否获得快速增长，其内在的硬件与软件非常重要。从硬件方面讲，包括公司的产品、稀有资源、专业技术等。比如，公司开发一种新的产品，这种产品具有技术先进、知识密集等特点，投入市场后会不会大卖？从软件方面讲，包括公司的管理层、劳动成本和政策扶持等。比如，公司管理层是否诚实可信，是否优秀；劳动成本占生产成本的比率是不是较低；国家政策对该公司是否有倾向支持等。

（2）在行业中的增长速度。成长性企业是所属行业里的快跑者，它们有的是行业龙头，有的是行业里的业绩突出者，特别是后者，就需要对公司的基本面进行详细的分析才能做出结论。

（3）企业在各方面的创新。创新是一个民族进步的灵魂，是国家兴旺发达的不竭动力。同样，创新也是一个企业是否具有成长性的评判标准。除了需要关注有关企业未来成长的各种信息之外，还需要注意企业在产品、技术、营销和管理等方面的创新，创新力度大、业绩优良的企业就具备成长型企业的潜质。

二、熊市选股的技巧

熊市投资如履薄冰，整个大盘行情陷入萎靡状态，指数一路下跌，稍不小心就会亏得吐血。正如胳膊扭不过大腿，当交易量萎缩时，个股也难逃其厄。要从上千只股票中选出未来的"牛股"，难度可想而知，因此没有一点功力的投资者最好持观望态度。尽管如此，熊市中仍然有一般性的选股原则可供借鉴。

（1）选择近五年来业绩优异，趋势向上的股票。花点心思去阅读该公司的年报、季报等公开的信息，确认其业绩。这类个股由于能够在过去持续盈利，久经考验，故而具有极强的抗压能力。如果其股价走势持续向上，说明其上涨的后劲很足，持有的话就不要轻易清仓。

（2）选择大公司的股票。大公司不容易倒下，只要在上证综合指数、深证成份股指数或者沪深300指数中找到市值排名靠前的股票就行。

（3）选择基本面好转的股票。基本面分析是对宏观经济面、微观经济实体等各种基本情况的汇总，包括国内政治、经济、金融等形势、股票上市公司的整体分析、上市公司的运营情况和影响股市的相关政策等。但基本面分析最根本的是对上市公司的分析。当上市公司主营业务发生变动，

公司重组、收购、兼并等情况发生，或者财务报表中的主营业务增长率、主营利润增长率、净资产收益率等发生变化，特别是向好的方面转化时，投资者就可以买入。但是，需要注意的是，这种股票适合中长期投资，对于短期内获利不要抱太大希望。

（4）观察主力进驻的个股。股市中有一句不成文的谚语，顺股势者昌，逆股势者亡。一般主力都拥有雄厚的资金将股价拉升，只要散户进入的时间合适，顺着大流，再在高价时卖出，同样能赚到钱。在大智慧股票软件中有基本资料，里面有一项"股东进去"，如果在前十大股东中能找到基金，就说明这只股票机构认同度高，可以作为主力进驻的参考。

三、牛市选股的技巧

经过漫长的熊市之后，牛市终于来临。股市行情一片大好，有人说在牛市随便选一只股票都会随着大盘涨上去。此时选股，投资者可以参考以下建议。

（1）坚持价值投资。牛市中的股票大多牛气冲天，但是物极必反，一些市值极度膨胀，脱离其实际价值的股票最终会跌得很惨，因此，长远之计就是要做好基本面分析与经济分析，短期的爆发只是昙花一现，源远流长才是硬道理。

（2）跟着庄家投资。散户在看清股市大趋势之后，对庄家选择的个股要进行基本面分析，如果基本面良好，就果断跟庄。庄家拥有影响股价波动的能力，因此跟庄就是跟着大势走。只要掌握庄家的操作规律，跟庄就不难。一般庄家在吸筹阶段，成交量会有所放大，但是股价还是呈下跌趋势，接着庄家会派出小股试盘，将股票拉升一段，再大举打压，股价下跌会使部分眼光不准的股民吐出持股。经过试盘与打压之后，庄家会加大进股数量，造成成交量明显放大，股价大幅上涨。如果想求得保险，那么散户可以进仓分一杯羹。不过跟庄的最好时机是低位盘整时，此时进入，收益会更大。

（3）低价买入。如果认定是大牛市，那么在上涨、下跌、上涨循环中的第二阶段下跌时买入，即使可能被套，只要一直持有股票，坚持守仓，个股最终会随着大盘一起涨起来，在股价涨到高位时再卖出，不但能解套，而且能够获利。

最后，达芬奇总结道："如果极端地讲，拥有财富就是拥有成功的人。财富理念远比获得财富的技巧更重要，因为好技巧能让你一时获利，但是好的理念却让你一辈子获利。在这个浮躁的社会，人们孜孜以求的是技术，是技巧，但是这种表面的暂时的胜利不会维持多久，就像我刚开始跟你讲的，当父母和社会把你推向那所谓的'高薪水'的职业时，不喜欢的职业必然会成为你人生的遗憾，成为你致富的隐患。同样，炒股票讲究的是心态平和，讲究的是价格符合价值的经济规律，讲究的是对自己眼光的坚持。掌握专业的技术、掌握正确的财富理念、摸索自己独特的炒股方法，坚持价值投资为主，短线投机为辅，这样，才能在股市中无往而不利。"末了，还加了一句："不要以我的话为圣典，也不要以外国股神、中国股神的话为圣典，并非说我们说的是废话，而是说我们提供的只是经验，真正实战中能让你赚到钱的是你自己。"

凌飞有点懵了，感觉这是在说佛，佛一边告诉别人怎么成佛，一边又说自己告诉的方法都不对。马超笑道："老达，你也不管别人的接受能力如何，就一股脑儿把你的理念都灌输给这位小友。"他看了看凌飞，解释道："相信老达早就跟你讲过，炒股就如做人，做人需要有自己的个性，炒股也需要有自己的风格。找到自己的风格，股市大门就会永远向你敞开，你也会在股市中赚得盆满钵溢。"

第四节　初战被套

凌飞并非是一个极有野心的人，也不是一点野心都没有的人。他自始至终都记得复利的神奇威力，因此他给自己定的要求不高，那就是每年坚持有10%的投资回报率，尽管炒股票的回报率远不止这个数。

经过达芬奇的一番"启蒙"，工作之余，他开始买书、浏览股票网页、加入股票论坛，开始系统地学习股票知识，很快他就掌握了K线理论，并在网上下载了大智慧炒股软件和一个K线模拟实战的软件。周末也不去杂志社接单子写采访报告了，而是一头扎进各种股票学习资料中，专心学习炒股票。

半个月后，凌飞自认为做好了下股海的准备，他挥舞着拳头，信心满满地向股市进军了。合租房子的同事阿强今天过来串门，他前年就进入股市了，可以说已经是一个资深股民了，一进门就问："凌飞，你最近都在忙啥，看你每天都这么用功。"凌飞把从达芬奇那里学到的一套理财理论给他讲了一遍，然后又说自己准备炒股。

阿强笑道："哎呀，原来你遇到高人了，难怪我们哥儿几个找你喝酒都找不到你的人。"凌飞说："喝酒啊，下次吧。"他心里却在想，不能再乱花钱了，能推的酒要尽量推。阿强说："那你现在选好股票没有？"

凌飞一愣，炒股理论学习了一大通，但是真正说到选择股票，他心里没底了。光A股就有上千只股票，他瞅着大智慧软件发愣。

只听阿强嘿嘿地笑了几声，鬼鬼祟祟地附在他耳边低声说："选这个XX股票，绝对是内幕消息，听说庄家最近要发力了，及早买入就能赚钱。"

凌飞怀疑道："真的吗？上次国美电器控股之争时，你就说黄光裕必胜，陈晓必败，还说网上很多人都看好黄光裕，结果怎么样，国美股票不是跌下来了吗？"

阿强挠挠头："兄弟，这可不是我判断不准确。那时候大多数人都是这样猜测的，我跟着这样说，就是大势所趋嘛。"

凌飞笑了笑，说："投资股票就是投资公司，基本面分析很重要。如果短线操作的话，我学的股票技术分析还不够成熟，无法把握较好的进入点与退出点。你这种道听途说的炒股方法就是羊群效应，获利不多不说，时机把握不好，还会出现亏损。"

阿强不服气道："那你坚持你的基本面分析去吧，看你是室友我才告诉你这个内幕消息的，你不信就当我没说好了。"

说完就生气地走了，凌飞微笑地摇了摇头。他依旧盯着电脑上的股市，认真地研究起自己选中的 YY 股票的"操盘必读""财务透视""主营构成""股东进出""行业地位"和"管理层"等来。

周一上午，凌飞兴高采烈地去上班了，他买的 YY 股票五天时间就涨了十五个百分点，把他高兴坏了。而且还在往上涨，凌飞准备长期持有。正在他精神劲儿倍足地工作时，阿强逛到凌飞桌边，哭丧着脸着说："凌飞，你买的股票怎么样了，在涨吗？"

凌飞一看他这表情，就知道他被套住了。阿强继续说："今天一看盘，我买的股票前几天也在跌，但是没像今天这么气势汹汹的。开盘不到 10 分钟，就像黄河之水一样往下冲，没过 5 分钟竟然跌停了。还好我这两年操作速度快，在跌停前总算割肉清仓了。"

凌飞说："你炒了两年的股，难道还不知道怎么解套吗？"

阿强咳了几声："唉，像我们这种小散户，止损第一啊。当跌得超过我的心理底价就得抛。"

凌飞轻轻摇了摇头，说："看来你还是没了解炒股就去炒股了啊。其实解套的方法有很多种的。老达就告诉过我，碰到被套时，第一点就是止

损，就像你所说的，为了避免更大的损失。第二点是持股不动，股票跌落时，不卖不赔，卖了才赔，等待形势好转的时候，再卖出股票。第三点是摊低成本，股价越跌越买，买进的股票会降低整体持股的平均价格，等待股价上升超过股票平均成本时就可以卖出解套。第四点是购买强势股票，这种股票获得的收益能弥补被套股票带来的亏损。"

阿强点了点头，叹了一口气道："现在我已经卖了，亏损已经出现了。那么我该买另外一支绩优股票，靠它的赢利来弥补亏损吗？但是，这样炒股也不是办法，投入精力不说，还成天提心吊胆的，赚不到什么钱，要是能有一种风险较低，收益又不错的投资方法就好了。"

凌飞听了这话，也无奈地表示赞同，炒股确实占用时间，而且炒股的时间与上班时间正好重叠，自己偷溜去看 K 线图，可能会被老板抓个正着，这还真是一种掉心吊胆的日子。

周二下午，凌飞趁工作之余，偷偷去打开大智慧看一看自己买的 YY 股票。不看不知道，一看吓一跳。怎么跌得这么厉害？凌飞暗中一算，如果这时卖出去的话，平均每股要损失 3 元多钱。他心痛不已，考虑到这只股票的基本面还不错，最后还是决定持股等待。虽然如此，一整个下午他都心神不定，脑海中经常进出这样的忧虑：要是不涨起来咋办？不过他在买股票时长了一个心眼，知道鸡蛋不能放在同一个篮子里，所以 5 000 元钱只用了 3 000 元买 YY 股，另外 2 000 元还是稳稳地放在资金账户里。

晚上回到家，他猛然想起阿强曾说过的话：要是能有一种风险较低，不用提心吊胆，但收益又不错的投资方法就好了。

这时他接到一个电话，阿强在电话中兴奋地说道："凌飞，我在银行碰到一个大堂经理跟一个大客户讲买基金的事，我也问了几句，原来买基金只赚不赔，每年还能有红利收入，真可谓是专家帮你理财啊，比我们炒股票提心吊胆好多了。我现在打算买基金了，你怎么样？"

基金？

凌飞感觉这个词很熟悉，他说自己先考虑一下。然后马上上线找达芬奇。

　　三个月后，凌飞将资金账户里的其余 2 000 元钱也调动起来，正如达芬奇说的那样，如果对基本面做过认真的分析，就一定要相信自己的眼光，不要轻易斩仓卖出。凌飞逢低买进一手，直到买到的最高价超过以往所有买入的价格时就停止买进。2 000 元钱买完了，还投入了 10 000 元，YY 股被套两个月后，股价终于涨了起来，15 000 元进去，获利 4 500 元，回报率高达 30%。此后，凌飞对自己的理财投资进行了理性的组合，除了坚持储蓄之外，他还把钱投向保险、股票、基金等。这些都是后话了。

股票基本术语

（1）绩优股：指公司业绩优良的股票，有时也被称为"蓝筹股"。通常是以每股税后利润和净资产收益率连续数年居于中上地位来判断的。

（2）垃圾股：指公司业绩极差的股票。通常是以每股税后利润和净资产收益率连续数年居于负值来判断的。

（3）大盘股：没有统一的标准，一般指股本比较大的股票。

（4）小盘股：一般指股本不超过1亿股的股票。

（5）内部股：全称是内部职工股，即上市公司向其员工发行的股票。

（6）板块股：在行业、地区等方面具有相同特征的上市公司的股票，如钢铁板块、环保板块、石化板块等。

（7）仓位知识：仓位指的是投资者买入股票所花资金占账户总资金的比例。股票或期货交易的全过程可概括为建仓、持仓、平仓等。其中建仓又称为开仓，指第一次买入股票并实现成交的行为；持仓简单地讲是继续持有股票；平仓也称为清仓，是指卖出股票并实现成交的行为。除此之外，补仓指的是投资者分批买进股票的行为；斩仓指的是买入股票后，股价开始下跌，为防止亏损扩大而卖出股票的行为；全仓指的是股票不是分批买进，而是一次性买进或者一次性卖出的行为；半仓指的是用资金账户中的一半资金买进股票的行为；满仓指的是将账户资金全部用来买股票，账户中再没有钱购买其他股票了。

（8）红盘：今日收盘价高于昨日收盘价称为红盘报收。

（9）绿盘：今日收盘价低于昨日收盘价称为绿盘报收。

（10）平盘：股价大体上没有变化，称为平盘报收。

（11）多头与空头：多头是指投资者对股市看好，预计股价将会上涨，于是趁低价买入股票，待股票上涨至某一价位时再卖出，以获取差额收益。空头是投资者认为现时股价虽然较高，但对股市前景看坏，预计股价将会下跌，于是把股票及时卖出，待股价跌至某一价位时再买进，以获取差额收益。所谓的牛市也被称为多头市场，通常在牛市里股市行情看涨，延续时间较长的涨势；而熊市也被称为空头市场，通常熊市里股市一路下跌，延续时间较长的跌势。

(12) 利多与空多：利多指的是对多头有利，能刺激股价上涨的各种信息，如上市公司经营业绩好转和银行利率降低、银行信贷资金放宽等。而利空指的是对空头有利，能够促使股价下跌的各种信息，如上市公司经营业绩恶化、银行利率上调、通货膨胀等。

(13) 长空：指长时间做空头。投资者对股势长远前景看坏，预计股价会持续下跌，在股票卖出后，耐心等待股价下跌后再买进。

(14) 长多：指长时间做多头。投资者对股势前景看好，现时买进股票后准备长期持有，以期股价长期上涨后获取高额差价。

(15) 多头陷阱：即为多头设置的陷阱，庄家利用资金、消息等手段操纵图表的技术形态，使其形成股价一路高涨的假象，诱使散户买入，但股价上涨不久后，股价或指数就会突然下跌，致使许多高价买入的散户被套。

(16) 空头陷阱：即为空头设置的陷阱，股市中个股指数或股价一路下跌，形成盘面疲软无力的假象，诱使股票持有者恐慌性地抛售。

(17) 多翻空与空翻多：多翻空指的是多头认为股价涨到高峰，于是尽快卖出股票的行为。空翻多与多翻空相反，指的是空头认为股价下跌到底了，于是买进股票的行为。

(18) 买空：预计股价将会上涨，但投资者拥有的资金又不足，于是先缴纳部分保证金向银行融资，买进股票后，待股价上涨后再卖出赚取其中差价的行为。

(19) 套牢：股票交易时，投资者预计股价会上涨，但在买入后股价却一直下跌，投资者不忍心卖出，被动等待股价上涨，结果买入的股票价格比现在的行情要高，无法保本，甚至出现亏损的现象。

(20) 坐轿与抬轿：坐轿是指投资者预计股价会大涨，而先行买进股票，等别人去抬高股价，自己坐"轿子"，当股价升起后就卖出股票而赚取差价。而抬轿与坐轿意思相反，指投资者判断失误，认为低价买进是坐"轿子"，殊不知自己买进股票的行为拉升了股价，正是替他人抬轿子。

(21) 散户：指资金实力较小，买卖股票数量低于证券交易所要求的中户标准，不能利用其个体力量影响股价走势的投资者。

(22) 大户：指资金实力雄厚、买卖股票数量比较庞大、能够对股价走势施加影响的投资者。大户多数由企业财团、信托投资公司以及拥有庞大资金的集团或个人组成。

(23) 开高：股票的今日开盘价高于昨日的收盘价称之为开高。

(24) 开平：股票的今日开盘价与昨日的收盘价持平称之为开平。

（25）开低：股票的今日开盘价低于昨日的收盘价称之为开低。

（26）开盘价：指某种证券在证券交易所每一个营业日的第一笔成交价格。如果开市半小时内没有成交的，则以前一日的收盘价作为当日证券的开盘价。

（27）收盘价：指某种证券在证券交易所一天交易活动结束前最后一笔交易的成交价格。如果当日没有成交出现，则以最近一次的成交价格作为收盘价。

（28）盘整：股价在一段时期内波动幅度非常有限，没有明显的上涨或下降趋势，最高价与最低价几乎持平的行情。

（29）支撑点：支撑点也称为支撑线，指股价下跌到某一低点后停止下跌，甚至出现回升趋势，此点就被称为支撑点。

（30）压力点：压力点也被称为压力线，是指股价涨到某一高点时停止上涨，甚至出现下跌的趋势，此点就被称为压力点。

（31）关卡：关卡指股价上涨至某一点便停止上涨，甚至出现下跌，股民心理所能承受的上涨价位。

（32）突破：股价冲过关卡称为突破，通常人们讲突破指的是上升突破。

（33）跌破：股价跌到关卡以下称为跌破。

（34）反转：股价走势朝着相反方向移动，反转分为向上反转与向下反转两种。

（35）回档：股价以极快的速度不断上涨，涨到某一点反转下跌到某一价位的现象，一般来讲，股票下跌的幅度要比上涨的幅度小。

（36）探底：摸索股价最低点的过程，探底成功后股价由最低点开始上升。

（37）骗线：大户利用散户迷信技术分析数据、图表的心理，造成图表中的股价走势上升或下跌，从而诱导股民大量买进或卖出，而大户则在股票高价时卖出或低价时买进，达到他们谋利的目的。

（38）超买：股价上升到某一点时，没有投资者再买进，从而造成股价下跌。

（39）超卖：股价下跌到某一点时，没有投资者再卖出，从而造成股价上涨。

（40）跳水：股价迅速下跌，超过前一交易日的最低价，这种现象称之为跳水。

（41）现手：股票的计量单位为手，因此将当日最新的一笔成交量称为现手，或者在收盘时将最后一笔交易量称为现手。

（42）换手率：换手率是股票交易中的一个重要指标，它是指某股成交的股数与其流通盘总股数的比值，它反映了该股票交易的活跃程度，换手率较高的股票其上涨的可能性较大。

（43）洗盘：庄家为了中途吸收大量股票，故意把股价大幅度杀低，迫使一些意志不坚的散户因恐慌而抛售股票，庄家趁机买进，当股价升高之后再出售以牟取暴利。

（44）含权：上市公司决定送红、配股后，但尚未正式实施，这种含有股利的股票称为含权。

（45）除权：股票不再含有分红派息的权利，称为除权。

（46）炒手：炒手指的是那些利用自己的资金优势、技术优势拉升或打压股价而牟利的职业股民。

（47）割肉：买入股票后股价下跌，投资者将股票以低于买入价格卖出造成实际损失的现象。

（48）踏空：投资者在股市低点未买入而错失赚取利润。

（49）逼空：空头卖出股票后，本以为股价会下跌，没想到股价一路上涨，于是买进股票，迫使股价再次上涨。

（50）T+0交易：股票在成交当天就能办理清算与交收的交易制度，主要用于证券或期货交易。

（51）T+1交易：股票成交第二天才能办理清算与交收的交易制度，现在A股采用的是T+1交易制度。

（52）盘体：俗称大盘，描述股市行情的整体态势。

（53）盘口：指个股买进、卖出5个挡位的交易信息。在股市交易过程中，也将投资者看盘观察交易动向，称为看盘口。

看盘分析之卖出信号

1. 十字线

在高价圈出现十字线（开盘收盘等价线），并留下上下影线，其中上影线较长。此情形表示股票价格经过一段时日后，已涨得相当高，欲振乏力，开始要走下坡，这是明显的卖出信号。

2. 覆盖线

行情连续数天扬升之后，隔日以高盘开出，随后买盘不愿追高，大势持续滑落，收盘价跌至前一日阳线之内。这是超买之后所形成的卖压涌现，获利了结盘大量抛出之故，将下跌。

3. 孕育线（阳线缩在较长的阳线之内）

连续数天扬升之后，隔天出现一根小阳线，并完全孕育在前日的大阳线之中，表示上升乏力，是暴跌的前兆。

4. 孕育线（阴线缩在较长的阳线之内）

经过连日飙升后，当日的开、收盘价完全孕育在前一日的大阳线之中，并出现一根阴线，这也代表上涨力道不足，是下跌的前兆。若隔天再拉出一条上影阴线，更可判断为行情暴跌的征兆。

5. 上吊阳线

于高档开盘，先前的买盘因获利了结而杀出，使得大势随之滑落，低档又逢有力承接，价格再度攀升，形成了下影线为实体的三倍以上。此图形看起来似乎买盘转强，然宜慎防主力拉高出货，空仓者不宜贸然进入，持仓者宜逢高抛售。

6. 跳空

所谓跳空即两条阴阳线之间不互相接触，中间有空格的意思。连续出现三根跳空阳线后，卖压必现，一般投资人在第二根跳空阳线出现后，即应先行获利了结，以防回档惨遭套牢。

7. 最后包容线

当行情持续数天涨势后出现一根阴线，隔天又开低走高拉出一根大阳线，将前一日的阴线完全包住，这种现象看来似乎买盘增强，但只要隔日行情出现比大阳线的收盘价低，投资人就应该断然做空。若是隔日行情高于大阳线的收盘价，也很有可能成为"覆盖阴线"，投资人应慎防。

8. 孕育十字线

亦即今日的十字线完全包含在前一日的大阳线之中的情况。此状态代表买盘力道减弱，行情即将回软转变成卖盘，价格下跌。

9. 反击顺沿线

此处所称的顺沿线是指自高档顺次而下出现的二根阴线。为了打击此二根阴线所出现的一大根阳线，看起来似乎买盘力道增强了，但投资人须留意这只不过是根"障眼线"，主力正在拉高出货，也是投资人难得的逃命线，宜做空。

10. 尽头线

持续涨升的行情一旦出现此图形，表示上涨力道即将不足，行情将回档盘整，投资人宜先行获利了结，这也是一种"障眼线"，小阳线并没有超越前一日的最高点，证明上涨乏力，行情下跌。

11. 跳空孕育十字线

当价格跳空上涨后，拉出三根大阳线，随后又出现一条十字线，代表涨幅过大，买盘不愿追高，持仓者纷纷杀出，市场价格将暴跌。

12. 舍子线

行情跳空上涨形成一条十字线，隔日却又跳空拉出一根阴线，暗示行情即将暴跌。此时价格涨幅已经相当大，无力再往上冲，以致跳空而下，为卖出信号，在此情况下，成交量往往也会随之减少。

13. 跳空下降

在连续多日阴线之后，出现一根往上的阳线，此情形是回光返照之征兆，宜把握时机卖出，否则价格会继续下跌。

14. 八段高峰获利了结

当价格爬上第八个新高价线时，即应获利了结，就算此时不脱手，也不可放至超过第十三个新高价线。

15. 三颗星

下跌行情中出现极线，这是平仓的好机会，价格将再往下探底。

16. 三段大阳线

行情持续下跌中出现一条大阳线，此大阳线将前三天的跌幅完全包容，这是绝好的逃命线，投资人宜尽快平仓，价格将持续下跌。

17. 顺沿线

当行情上涨一个月以上后，出现连续二条下降阴线，即可判定前些日的高价为天价，上涨已乏力，价格将往下降。

18. 暴跌三杰

当行情大涨出现三条连续阴线，即为卖出信号，这是暴跌的前兆，行情将呈一个月以上的回档整理局面。

19. 跳空下降二阴线

在下降的行情中又出现跳空下降的连续二条阴线，这是暴跌的前兆。通常在两条阴线出现之前，会有一小段反弹行情，但若反弹无力，连续出现阴线时，则表示买盘大崩盘，行情将继续往下探底。

20. 低档盘旋

通常整理时间在 6 ~ 11 日之间，若接下来出现跳空阴线，则为大跌的起步，也就是说，前段的盘整只不过是中段的盘整罢了，行情将持续回档整理。

文章来源：http://www.kxiantu.org/kxiantufenxi/1246059719280.html

 小知识 4

看盘分析之买入信号

下面几种发出买进信号的 K 线组合比较常见。

1. 反弹线

在底价圈内，行情出现长长的下影线时，往往即为买进时机，出现买进信号之后，投资人即可买进，或为了安全起见，可等候行情反弹回升之后再买进，若无重大利空出现，行情必定反弹。

2. 二颗星

上涨行情中出现极线的情形即称为二颗星、三颗星，此时价格上涨若再配合成交量放大，即为可信度极高的买进时机，价格必再出现另一波涨升行情。

3. 舍子线

在大跌行情中，跳空出现十字线，这暗示着筑底已经完成，为反弹之征兆。

4. 跳空上扬

在上涨行情中，某日跳空拉出一条阳线后，即刻出现一条下降阴线，此为加速价格上涨的前兆，投资人无须惊慌做空，价格必将持续前一波涨势继续上升。

5. 最后包容线

在连续的下跌行情中出现小阳线，隔日即刻出现包容的大阴线，此代表筑底完成，行情即将反弹。虽然图形看起来呈现弱势，但该杀出的卖盘均已出尽，行情必将反弹而上。

6. 下档五条阳线

在底价圈内出现五条阳线，暗示逢低接手力道不弱，底部形成，将反弹。

7. 下降阴线

在涨升的途中，出现三条连续下跌阴线，为逢低承接的大好时机。当第四天阳线超越前一天的开盘价时，表示买盘强于卖盘，应立刻买进以期价格扬升。

8. 反弹阳线

确认行情已经跌得很深，某一天，行情出现阳线，即"反弹阳线"时，即为买进信号，若反阳线附带着长长的下影线，则表示低档已有主力大量承接，行情将反弹而上。

9. 上档盘旋

行情随着强而有力的大阳线往上涨升，在高档将稍做整理，也就是等待大量换手，随着成交量的扩大，即可判断另一波涨势即将出现。上档盘整期间约 6 ~ 11 日，若期间过长则表示上涨无力。

10. 阴线孕育阴线

在下跌行情中，出现大阴线的次日行情呈现一条完全包容在大阴线内的小阴线，显示卖盘出尽，有转盘的迹象，将反弹。

11. 并排阳线

持续涨势中，某日跳空出现阳线，隔日又出现一条与其几乎并排的阳线，如果隔日开高盘，则可期待大行情的出现。

12. 超越覆盖线

行情上涨途中若是出现覆盖线，表示已达天价区，此后若是出现创新天价的阳线，代表行情有转为买盘的迹象，行情会继续上涨。

13. 上涨插入线

在行情震荡走高之际，出现覆盖阴线的隔日，拉出一条下降阳线，这是短期的回档，行情将上涨。

14. 三条大阴线

在下跌行情中出现三条连续大阴线，是行情陷入谷底的征兆，行情将转为买盘，价格将上扬。

15. 五条阴线后一条大阴线

当阴阳交错拉出五条阴线后，出现一条长长的大阴线，可判断"已到底部"，如果隔日高开，即可视为反弹的开始。

文章来源：http://www.kxiantu.org/kxiantufenxi/1246059799281.html

黑马股的挑选

黑马股为在一波行情中，涨幅大于30%的股票。要挑选出黑马股，需要从以下几方面入手。

1. 黑马股静态图表的条件框定依据

（1）一只股票能成为大黑马，必然是大资金对它进行彻底运作的结果。从K线图表的价量关系上看就必然会具备许多大资金有计划控盘、操盘动作的特征，这是连最狡猾的庄家也都必然要露出的尾巴。大黑马的产生绝对不是偶然的小庄家的游击操作行为。

（2）从静态的K线图表看，一只大黑马的诞生必然是做盘的庄家用资金实力控制了该股票绝大部分的在外流通筹码。只有这样，庄家才能对该股票进行随心所欲的价量操纵。因此，该股票在爆发前，必然具有庄家大规模建仓的成交量特征：要么长时间大规模隐蔽建仓，要么以横扫一切的抢盘动作，坚决彻底不计成本地拔高突击建仓。其共同的特征是，庄家必须持有该股60%以上的流通筹码。这在成交量分布结构上会有充分的体现，并且庄家还必须具备充足的拉高资金的实力。

（3）从日K线图表看，该股票的图表必须是30日均线走平向上，处于股价循环运动第一阶段盘底阶段已经胜利结束或第二阶段上涨初中期的时候。该股票的短期均线系统必须全部形成向上攻击的多头排列，并且必须以大成交量：量比放大1倍以上，支持3日均线的大角度≥50度陡峭上扬的向上攻击态势。这是大黑马股票的重要特征之一。

（4）对有翻倍能力的超级大黑马必须附加其他的图表条件。不具备该条件的股票短线也可能有相当惊人的涨幅，但是该情况的出现必须是整体大盘背景健康良好，并具备板块股群向上助攻的人气鼎沸的市场氛围条件。

2. 黑马股的动态盘面——第一时间同步即时捕捉技巧

（1）第一道程序：首先打开钱龙股票软件的涨跌幅排名龙虎榜，我们的搜索目标直指涨跌幅龙虎榜前两板：大盘上涨时要求目标个股涨幅大于2%，大盘震荡、调整时要求目标个股走势强于大盘的有异常波动的股票。如果目标个股形成了板块热点群体则最佳。初步发现目标股只X股、Y股、Z股。这是第一次筛选。

（2）第二道程序：再次打开钱龙股票软件的量比排名龙虎榜，搜索量比放大超过1倍以上的股只，越大越要引起关注，这说明庄家投入的资金越多，向上做盘的欲望越强。然后将第一道程序筛选出的X股、Y股、Z股拿来进行排名对比，确认它们是否也同时在量比排名之中。如果没有则立即剔除，这说明庄家不是用实力而是用技巧在做盘；如果X股、Z股也同时出现在量比排名龙虎榜中，则作第二次确定。

（3）第三道程序：打开X股、Z股的日K线图表，用股价运动循环阶段法，判断该股是否处于第一阶段盘底阶段末期或第二阶段上涨阶段初中期。如果是，立即作第三次确认。如果它处于上涨阶段末期或第三阶段盘头阶段，则立即删除。如果它们处于第四阶段下跌阶段，更是要立即淘汰出局，毫不犹豫，不要抱有它会强劲上涨的侥幸和幻想。

（4）最后确定：如果只有X股满足前三道程序，则立即打开钱龙股票软件X股的周K线图表。如果该X股在周K线图表中也处于第一阶段盘底完成末期或第二阶段上涨态势形成时期，请立即以较大仓位（≥60%）在第一时间，坚决展开买进操作动作。如果大盘或个股K线图表处于第三阶段盘头或第四阶段下跌的时候，则只能以≤20%的仓位快进快出，参与短线反弹行情，绝对不能以太大仓位抱太高期望长时间或频繁参与，并且只要出现误判或它的5日均线一旦走平，失去短线向上攻击能力，就必须不论盈亏，立即止损离场出局，不能抱有丝毫的侥幸和幻想。

选自中华证券学习网：http://www.1000zq.com/HP/20100224/DetailD772646.shtml

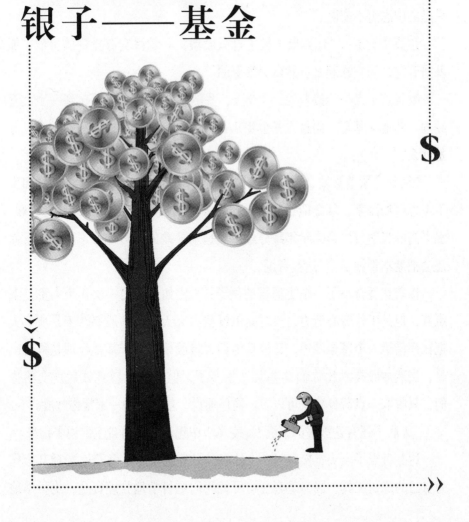

第六章

专家帮你挣《
银子——基金

第一节　进军基金

凌飞打了一行字："最近炒股被套了，每股跌了 3 元多，真是郁闷啊。"达芬奇道："基本面分析没有，对这只股票你了解不？"

趁这功夫，凌飞打开了视频通话，说道："了解。感觉它会涨起来，只是心中忐忑不安啊。"

达芬奇笑道："你如果了解了这只股票，并觉得它有投资的价值，那就捂着它，等它涨起来自然就会解套的。"

凌飞点了点头，接着说："今天，我的室友阿强在银行碰到一个大堂经理，劝他买基金，而且说基金年年都可以分红，真是这样吗？基金究竟是什么？"

"呵呵。所谓买基金，通俗地讲就是那些理财专家帮你挣银子。如果不考虑市场因素，基金能否年年分红跟基金经理的投资水平有莫大关联。水平高的当然可以帮你年年赚分红，但是水平差的很可能分不到钱，反而还会把老本都蚀了。"达芬奇说。

接着达芬奇举了一个更通俗的例子："比如，你们一伙几个人都是上班族，但是工作劳心劳力，没时间也没精力天天盯盘炒股票，于是所有人把钱都借给一个基金经理，让他替你们去炒股票。由于基金经理是科班出身，当然炒股技术比你们这些菜鸟强多了，但他炒股赚到钱后就交给你们，只收取一点劳务费就可以了。简单地说，基金就是专家帮你炒股。"

"天底下还有这么好的事啊？"凌飞心中想道，不由自主地说了出来。

达芬奇点了点头，接着说："目前，很多工薪阶层都开始选择基金作为自己的理财工具，因为基金公司可替我们更科学地管理资金，更科学地用我们的资金进行投资决策。总的来说，基金理财有五大优点。第一，专业管理，专家理财。基金是将投资者的资金集中起来，由专业的管理公司负责管理，并组织大量的投资研究人员将这些资金投资于证券市场。这些投资研究人员就是常说的基金经理，他们不仅拥有丰富的投资分析与投资组合的理论知识，而且在实战中积累了极为丰富的投资经验。第二，组合投资，分散风险。中小投资者由于资金量小，一般无法通过不同的投资类型来分散投资风险。组合投资是一种概率问题，比如 100 种股票，有 30 种会亏损，中小投资者可能只能购买 10 种股票，这样亏损的概率就比较大。而基金因为拥有大量资金，可以将这 100 种股票全买下来。这样实行组合投资，即使有 30 种亏损了，其他的 70 种也会赚，平摊收益的同时，也分散了风险。第三，收益稳定。购买基金后，只需要扣除一定的托管费、管理费，剩余的基金收益全部归基金购买者所有，因此在比较小的风险下，投资者能够享受证券市场长期发展所带来的稳定的收益。第四，监管严格，基金投资者享有知情权。中国证监会对基金管理公司进行严格的监管，严厉打击各种损害投资者利益的行为，而基金管理公司的内控制度也非常严格，并会定期披露相关信息，使投资者心里有数。第五，流动性强。现在投资者购买的基金主要是开放式基金，而开放式基金只要提交赎回申请，就可以在正常工作日期间赎回变现。"

达芬奇接着说道："想了解基金，就先要了解基金的分类。我们常常听到的单位信托基金、公积金、保险基金和退休基金等都是广义上的基金，而狭义上的基金则是指具有特定目的和用途的基金。从理财角度上讲的基金则是指证券市场上的基金，这种基金具有投资的特点，也就是说能够为投资者带来风险和收益。证券市场上的基金有多种分类，按照基金单位是否可以赎回或增加来分类，基金可以分为封闭式基金和开放式基金。封闭式基金是指发行前规模已确定，发行后的规定期限内基金规模固定不变的投资基金。而规模不固定，在发行期间投资者可以随时赎回或申购基金单位的基金则称为开放式基金。这是最常用的分类方法。"达芬奇接着

说道，"除此之外，按照投资对象的不同，基金又可分为债券基金、股票基金、期货基金、货币市场基金和债券基金等。这些基金中，最为主要的是股票基金。顾名思义，股票基金就是专门以股票为投资对象的基金。与直接投资股票相比，股票基金最大的特点是费用低、风险小、收益稳定。而债券基金是专门投资于债券的基金，期货基金则是专门投资于期货的基金，其他基金的含义可以如此类推。"

在达芬奇说的时候，凌飞也没闲着，他快速地搜索"基金"。在网上他还看到了其他类型的基金，正如达芬奇接着说的，"按照投资目的不同，基金还可以分为平衡型投资基金、成长型投资基金和收入型投资基金。除此之外，按照区域的不同，又可分为国内基金、国际基金、海外基金和区域基金等。按照组织形态来划分，又可分为信托投资基金和公司型投资基金等。我们还经常听到有一种指数型基金，它是指一种以拟合目标指数、跟踪目标指数变化为原则，实现与市场同步成长的基金品种。在西方发达的证券市场中，指数基金与股票指数期货、指数期权、指数权证和指数存款等越来越受到投资机构的重视。它与其他基金的不同在于，指数基金跟踪股票和债券市场业绩，其优势是交易费用低、能有效规避非系统风险，还可以延迟纳税，操作简便，长期持有的话，其业绩往往比其他基金的回报率大，目前许多基民都看好这类基金……"

讲到半中间，突然听到敲门声，凌飞说了一句"稍等"，开门一看，原来是阿强。凌飞拉着他说："正好，你也过来听听，老达正在给我讲基金的事情呢。"

阿强说："真巧，我刚从银行过来。那个大堂经理的话，我感觉太玄乎了，还在想他是不是忽悠人呢。想到有一个大师正在教你投资理财，所以来找你了，你们讲到哪里了？"阿强是一个人来熟，凌飞正准备给他介绍，没想到他在视频上看到达芬奇，就挥手打招呼道："您好，大师，我是凌飞的朋友、同事兼室友，早就听他提起你，今天能见到你，真是荣幸啊。"

达芬奇笑道："客气了，刚才我们讲到了基金的分类，接着我来讲一讲基金是怎么运作的。首先是基金管理公司发行基金，投资者来认购。其次为了保护基金资产的安全，又由专门的基金托管人（一般是银行）来保管基金资产，相当于把基金资产存到银行里。那么，我们知道基金资产可以增值，存在银行里当然不行。这就由基金管理人（即基金管理公司）负责将资金投资于证券市场，达到使资产增值的目的。打个比方，有四个上班族，每人手中都有 1 000 元，他们觉得投资股票风险太大，又没时间打理，于是用来购买基金。那么这四个人的钱就构成基金资产，由银行来托管，但是由基金管理公司负责投资决策。把这些钱投入证券、股票，还是期货和外汇等，由他们说了算，而银行就按照他们说的来执行。因此从某种程度上讲，基金资产或者说投资者的现金实现了所有权与使用权的分离，它的所有权暂时归银行，而使用权则暂时归基金管理公司，从而使两者之间形成一种相互监督、相互制约的关系。"

阿强突然举起手来，问道："大师，我明白你说的意思了。既然基金管理公司与基金托管人之间有着对资金制约的关系，那为什么会出现基金经理私设老鼠仓的丑闻呢？"

达芬奇开玩笑道："你叫我老达就行了，叫大师都把我叫成那些到处行骗的江湖医生了。不过，基金经理私设老鼠仓的事跟基金托管人没有什么关系。你说的私设老鼠仓的问题，实际上是基金经理的职业道德问题，既然你问到了，我就先谈谈。"达芬奇又笑了笑，正当他要开口解释时，凌飞快速问道："什么是老鼠仓啊？"

阿强白了他一眼，看来凌飞对基金还真是一窍不通啊。

第二节 人人喊打的"老鼠仓"

"所谓'老鼠仓',简单地讲,就是基金经理用自己的资金或亲属朋友的资金先买入某只股票,然后利用投资者(委托人)的钱大量买入该股票,造成股票的上涨,然后在股票价格下跌之前,先卖出自己买入的股票获利,此时,投资者的资金就会被套牢。"

接着,达芬奇引用首都经贸大学金融学院副院长谢太峰在采访中说过的话来说明"老鼠仓"的危害。谢太峰说:"'老鼠仓'严重扰乱了我国证券市场公开、公平、公正的秩序。从直接后果看,基金经理套取的是基民的资金,严重降低了基金公司的公信力;从长远来看,'老鼠仓'会让股民感觉股市是'大鱼吃小鱼',会影响整个市场公平公正的基础。

"虽然'老鼠仓'比较隐蔽,但是如能建立起一套十分完善的监管机制,比如,举报激励机制、经常性的监督机制,形成'人人喊打'的氛围,相信'老鼠仓'在光天化日之下就无法生存。在美国,'老鼠仓'不只是经济犯罪,还是严重的刑事犯罪,被定罪的基金经理除了被禁止从业外,还可能面临十几年甚至几十年的牢狱之灾……"

"这不是典型的损人利己吗,跟欺诈都有得一比了。"凌飞恍然大悟道。

"基金经理拥有钱生钱的能力,但是如果把握不住职业道德的底线,就不值得信赖,投资者的钱也会被他们所亏掉。"达芬奇继续说道,"自从'老鼠仓'第一人唐建被免职后,基金公司对于基金经理的监管就越来越严格。基金经理必须上报本人及其直系亲属的账户资料,公司内部的电脑网络、办公室现场和交易时间的人身去向都会受到相当细致的监控,而且他们所有电话都会被录音。在投资管理部办公室内还会安装摄像头。"

阿强摇了摇头，道："我看过'老鼠仓'的一些报道，知道我国近年来逐步加大了对"老鼠仓"的打击力度。中国证监会也将继续强化对内幕交易和操纵股价等违法行为的打击力度，严查上市公司的高层管理人员及证券从业人员利用内幕信息牟取非法利益的行为。同时基金公司的监控措施现在已经全面升级，对基金经理的监管越来越严密，有的基金公司，不仅基金经理办公室内装摄像头，就连普通员工的办公室也享受了这种待遇。但是，即使监管再严密，依然有基金经理做'老鼠仓'，毕竟基金公司只能控制他们上班时的投资冲动，但是下班后，还管得了他们吗？只要他下班时跟自己的亲朋好友或家人说，'某基金将花 1 000 万主力进仓某某股票，你们赶快抢在它之前买某某股票啊'，这还不是属于'老鼠仓'的变形。所以说，'堵不如疏'，在香港，基金经理就可以在受到限制的条件下买卖股票。禁止基金经理私人投资，还不如允许他们炒股票、期货等，但是要向监管部门报备，基金经理买的股票不能和手中操作的基金投资的股票有利益关联。"

达芬奇微笑道："阿强说得有一定道理。但是'老鼠仓'事件的出现，说到底是一种'一夜致富'的观念在作祟，基金经理真的有本事，也不用靠堵，不用靠疏，想靠投资发财，为何他们不辞职，自己在家里单干呢？股票他们想怎么炒就怎么炒。社会上就有一些优秀的基金经理辞职不干后就转而做私募基金。"

"对，我也听说过这个词。还有人说它是非法的呢？"阿强插嘴道。

"我们现在所说的基金一般都是公募基金，是指受政府主管部门监管的，向所有投资者公开发行受益凭证的证券投资基金。而私募基金则是相对公募基金来讲的，它不是面向所有投资者，而是用非公开方式向少数投资者或机构募集资金而设立的。私募基金的投资隐蔽性强，灵活性高，其收益比公募基金要高很多，但是承担的风险也很大。"

"你刚才说那些自认为有能力的基金经理可以辞职去干私募基金，这

岂不是说明私募基金经理都有两下子?"凌飞紧接着问道。

达芬奇笑了笑，"能当上基金经理都是有一定能力的。事实上私募基金要求绝对收益率，即替别人炒股或做其他投资时，必须保证盈利，亏损了，基金经理就有走人的危险。另外，据透露的不成文规定，只要基金在全年净值亏损超过12%，私募基金经理就必须走人。"

"呵呵，终于找到一个最好的投资工具了。"阿强兴奋地大喊道，"我准备去买私募基金。"还没等他高兴完，达芬奇说的几句话，就像一瓢冰水一样，浇到他的头上，彻底淋湿了他兴奋的火苗，"私募基金面向的对象一般都是富人，门槛非常高，购买私募基金的最低限额也得100万元以上，不是任何人都可以投资的。"

达芬奇最后说道："因此可以看出，买基金一个比较重要的问题，是基金经理的人品问题。因为你不确定他是否会损害委托人的利益而私设'老鼠仓'，这可以说是基金一个不足之处。一些投资者正是因为不信任别人会帮他们挣银子，所以不敢涉足基金。

"但是，'老鼠仓'只是个别现象，一粒老鼠屎坏不了一锅粥，很多基金经理还是有才干的，是能够替你理财的专家，况且国家证券部门，还有基金公司已经在严厉打击这种'老鼠仓'的现象了。只要你选择的基金经理不是特别无能，市场形势不是特别不好，用薪水来买基金，收益还是不错的。这个不像银行储蓄那样增值慢，也不像炒股那样需要殚精竭虑学很多技术，成天心惊胆战。你只要选好基金，选好基金经理，把钱交给他们，就可以比较平稳地数钱了。当然，任何事情都不会这么简单，特别是涉及钱的事。买基金还是有一些技巧需要掌握，一些禁忌需要避开的。"

阿强又举起手来了，他认真地问道："老达，在你讲技巧之前，先插一句话。购买公募基金的最低限额是多少呢?"看来阿强对刚才买私募基金的门槛问题心有余悸，所以忙不迭地问起公募基金的门槛来了。

达芬奇笑道："基金最低申购金额是1 000元。一般上班族都买得起。"

凌飞笑道："看来理财还真不是富人的专利，穷人同样可以理财投资啊。呵呵，基金可以每年保证10%的年回报率吗?"

阿强开玩笑说:"你怎么试没出息，总是想着10%的年回报率，这么少啊。"

凌飞辩驳道:"这不是没出息，而是量力而行，不贪心。而且10%的年回报率再加上复利的作用，威力不小啊!"

达芬奇笑道:"收益与风险同在，你选择的基金风险系数越高，回报率就越大，反之亦如此。所以有没有10%的年回报率，没有谁可以肯定地回答你。任何投资都有风险，也许会亏损，也许收益会翻几番，特别是股票型基金，它跟大盘的涨跌有莫大的关联，股市行情不好的话，基金同样也很难赚钱。"

凌飞紧追不舍地问道:"那么买基金具体又有哪些风险呢?"

达芬奇说道:"基金有三大风险:第一，市场风险。基金虽然有投资组合的优点，可以有效降低风险，但不能消除风险。无论是股票型基金，还是期货型基金，只要金融市场有所波动，比如利率大幅变动、通货膨胀等，就必然影响基金所投标的价格。像股票型基金，一旦股市下跌，它就不能全身而退，因为基金制度规定了投资股票的最低比例，也就是说，即使你看到股市一直在跌，被套的股票有最低限额，但就是不能卖掉。在这三大风险中，市场风险是购买基金最主要的风险。第二，管理风险。基金公司管理不善，或基金经理投资不善导致决策失误，从而使基金购买者受到损失。因此，选基金时，必须考虑的一个因素就是基金经理以往的业绩、信誉和能力等。选对了基金经理，你的投资才可能有收益。第三，变现风险。封闭式基金不能随便赎回，一旦赎回就要接受当时的市场价格，而且现在我国上市公司基金折价严重，因此，赎回封闭式基金往往会带来损失。开放式基金也有限定赎回的条款，这导致了基金购买者需要资金应急时，却无法变现。以此可以看出，前面两种风险是带来基金亏损或收益的关键因素。"

阿强问道:"基金的术语非常多，弄得我晕头转向，像什么基金净值、

累计净值、折旧率等。老达，你能否用通俗的语言解释一下，最好举一下例子。"

达芬奇点了点头，"基金的许多术语跟财务术语很相近，是有点让人摸不着头脑。"他想了想，接着说，"我们先来看一看基金净值（也称为基金单位净值）。简单地说，它是指根据某日基金所投资证券市场的收盘价所计算出来的总资产价值，减去基金的各项费用后，再除以基金全部发行的单位份额总数。比如说总资产价值为 100 万元，基金的各项费用共为 1 万元，基金的总份额为 98 万元，那么该基金净值为：（100 − 1）÷98 = 1.0 102（元）。基金累计净值则是指基金净值与红利之和。假设 2008 年 9 月 1 日的基金净值为 1.0 102 元，2010 年 3 月份发的红利为每份基金单位 0.031 元，那么累计净值为：1.0 102 + 0.031 = 1.0 412（元）。还有一个累计净值增长率，不要被它的名字所迷惑，以为它是增长的，其实它是指某段时间内基金净值增加或者减少的百分比。

"还有经常听到的基金市价，它等于基金当日的收盘价。所谓的基金折旧率，主要应用于封闭式基金，简单地说，买基金时，其折旧率就相当于打折，可以比基金净值更低的价格买到基金。其计算公式为：基金折旧率 =（单位基金净值 − 单位基金市价）÷单位基金净值。比如，某封闭式基金在当天的基金净值为 1.43 元，当天的基金市价为 1.23 元，那么其基金折旧率为：（1.43 − 1.23）÷1.43 = 13.98%。基金折旧率越高就越能吸引投资者，但是便宜没好货，并非折旧率高就是好基金。"

第三节　如何买卖基金？

　　达芬奇解释完一些常见的基金术语之后，就开始教凌飞与阿强怎么购买封闭式基金与开放式基金。

　　达芬奇道："个人去开户的话，只需要带上本人身份证和当地城市的本人银行存折或银行卡，填好《账户开户申请表》就行了。实际上，买卖基金主要是买卖封闭式基金与开放式基金。购买封闭式基金跟购买股票类似，就像买股票要开股东账户和资金账户一样，购买封闭式基金也要开立基金账户和资金账户，你还可以直接用股票账户买卖基金。封闭式基金获利如同股票一样，一种是通过分红，一种是通过买低卖高。"达芬奇接着补充道，"封闭式基金在二级市场（证券交易所）交易的过程中，其买卖价格受供求关系的影响。当供大于求时，基金当日收盘价可能低于基金净值，从而产生折价。而当市场供小于求时，基金当日收盘价可能高于基金净值，从而产生溢价。对于封闭式基金持有者来讲，当然希望产生溢价，这样拥有的基金资产就会增加。但是，对于封闭式基金购买者来讲，则希望产生折价，这样就可以便宜的价格买到基金。目前，我国封闭式基金的折旧率还是比较高的，一般在20%~40%之间。"

　　凌飞问道："这样说的话，买到基金后就会折旧卖，购买封闭式基金岂不是经常会亏。"

　　听到这话，阿强与达芬奇都"哈哈"大笑起来。阿强说道："凌飞，你数学可没学好啊。"凌飞不明白是怎么回事，阿强解释道："比如，一件衣服标价是100元，打7折，你只需要用70元就可以买到。第二天，你把衣服卖给别人，你打8折卖出去，也就是卖给别人80元，中间还可以赚

10 元呢。"

达芬奇笑道："这样理解比较通俗。不过，阿强说错了一点。"阿强这时也不明白了，他望着达芬奇希望他解释。

"事实上，阿强刚才说的 100 元，指的是基金净值，刚才我们提到基金净值时就讲过，基金净值跟基金的总份额、基金的各项费用有关，因此它不是一成不变的，也就是说那 100 元不是不变的，而是经常波动的，可能会涨，也可能会跌。如果要投资封闭式基金，有四个技巧可供你们参考一下。

"（1）选择折旧率较高的封闭式基金。折旧率越高，其离本身的价值越远，就越有希望获利。

"（2）选择到期时间短的中小盘基金。

"（3）关注基金重仓股。一般股票软件里有'封基重仓'这一项，如果这里的股票涨了，基金自然就会涨。

"（4）封闭式基金每周会公布基金净值，可以选择收益率与增长率较高的基金。"

说完封闭式基金后，达芬奇接着介绍讲开放式基金的买卖程序及技巧。

开放式基金与封闭式基金最大的不同是可以赎回，因此其买卖程序是认购、申购、赎回。首先到基金管理公司指定的直销网点或代销网点去申请开办基金账户，然后就可以认购、申购基金了。在开放式基金募集期内购买基金则称为认购。开放式基金开放后购买基金则称为申购。一般来讲，认购期的购买费率比申购期的要低，但是认购开放式基金通常要经过封闭期才能赎回，而申购开放式基金则在申购成功后第二个工作日就可赎回。除此之外，现在有一个热门的话题是基金定投。基金定投就像是银行的零存整取，指在固定的某日以固定的资金投资到选好的开放式基金中。而定投与申购又是有区别的，简单地讲，申购是今天买基金，明天到账。而定投开通后，则是第二个月才从账户里扣掉投资的资金。比如，今天是 10

月 23 日，某开放式基金的净值是 1.3 元，那么你当天申购的话，其价格就是 1.3 元；而今天开通定价，到 2 月份才会发生首笔交易，其购买的价格可能不是 1.3 元，也许是 1.5 元，也许是 1.1 元。由此可以看出，基金定投可以有效地平摊成本，分散风险，是现今比较热门的基金投资方式，而且其定投的最低金额只需要 200 元。下文中，我们会对其进行具体介绍。

目前，开放式基金中的货币市场基金逐渐走进千家万户，它是以货币市场短期有价证券为投资对象的基金。该基金资产主要投资于银行票据、商业票据、银行定期存单和政府短期债券等。相比于其他开放式基金来讲，货币市场基金是开放式基金中风险最低、流动性最强、收益较稳定的基金品种，除了银行储蓄之外，就数它最稳定了，被人们誉为"准储蓄"。货币市场基金与股票型基金、债券型基金的比较见表 6-1。

表 6-1

基金品种	风险性	回报率	投资费用	变现能力
货币市场基金	风险低	回报稳定，免征利息税	申购、赎回不交费，管理费低	变现能力强，当日划出，当日到账
股票型基金	风险高	受证券市场波动影响，回报不稳定	申购、赎回需交费，管理费高	变现能力一般，当天申请，一周后划出
债券型基金	风险高	受证券市场波动影响，回报不稳定	购赎、回需交费，管理费高	变现能力一般，当天申请，一周后划出

与银行储蓄比起来，货币市场基金近几年的年收益率约为 3%，不征税。而活期存款的年收益率为 0.72%，征税后约为 0.57%，定期存款存一年后才能获取 2.25% 的利息，征税后只有 1.8%。除了收益比银行储蓄丰厚之外，货币市场基金的流动性几乎与活期存蓄一样，可以随存随取。

达芬奇一介绍完，阿强又开始抢问了："听你这样说来，货币市场基金真的很不错啊。那么购买货币市场基金的最低金额是多少钱呢？"

达芬奇还没有开口回答，凌飞就笑道："呵呵，阿强你忘了，老达不是说过吗？开放式基金的最低购买金额一般是 1 000 元。货币市场基金应该也不例外。"

阿强眼睛望向达芬奇，达芬奇笑着点了点头。

笑容在阿强脸上就如漾出涟漪的池水，他开始"谋划"买货币市场基金了，至少比存在银行强。他有些期待地问道："老达，还有没有其他比较好的基金类型，你再给我们介绍一下。"

达芬奇清了清嗓子，说："现在比较热门的基金还有 LOF 基金与 ETF 基金。LOF 基金（Listed Open-Ended Fund）意为上市型开放式基金，是对开放式基金的创新，一方面为封闭式基金转化为开放式基金提供了技术手段，另一方面 LOF 基金在交易所内的买卖减轻了基金赎回的压力。由于 LOF 基金采用场内交易与场外交易共同进行的交易机制，从而导致基金净值与围绕基金净值波动的交易价格。在场外，LOF 可以按照基金净值进行申购赎回，而在场内，当场内交易价格与场外基金净值出现差价时，投资者就可利用转登记方式，将价格低的场所份额转向价格高的场所，获取差价收益，达到套利目的。

"ETF 基金（Exchange Traded Funds）意为交易型开放式指数基金，也被称为交易所交易基金。它兼有封闭式基金与开放式基金的优点，一方面，像封闭式基金一样，在交易所二级市场进行交易；另一方面，像开放式基金一样，能够被申购与赎回。与 LOF 申购与赎回的形式不同，LOF 用现金进行申购与赎回，而 ETF 则是通过基金份额与一揽子股票进行，ETF 只有卖出基金份额或一揽子股票才能换成现金。"

凌飞与阿强都点了点头，现在关键的问题来了，进股市要讲究选择股票，那么进基市的话，该怎么选择基金呢？

第四节 选择基金的技巧

选择基金的技巧是怎么样的呢?

达芬奇介绍道:"基金管理公司管理着基金,因此选择基金,首先就是选择好基金管理公司。考察基金管理公司的好坏可以从三个方面来看,第一是看基金管理公司的管理和运作是否规范;第二是看基金管理公司近年的经营业绩;第三是看基金管理公司的市场形象、服务的质量与水平。"

凌飞问道:"那么,目前有哪些重要的基金管理公司,基金管理公司是不是应该选择那些大的呢?"

"基金管理公司目前主要有嘉实、南方、华夏、易方达、博时、广发和上投摩根等。我们不能说小的基金管理公司不好,只不过,选择基金资产净值超过百亿元的基金管理公司更为可靠一些。毕竟大的基金管理公司不需要考虑'温饱'问题,从而可以苦练'内功'。大的基金管理公司拥有规模庞大的投资研究团队,更容易招募到优秀的基金经理,建立更好的投资交易平台。而小的基金管理公司生存压力大,基金经理流失严重,投资队伍不稳定,这很难给投资者带来稳定的收益。强者恒强,弱者恒弱,这已成为基金行业发展的一种趋势。早在2006年,人们认为基金规模达到80亿元是可以接受的,但是到了现在,基金管理公司的规模不达到100亿元,就会被认为是小基金管理公司,其投资回报令人怀疑。如果要想获得稳定的基金回报率,选择基金规模过百亿的基金是一个首要的选择。"达芬奇停顿了一会儿,接着说道:"另外,我们还可以发现基金净值表现活跃,波动大的基金,如果想获得长期稳定的收益的话,此类基金最好不要选择。像这种'一周之星'或'一月之星'的投资价值颇令人怀疑。因

此，投资者应该关注过去三年，甚至更长时间中所表现出的基金回报率。"

凌飞点了点头，说："看来买基金像买股票一样，最看重的还是长期效益，只有坚持长期投资才可以获利。"

达芬奇最后总结道，选基金的技巧实质上就是"三选"：选对基金公司、选对基金经理、选对基金产品。接着，他对不同年龄层次的人选择基金，提出了一些建议。

一、不同年龄阶层的基金组合

业内有一种简单的理财公式，即用 100 减去投资者的年龄，得出中高风险基金的投资比例。比如 30 岁，那么中高风险基金的投资比例为 70%。基金之中，股票型基金收益最高，但是风险也最大，货币型基金收益低，但风险也低。因此，年近中年，可以将流动收入的 2/3 投入到股票型基金中去，其他的则可投入收益稳定的债券型基金与货币型基金。当然，不同的年龄阶层，基金组合的方式也不相同。

1. 单身工薪阶层

刚刚进入社会，有一份稳定收入的年轻人承担风险的能力强，因此在购买基金时，可以选择偏股型基金，收益比较高。另外可以采用基金定投的方式强制投资，以减少不必要的消费。只要坚持定投，长期持有，偏股型基金的年回报率可达到 10% 左右。

2. 成家立业的工薪阶层

由于这一阶层的人年龄都在 30 岁以上，组建了自己的家庭，因此稳定是一切发展的前提。那么就不能投资风险较高的偏股型基金，而应将钱投资到风险低、收益稳定的混合型基金。

3. 老年人

此类人群风险承受能力低，收入减少，但是储蓄增多。因此用于养老储备的钱可以购买债券型或货币型基金。长期持有债券类基金，其年回报率在 5% 左右。

二、新老基金的优劣

许多基民会问这样的问题，到底是买新发行的基金好还是买老基金好？市场上出现许多并新的股票型基金，但也出现面值不足1元的老基金，投资者该何去何从？是买新基金呢，还是买老基金？其实新基金、老基金并无绝对的好坏标准，只能说两者各有优劣。业内有一种流行的说法是"牛市看老、熊市看新"。在市场看涨的形势下，买老基金可以直接分享市场上涨的收益；而在市场看跌的形势下，新基金由于仓位低，可以较好地避免市场下跌的风险。下面对两者进行一番对比，投资者们就可以更清楚地认识这一个问题。

（1）费率比较。一般老基金申购需要支付1.5%的申购费用，而大部分新基金的认购则会打折，通常只需要1%的申购费用，有时费率更低。

（2）投资品种比较。新基金因为刚成立，基金经理可以对市场的投资走势和热点可以做出快速的反应，选择新的投资品种，构建新的投资组合。而老基金由于仓位重，要想投资新的品种的话，就必须卖掉以前的股票，这就造成了时间上的延迟。因此在时机的把握上，新基金比老基金更胜一筹。

（3）仓位比较。老基金早已建好了仓位，因此手续费支出及基金成本占有优势，而新基金买入股票后则会随着股市的起伏，造成基金成本的波动，特别是手续费与基金成本会抵消一部分基金收益。因此，老基金在建仓方面占有优势。

（4）业绩比较。一般老基民拥有丰富的基金投资经验，因此会更多地关注自己熟知的老基金，而对新基金持观望态度。另外一个原因是，新基金由于没有过往业绩做比较，其基金的风格特征不好掌握，而老基金最大的优势就是它有以前业绩的对比，因此显得更稳定可靠，而投资者也可以更容易地评价分析。

（5）基金经理比较。基金经理的作为，直接关系着基金的业绩。老基金运作时间较长，因此基民对基金经理的能力及其投资风格有一定的认

识，甚至找到了自己可以一直信任的基金经理。而新基金的基金经理要么是新人，要么是老基金经理走马上任，投资者无法评判其能力与投资风格。

三、选择优秀的基金经理

选择好的基金，不得不重视选择好的基金经理。基金经理是基金的灵魂，是基金盈亏的关键。因此，好的基金经理需要经过牛市与熊市的洗礼，有丰富的实战经验，操盘历史久，业绩较稳定，风格较一致的基金经理是投资者选择基金时重要的参考指标。

（1）丰富的投资经历。许多投资者由最初的股民转而成为基民，一个重要的原因是自己炒股没赚到钱，或者炒股已经严重影响了自己的生活。因此把钱交给基经金理来打理，由他们帮自己投资赚钱。投资经理从事投资工作的长短成为评判基金的一个重要指标，除此之外，基金经理从事投资的业绩及对风险的控制态度，也是筛选基金时需要重点关注的。

（2）业绩稳定，作风稳定。一个优秀的基金经理能够保持基金净值的持续增长和基金份额的稳定，而非仅凭短期的操作获利。投资者可以从行业及个股的换手率、集中度等方面了解基金投资的风格，有的基金经理擅长精选个股，有的基金经理擅长大类资产配置，有的作风稳健，有的作风锐利。一般来讲，允许基金经理有自己个性化的操作，但是作为整个基金团队的领头羊，基金经理的风格往往影响着整个团体的风格，因此基金经理投资作风不稳定也反映着其背后团体的操作太多不协调，就很难保证基金的长期增长。

（3）基金报告反映的信息。基金经理的操作策略都会通过基金的报告，如季报、半年报、年报等体现出来。关注基金报告，就是关注基金经理的"赚钱"思路。基金经理是在对投资者负责，认真地对市场进行研究，还是用专业术语"忽悠"投资者，仔细阅读后，投资者心里都有数，从而进一步判断出这个基金经理能否为自己赚钱。

第五节　懒人理财术——基金定投好处大

在众多投资产品中，人们最青睐基金，因为相比较于股票、债券、外汇和黄金等而言，基金是一种混合型投资，其风险小，收益较稳定。打着"专家帮你理财"的旗号，基金开始走进千家万户，无论是月收入不过 1 000 元的打工族，还是月收入不过 2 000 元的上班族，甚至月收入过万元的白领，选择基金投资，都是一种省心省力的钱生钱方式。

基金投资的方式有两种，一种是一次性投资，就是指无论市场涨跌情况，把自己的钱一次性投资。但是这种投资方法比较冒险，没有人能够绝对肯定自己投资的基金是最低净值。因此大多数人都采用第二种投资方式，即基金定投。

基金定投是定期定额投资的简称，即投资者通过基金销售机构提交定期定额申购业务申请，在固定的时间以固定的金额投资到指定的开放式基金中。每月投入固定的金额，达到平摊基金成本、分散风险的作用。

关于一次性投资与定期定额投资的优劣，达芬奇举了一个事例作为说明：A 与 B 各有 12 000 元准备投资于基金，A 一次性购买了某只基金，而 B 则在一年的 12 个月内，每月定期投资 1 000 元。在此期间，基金单位净值持续上升，则 A 买的基金份额明显要多于 B 买的。因此一年后，A 比 B 赚的钱更多。如果基金单位净值持续下降，显然 B 买的基金份额远远多于 A 的，因此一年后 B 比 A 赚的要多。那么实际情况是怎么样的呢？基金净值不可能一直持续上涨或下跌，而是在上下波动。因此，无法判定基金净值的最低点，而只有通过基金定投的方式才能有效地平摊成本，降低投资风险。

对于一个老基民来讲，还可以采用定期不定额的方式进行定投。简单地说，在市场下跌时，购买基金的资金增加，从而获得更多的基金份额，而在市场上涨时，减少购买基金的资金，有效避免成本风险。目前一些基金公司开办了定期不定额的业务，按照投资者投入的资金由少至多预设了保守、正常、进取三档。投资者可以很好地利用这种投资系统，对比当前指数收盘点位与基准线，当基金净值低于基准线，可以选择"进取"档，获得更多基金份额的同时，也获得了最大的收益。

凌飞："那么，基金定投该怎么操作呢，到哪里去办理基金定投呢?"

达芬奇："基金定投的起点非常低，像现在的农业银行其最低扣款只需要200元，其他像工商银行也是200元，也有最低扣款300元的，但是，一个月投入两三百元，假设年投资收入率为10%，依靠复利的作用，数十年之后，变成百万富翁并非不可能。"

"目前，许多银行包括工商银行、农业银行、建设银行和招商银行等都开办了基金定投业务，不仅可以去银行柜台办理，而且网上也可以实现基金定投。以嘉实基金网上定投为例，你只需登录嘉实基金网站，登录个人网上交易，就可以看到'定期定额'的字样，然后签约'嘉实基金管理公司直销网上交易定期定额申购业务协议'，傻瓜式的流程，一步一步地选择与点击，最终会开办基金定投业务。"达芬奇微笑地说道。

阿强插嘴说："我听说现在各大银行还会定期开办基金定投优惠活动。特别是费率折扣，打个七八折，着实令人心动不已。"

达芬奇说："的确如此，虽然申购费率只有1.5%左右，但是资金数量庞大的话，1.5%也是一个不小的数目，打个七八折，还是挺实惠的。现在除了银行开办了定投业务之外，各大基金管理公司也不甘落后，纷纷推出更优惠的活动，因为少了银行的代销，基金公司直销的话，其费率低到只有0.6%左右。有一份报道显示，今年年初，一些'非主流'基金销售渠道（除知名银行之外的基金销售渠道），像青岛银行、华融证券、广发华福证券等都有开展基金产品定投的业务，而且定投费率基本都打八折。

"金鹰基金在2010年5月份实行过打折优惠活动：原申购费率高于0.6%的，享受费率8折优惠，若优惠折扣后费率低于0.6%，则按0.6%执行；原申购费率等于或低于0.6%的，则按原费率执行。"

达芬奇2002年12月份投资XX基金，至今尚未赎回，每月定投1000元，他将最近的定投数据截屏过来，作为定投实例给凌飞与阿强参考，如表6-2所示。

表6-2

定投日期	单位净值/元	定投份额/份
2008年12月5日	1.01	982.66
2009年1月5日	1.0	992.66
2009年2月5日	1.0 106	981.41
2009年2月27日	分红份额120.01元	
2009年3月5日	1.0 107	981.21
2009年4月5日	1.0 206	972.01
2009年5月5日	1.0 306	962.31
2009年6月7日	1.2 106	817.93
2009年7月7日	1.3 102	755.85
2009年8月9日	1.4 103	701.75
2009年9月7日	1.5 106	654.55
2009年10月7日	1.2 102	798.42
2009年11月7日	1.1 121	901.32
2009年12月7日	1.0 136	982.32
2010年1月7日	1.3 934	709.32
2010年1月27日	分红份额18 357.63元	
2010年2月8日	1.2 938	764.82

从2008年12月截止到2010年2月，共投资15 000元，按照2010年2月25日的基金净值计算1.3 132，则可获得总份额为：定投总份额12 958.54 + 分红总份额18 477.6 = 31 436.18（元），赎回现金（未扣除手续、赎回费用）为31 436.18 × 1.3 132 = 41 281.99（元）。根据投资回报

率公式：投资回报率 =（期末总价格 − 期初总价格 + 现金分红）÷期初总价格 × 100%，可得出投资报酬率为：（41 281.99 − 15 000）÷15 000 × 100% = 175.21%。据达芬奇介绍，这份基金他现在还在持有，一直坚持下去准备做长期投资。

凌飞问道："我注意到一种情况，那就是你的基金分红份额 18 477.6 比原有买基金的份额 12 958.54 数量还要大，这是怎么回事呢？基金分红不是就是派发现金吗？"

达芬奇笑道："这就是复利的威力啊。基金分红分为两种方式，一种是现金分红，一种是红利再投资。前者是在分红期限可以派发现金，而后者则是红利不换成现金，而是自动转为基金份额进行再投资。你可以看到，所谓的复利就是指红利再投资的方式，这种方式才能真正地实现钱生钱。不过，根据《证券投资基金运作管理办法》的规定，如果投资者未指定分红方式，那么默认的分红方式就是现金分红。投资者需要到购买基金的机构去修改分红方式才行。"

两人刚说完话，只见阿强直瞪着眼睛，恍若大梦初醒般地叫道："天啊，老达，你的投资回报率竟然有 175.21%，太不可思议了！你是怎么做到的？你选择的究竟是哪一只基金？我现在就去买！"

达芬奇哈哈大笑了起来："告诉你投资哪只基金，只能治标不治本，我还是给你们讲讲基金定投的技巧吧。"

阿强拼命地点头："愿意洗耳恭听，你快点讲吧！"凌飞心里暗笑，从来没看到这小子如此认真地学习过。

基金定投技巧

说到底，基金定投只是购买基金的一种方式，其收益率的高低取决于五个因素：一是基金公司的管理水平，二是基金经理的能力，三是所选择的基金品种，四是股票市场的走势，五是赎回基金的时机。

（1）量力而为。基金定投就像一个孵蛋的老母鸡，一天能孵多少蛋，跟自己的收入紧密相关，不要强力而行，而要量力而为。一个月收入达到

5 000元以上，且空闲资金较多的，可以多投一些，而一个月收入只有2 000元左右的，定投的金额少一些。把基金定投当成银行的零存整取，这些定投的资金必须是闲散的，而且是用来长期运作的。

（2）选择质优的基金。市场下跌但是基本面较好的基金可以考虑长期定投，只是要看好其发展前景。

（3）选择合适的投资期限。如果资金在未来的几年内要使用，那么就选择波动幅度较小，绩效较平稳的基金，如果投资基金的年限在5年、10年，甚至更长，可以选择风险较高、波动幅度较大的基金，因为对于基金定投来讲，风险较高的基金的长期回报率要高于风险较低的基金。

（4）不轻易赎回。基金定投的效益来源于长期投资，也就是时间产生的复利作用在帮投资者赚钱，因此一旦选好基金，最好持续3年以上，这样才有比较好的收益。

（5）择时卖出基金。投资者在基金定投之前，最好弄清楚这个基金的定投期限以及基金解约的时机，这就需要投资者留心市场情形，比如，基金定投了3年，感觉市场已经上升到了比较高的点位，接下来点位很可能会下降，那么投资者可以先行解约获利。如果市场情形不太明朗，投资者还可以解约一部分定投基金，从而在较高点位赎回部分基金先行获利，其余的基金可以等待市场情形改变后再作决定。

对一些常用基金术语的通俗解释

建仓：对于基金公司来说，就是指一只新基金公告发行后，在认购结束的封闭期间，基金公司用该基金第一次购买股票或者投资债券等（具体的投资要以该基金的类型及定位来确定）。对于私人投资者，比如说我们自己，建仓就是指第一次买基金。

持仓：即你手上持有基金份额。

加仓：是指建仓时买入的基金净值涨了，继续加码申购。

补仓：指原有的基金净值下跌，基金被套一定的数额，这时于低位追补买进该基金以摊平成本（被套简单地说，就是投资人以某净值买入的基金跌到了该净值以下。比如，1.2 元买的跌到了 0.98 元，那就是说投资人在该基金上被套 0.22 元）。

满仓：就是把你所有的资金都买了基金，就像仓库满了一样。大额资金投入的叫大户，更大的叫庄家；小额资金投入的叫散户，更小的叫小小散户。

半仓：即用一半的资金买入基金，账户上还留有一半的现金。如果是用 70% 的资金叫 7 成仓……其他可依此类推。如你共有 2 万资金，用 1 万买了基金，就是半仓，称半仓操作。表示没有把资金全部投入，是降低风险的一个措施。

重仓：重仓是指这只基金买某种股票，投入的资金占总资金的比例最大，这种股票就是这只基金的重仓股。同理，如果你买了三只基金，有 70% 的资金都投资在其中一只上，那么这只基金就是你的重仓，反之即轻仓。

空仓：即把某只基金全部赎回，得到所有资金，或者把全部基金赎回，手中持有现金。

平仓：平仓容易和空仓搞混，请大家注意区分。平仓即买入后卖出，或卖出后买入。比如，今天赎回易放大价值，等赎回资金到账后，又将赎回的资金申购上投成长先锋，相当于调整自己的基金持有组合，但资金总额不变。如果是做多，则是申购基金平仓；如果是做空，则是赎回基金平仓。

做多：表示看好后市，先以低净值申购某基金，等净值上涨后收益。

做空：认为后市看跌，先赎回基金，避免更大的损失。等净值真的下跌时，再买入平仓，待净值上涨后赚取差价。

踏空：由于基金净值一直处于上涨之中，净值总是在自己的心理价位之上，无法按预定的价格申购，一路空仓，就叫踏空。

逼空：是指基金涨势非常强劲，基金净值不断抬升，使做空者（即后市看跌而先期卖出的人）一直没有好的机会介入，亏损不断扩大，最终不得不在高位买入平仓。这个过程叫逼空。

基金账户：指基金注册登记机构为基金投资者开立的记录其持有的基金管理人所管理的基金份额余额及其变动情况的账户。

基金账号：基金账号是由基金公司为其客户分配的账户识别号，一个自然人在一家基金公司只能开设一个基金账户，对应一个基金账号。

基金份额持有人：指根据基金合同及相关文件合法取得基金份额的基金投资者。

工作日：指上海证券交易所、深圳证券交易所及其他相关证券交易场所的正常交易日。

开放日：指为基金投资者办理基金申购、赎回等业务的工作日。

T日：指基金管理人在基金认购、申购和赎回等业务办理时间内收到申请的当日。

T＋n日：指自T日起第n个工作日（不包含T日）。

认购：指在基金募集期内，基金投资者购买本基金基金份额的行为。

申购：指基金合同生效后，基金投资者购买本基金基金份额的行为。

赎回：指基金合同生效后，基金份额持有人按基金合同规定的条件，要求基金管理人购回本基金份额的行为。

基金收益：指基金投资所得债券利息、银行存款利息、买卖证券价差、票据利息收入、债券回购收入、已实现的其他合法收入及因运用基金资产带来的成本和费用的节约。

基金资产总值：指基金所购买的各类证券、银行存款本息、应收债券利息及其他资产的价值总和。

基金资产净值：指基金资产总值减去基金负债后的价值。

定期定额：指投资者按照与基金销售机构预先约定的方式、时间和金额，申购本基金的业务。

基金转换：指投资者在持有一家基金管理公司发行的任一开放式基金后，可直接自由转换到该公司管理的其他开放式基金，而不需要办理先赎回已持有的基金单位，再申购目标基金的业务。

不可抗力：指当事人无法预见、无法克服、无法避免的任何事件，包括但不限于洪水、地震及其他自然灾害、战争、骚乱、火灾、政府征用、没收、法律变化、突发停电、电脑系统或数据传输系统非正常停止或其他突发事件、证券交易场所非正常暂停或停止交易等。

引自中华证券学习网：http://www.1000zq.com/detail.aspx? id＝388525

如何选择基金管理公司？

在选择值得投资的基金时，充分了解管理基金的基金管理公司是非常重要的。应该选择一家诚信、优秀的基金管理公司，应该对基金管理公司的信誉、以往业绩、管理机制、人力资源和规模等方面有所了解。

下面是几个可以用来判断基金管理公司好坏的依据。

（1）规范的管理和运作。判断一家基金管理公司的管理运作是否规范，可以参考这方面的因素：一是基金管理公司的治理结构是否规范合理，包括公司内部各部门的设置和相互关系、公司的监督制衡关系等。二是基金管理公司对旗下基金的管理、运作及相关信息的披露是否全面、准确、及时。三是基金管理公司有无违法违规的记录。

（2）历年来的经营业绩。基金管理公司的内部管理，基金经理的投资经验、业务素质和管理方法，都会影响到基金的业绩表现。有些基金的投资组合是由包括多个基金投资管理人员的基金管理小组负责的，有的基金则是由一两个基金经理管理的。后一种投资管理形式受到个人因素的影响较大，如果遇上人事变动，对基金的运作也会产生较大的影响。对于基金投资有一套完善的管理制度及注重团队合作的基金管理公司，决策程序往往较为规范，行动也更为科学，可以最大程度地减少随意性，在这种情况之下，他们以往的经营业绩较为可靠，也更具持续性，可以在挑选基金时作为参考。

（3）市场形象、服务的质量和水平。基金管理公司的市场形象、为投资者提供服务的质量和水平也是在选择基金管理公司时可以参考的因素。对于封闭式基金而言，基金管理公司的市场形象主要会通过其旗下基金的运作和净值增长情况体现出来。对于开放式基金而言，基金管理公司的市场形象还会通过营销网络分布、申购与赎回情况、对投资者的宣传等方面体现出来。在投资开放式基金时，除了要考虑基金管理公司的管理水平外，还要考虑申购与赎回的方便程度以及基金管理公司的服务质量等诸多因素。

文章来源：《上海证券报》

小知识 3

农行直销定投案例（最终以农行的规定为准）

农行关爱定投之子女教育篇

实现目标：完成子女的大学教育或实现海外留学深造。

* 以上证综指过去 17 年的实际复合年收益率（11.33%）计算（见表6-3）。

表6-3

子女年龄	定投年限/年	模拟实现金额/万元	每月建议定投金额/元
0	18	20	400
3	15	20	500
6	12	20	700

适合的基金产品如表6-4所示。

表6-4

基金公司	基金名称	基金代码	产品特点	农行定投费率（柜台费率的四折）/%
嘉实基金	嘉实沪深 300 指数基金	160706	上市契约开放型（LOF）	0.6
嘉实基金	嘉实量化阿尔法基金	070017	国际定量组合管理技术，坚持纪律性投资	0.6
嘉实基金	嘉实研究精选基金	070013	精选股票开放型基金	0.6
招商基金	"定投宝宝" A 计划——招商优质成长股票型证券投资基金	161706（前端收费），161707（后端收费）	精选盈利稳定增长、价值低估且在各行业中占领先地位的大型上市公司的股票，分享公司持续增长所带来的盈利，实现基金资产的长期增值	0.6

基金公司	基金名称	基金代码	产品特点	农行定投费率（柜台费率的四折）/%
招商基金	"定投宝宝" B 计划——招商大盘蓝筹股票型证券投资基金	217010	高端股票基金产品，股票配置比例为 75% ~ 95%，风格比较积极，精选受益于经济成长的优秀企业，在控制风险的前提下，实现稳定的资本增值	0.6
招商基金	"定投宝宝" C 计划——招商先锋证券投资基金	217005	动态的资产配置能够有效地回避证券市场的系统风险，充分把握投资机会，适当地集中投资可以提高组合的盈利能力	0.6
鹏华基金	鹏华沪深 300 指数证券投资基金	160615	投资指数基金，就是投资中国经济发展的未来	0.6
鹏华基金	鹏华盛世创新股票型证券投资基金	160613	自主创新是企业提升核心竞争力、盈利能力和可持续发展能力的主要驱动力	0.6
南方基金	南方沪深 300 指数基金	202015（前端），202016（后端）	指数基金净值波动大，通过分期投资能有效平均成本、平滑波动、降低风险	0.6
南方基金	南方绩优成长基金	202003（前端），202004（后端）	股票型基金，由南方基金投资部苏彦祝担任总监，作风稳健，适合长期定投	0.6
银华基金	银华道琼斯 88 指数基金	180003	主动指数型基金	0.6
银华基金	银华领先策略股票基金	180013	股票型基金，2008 年成立以来，回报率为 41.08%	0.6

续表

基金公司	基金名称	基金代码	产品特点	农行定投费率（柜台费率的四折）/%
银华基金	银华和谐主题混合基金	180018	混合型基金，2009 年资本市场大势为震荡向上，选择混合基金，"进可攻、退可守"	0.6
信达澳银基金	信达澳银领先增长股票型基金	610001	以自下而上的策略为核心，适度运用资产配置，有效控制风险，挖掘盈利能力持续增长的优势公司	0.6
信达澳银基金	信达澳银精华灵活配置混合型基金	610002	根据股票类和固定收益类资产之间的相对吸引力，有规律地进行资产的动态配置，在有效控制系统风险的前提下实现基金资产的长期稳定增值	0.6

农行关爱定投之成家立业篇

实现目标：可以支付 20 万左右购房首期款。

* 以上证综指过去 17 年的实际复合年收益率（11.33%）计算（见表6-5）。

表6-5

房屋总价/万元	定投年限/年	模拟实现金额/万元	每月建议定投金额/元
60	10	20	900
60	5	20	2 500

适合的基金产品如表6-6所示。

表6-6

基金公司	基金名称	基金代码	产品特点	农行定投费率（柜台费率的四折）/%
南方基金	南方优选价值基金	202011（前端），202012（后端）	成立于 2008 年 6 月，经历 2008 年市场单边大幅下跌，目前已实现每 10 份基金份额分红 1.2 元	0.6

基金公司	基金名称	基金代码	产品特点	农行定投费率（柜台费率的四折）/%
银华基金	银华道琼斯88指数基金	180003	主动指数型基金	0.6
银华基金	银华领先策略股票基金	180013	股票型基金，2008年成立以来，回报率为41.08%	0.6
银华基金	银华和谐主题混合基金	180018	混合型基金，2009年资本市场大势为震荡向上，选择混合基金，"进可攻、退可守"	0.6
新世纪基金公司	新世纪优选成长股票型基金	519089	小盘基金，操作灵活，业绩突出	0.6
新世纪基金公司	新世纪优选分红股票型基金	519087	强制分红，风险控制良好，业绩优良	0.6
鹏华基金	鹏华中国50开放式证券投资基金	160605	淡化指数，重视价值，集中持有	0.6
鹏华基金	鹏华行业成长开放式证券投资基金	206001	把握基本面分析，坚持未来价值的挖掘，分享中国优质企业的盈利增长成果	0.6
嘉实基金	嘉实优质企业基金	070099	分享中国优质企业的盈利增长成果	0.6
嘉实基金	嘉实服务	070006	主题明确，仓位可低至25%，适于阶段盈利、避险，转换使用	0.6
信达澳银基金	信达澳银领先增长股票型基金	610001	以自下而上策略为核心，适度运用资产配置，有效控制风险，挖掘盈利能力持续增长的优势公司	0.6

农行关爱定投之退休养老篇

现目标：100万（以60岁退休计算，每月3 000元，30年）。

*以上证综指过去17年的实际复合年收益率（11.33%）计算（见表6-7）。

表 6-7

目前年龄	定投年限/年	模拟实现金额/万元	每月建议定投金额/元
30	30	100	400
35	25	100	600
40	20	100	1 100

适合的基金产品如表 6-8 所示。

表 6-8

基金公司	基金名称	基金代码	产品特点	农行定投费率（柜台费率的四折）/%
鹏华基金	鹏华沪深 300 指数证券投资基金	160615	投资指数基金，就是投资中国经济发展的未来	0.6
鹏华基金	鹏华动力增长混合型基金	160610	精选优势企业，积极配置，有效控制风险，谋求长期稳定增值	0.6
南方基金	南方稳健成长基金	202001	混合型基金，国内首批开放式基金，历经牛、熊市洗礼，股票占基金资产的 0～80%，"攻守兼备"	0.6
南方基金	南方积极配置基金	160105	主题投资，主要投资与国民经济增长具有高度关联性、贡献度大、成长性快、投资价值高的行业	0.6
银华基金	银华保本增值混合基金	180002	保本混合型基金，风险小，收益稳定	0.6
银华基金	银华和谐主题混合基金	180018	混合型基金，2009 年资本市场大势为震荡向上，选择混合基金，"进可攻、退可守"	0.6
信达澳银基金	信达澳银领先增长股票型基金	610001	以自下而上策略为核心，适度运用资产配置，有效控制风险，挖掘盈利能力持续增长的优势公司	0.6

基金公司	基金名称	基金代码	产品特点	农行定投费率（柜台费率的四折）/%
信达澳银基金	信达澳银精华灵活配置混合型基金	610002	根据股票类和固定收益类资产之间的相对吸引力，有规律地进行资产的动态配置，在有效控制系统风险的前提下，实现基金资产的长期稳定增值	0.6
嘉实基金	嘉实主题精选基金	070010	混合型基金，仓位可低至30%，操作灵活，波动较大	0.6
嘉实基金	嘉实优质企业基金	070099	分享中国优质企业的盈利增长成果	0.6
招商基金	招商大盘蓝筹股票型证券投资基金	217010	精选盈利稳定增长、价值低估且在各行业中占领先地位的大型上市公司股票，分享公司持续增长所带来的盈利，实现基金资产的长期增值	0.6

文章来源农行直销定投：http://www.abcsz.com.cn/jj/index_page03.html

第七章

买来自己的
"天地"——房地产

第一节　阿强买房

中学生谈高考，大学生谈工作，工作后谈买房。当人们逐渐明白，自己活一辈子只为养一间房子、养一个儿子时，房子就成为当今社会人们议论最多的话题之一。

阿强终于要买房了。

凌飞睁大眼睛问："在北京买？"

阿强摇摇头，叹气道："北京的房价哪敢指望，在我们老家买。你不是与老达挺好的吗？这个周末你帮忙说一声，我到他家去请求一下怎么买房。"

凌飞不怀好意地笑了笑，叫道："你在网上一搜，不是有很多教买房子的资料吗？老达恐怕没有空哦。"

阿强低声咕哝了一句"奸商"，只好笑着说晚上有空一起去喝喝酒聊聊天。

下班后，在一间中档饭馆的雅厢里，凌飞趁着酒意问："阿强，你真的要买房啊？现在的房价可不低啊，听小道消息说，中央在提高首付利率，房价可能会降下来的哦。"

阿强摇了摇头："哪能说降就降，我看这事儿悬。现在我国经济发展良好，人们的收入都大幅提高了，房价可能越来越高的。我听一位哲人讲过，人生在世，关乎生存的有三件事最重要，一个是稳定的工作，一个是有房子，一个是有老婆。其实他说的是我们生活最基本的东西，你想一想，房子这么重要的东西，有钱的聪明人都纷纷把钱投在这里了，哪会那么快降。"

凌飞不知是因为看到阿强买房感到自惭，还是真的喝多了，有些疯言疯语道："古时，人们说地主最舒服，地主不就是土地的所有者嘛。现在房地产商整个就是大地主，他们聪明了，不再把土地变成农田让农民种，自己收租了，而是把土地变成房子，让我们这些上班族买他们的房子，每年为他们打工，还有的不卖房子了，干脆把房子租出去，每月收高额租金。我5 000元的工资，每个月至少要替这些'地主'打工好多天，真是郁闷不已。"

阿强笑了笑，拍了拍凌飞的肩膀："兄弟，努力！相信你和尹洁不久也会拥有自己的房子的。我们现在不是在向老达学习投资吗？有闲钱了就把钱拿去投资，钱生钱不会是问题。"

听到这话，凌飞就来气，自己买的股票还在套着呢。他把资金全拿去买了股票，现在那只股票还在跌，让他心神烦乱。

"对了，听说你女朋友换职业了，做美容。现在做得怎么样呢？我有一个表姐以前也是做美容的，现在开美容店，生意火爆，日收斗金啊，现在在北京买了两套房子，还换了一辆宝马车。"阿强羡慕地说道。

这句话提起了凌飞的精神头儿，尹洁的工作很顺利，诚如她所说，她干这一行很有天赋，工资已涨到了4 000元，与他的工资相加，两人一月的收入近一万元。凌飞暗想，看来生活并非没有希望，只要努力工作，努力学习投资，让钱生钱，一定会有一个美好的未来。

第二节　怎么选房子？

达芬奇的房子通风好，向阳好。达芬奇说自己的房子早在 2000 年就买了，并开玩笑说："2070 年房子就又不属于我了，呵呵。"

凌飞问："房子只有 70 年的使用权限？"

阿强说："70 年还是最长的，据我了解，房子的使用权限通常为 40 年到 70 年。"

"那 70 年后，房子怎么办？"凌飞不禁迷惑地问。

达芬奇说："一些土地管理专家认为，在我国可以采取三个方式来解决这一问题：第一，房屋业主通过补交土地出让金，来获得允许延长土地使用期限。第二，国家收回土地和地上建筑物后对业主进行一定的补偿。第三，拆迁房子之后，再安置到新的地方去住。"

凌飞说："感觉自己买房子就像打牌做庄，做了 70 年之后，就得下来，重新洗牌。原来买房子，只是买一间水泥做的箱子啊，说买房子好听一些，其实只是租了 70 年房子啊。"

阿强苦叹道："也难怪你这么偏激，可是中国老百姓没房子不行啊，结婚要房子，养老不想去住养老院也需要房子，子女长大后又要房子，你看，没房子怎么行？中国人都一样，你也就别抱怨了，我们还是来听听老达关于买房的高见吧。"

"房地产是指土地、建筑物及固着在土地、建筑物上不可分离的部分及其附带的各种权益。由于房地产拥有固定性和不可移动性，经济学上又将房地产称为不动产。我们常说拥有一个自己的家，直观的形式便是拥有一套自己的房子。因为，房子将跟随着你以后的 70 年，选择一所好房子是非常重要的。"达芬奇不动声色地说。

阿强问道:"那你说说怎么选择一套好房子吧。"

"第一,买房子要考虑地段。人们的经济实力、个人爱好、工作区位和购房目的等因素决定着购房的区位地段。想想看,如果有个房子前着村后不着店,上班要坐2个小时的公交车,那么这样的房子即使再便宜也不能为生活质量加分,而且好的地段具有升值的潜力,特别是如果房子周围有交通轨道正在修建,大型商场、超市即将开业,那么房子肯定会升值。当然并非越热闹的地段就越好,一般来讲,如果讲究安静的话,可以选择离闹区较远,但交通又比较方便的地段。空气污染也是一个特别重要的问题,在国外,许多有钱的人都将家搬到郊区。

"第二,买房子要考虑户型。所谓户型好,就是指房子布局合理,客厅、卧室、厨房、餐厅和卫生间等各功能区布局得当。有些房子设计不合理,比如,厨房深藏或厨房与卫生间相连,还有的厨房与卧室接近,排风扇的噪音容易影响家人休息。

"第三,买房子要考虑小区环境。选中的房子所在的小区内是否有完善的服务设施,娱乐设施是否丰富,是否有门禁系统,社区里的保安系统是否完善,有没有幼儿园等教育设施,周边有没有菜店、食品店等。另外有的人买房只是为了投资,因此选择经济承受力有限的邻居就非常重要。小区内既有高档物业,也有中低档物业,如果邻居与自己的经济承受力相差悬殊,往往会在物业管理费用方面产生争执。

"第四,买房子要考虑价格。首先要了解房子所在市区的房价平均水平,你所购买的房价不能高得太离谱。其次了解与该楼盘相似的房产价格,从而进行一个横向比较。这些知识都可以在相关房产网站上查到。除此之外,在买房子时也经常会看到开盘价、销售均价、最高价、清盘价和成交均价等。简单地讲,开盘价就是最低的价格,最高价就是最好的房子卖出的价格,清盘价就是卖到最后收尾时给出的房价,销售均价就是所有房子卖出的总价除以房子总面积得出的价格,这些价格都不是最终的价

格，而最终的价格是成交均价，你想问自己选中的房子多少钱一平方，直接问成交均价就行。

"第五，买房子要考虑隔音、采光和通风情况。站到房子客厅或者站在卧室中，是否能听到马路上或小区内的喧杂声？良好的采光、通风是居住的基本要求，特别是客厅、卧室、厨房的采光与通风要做得非常到位，人们的日常生活都是在客厅进行的，其采光、通风对人的身心都有重要的影响。而卧室尽量通风好、光线足，可以让人精神百倍。"达芬奇一口气说了五条，接着说，"现在买房子还时兴看风水，虽然很多人认为风水是迷信，不过要想选一个好房子的话，懂一些风水知识还是比较有用的。"

阿强难以置信地问："老达，你没在开玩笑吧，你还真的相信风水？"

"比如，你选中的房子在二楼，一切设施都非常完美，但是小区里的树长到二楼将你的卧室或书房挡住了，住久了就会对你的心理造成影响，风水书中称之为'独阴煞'。又比如，你的卧室正对着一个又高又尖的建筑物，无形之中，那个建筑物就会对你的心理造成一定的压迫感，这就是风水中的'孤阳煞'。"达芬奇笑着说："买房子是一件大事，不像买家具、买衣服那样花个百把块钱就行了。房子就是你以后生活的'天地'，要花费你数年甚至数十年的心血才能买到，你以后也要住上几十年，因此慎重一些没有错。当然，有人说看风水是忽悠人，这也是见仁见智的问题。只要房子自己住得舒服，那么就是好房子。"

"对了，阿强，你现在买的是第几套房子呢？"达芬奇突然问。

阿强答："像我这种穷小子，还能有几套啊，当然是第一套啊。"

达芬奇笑了："最近媒体报道，有许多已婚人士办离婚购新房，闹得沸沸扬扬。"

阿强与凌飞好奇地问："还有这回事，你快说说看。"

第三节 "离婚" 购新房

达芬奇在书房里翻开一张报纸，《北京晚报》2010 年 10 月 21 日有一篇名为《六成购房者认可假离婚 规避新政能省几十万》的报道：

十一长假前，国家有关部委发布五项措施，被业界视为年内的第二次楼市调控。事实上，纵观半年来实施的一系列房产新政，都可谓上有政策下有对策。为了规避二套房贷、限购令等政策，不少夫妻选择'假离婚'，一方'净身出户'再独自新购房屋，享受优惠，日后再图复婚。在房子面前，婚姻、家庭甚至人的价值观都受到了严峻的考验，要'房产证'还是'结婚证'，成了不少夫妻纠结的问题。

……

据一项网络调查显示：六成以上的网友认为，只要能节约支出，即便采取'假离婚'这种手段也值得，而只有一成网民认为，钻政策空子的做法不应该提倡。

有接近一半网友表示，如果自己存在购置第二套房的需求，便会'假离婚'。不会选择'假离婚'的人数基本与其持平，但要略少于接受者。更重要的是，人们对'假离婚'的风险心知肚明，表示自己'非常了解假离婚风险'的人超过八成。

……

为何那么多人宁可为了房子折腾夫妻感情？到底有多大的利益在吸引着大家不惜冒着巨大的风险对抗政策呢？

根据国务院提出的房产新政，对贷款购买第二套住房的家庭，贷款首付款比例不得低于 50%，贷款利率不得低于基准利率的 1.1 倍。且不说购买二套房要多拿出的几十万首付，仅算算需要支付的贷款利息，就足够让

人咋舌的。

房产中介公司提供的数据显示，以贷款100万元，贷款期为20年，基准利率5.94%来计算。新购第一套房享受8折优惠利率的月还款为6 463元，而第二套房按1.1倍的利息计算，每月需还7 475元，一个月就要多支付1 000多元，总利息会增加近25万元。

不算不知道，一算吓一跳。怪不得有人戏称：离个婚就能省下几十万。对于想方设法省钱购房的普通家庭来说，少付十几万甚至几十万的首付和贷款利息确实值得他们考虑。

阿强摸了摸头，庆幸地说道："幸好像我这种穷小子，只是购买第一套房。不然，为了省下那25万块钱的利息，我也会'假离婚'的。"

凌飞说："他们真是冒险，就不怕弄假成真，'假离婚'变成了真离婚。"

达芬奇说道："其实'假离婚'的真正目的，是为了规避第二套住房的高额首付与高额利息，在这里我们可以看到，购房的付款方式与策略极为重要。一般工薪阶层都无法一次性付清房款，而会采用按揭的方式。所谓按揭，简单地说就是贷款买房，每月交一些本金与利息，从而数十年之后才能真正付清房款，而购房者在按揭付款的过程中能提前享用房子的使用权。我们现在提到的'房奴'就是由按揭付款造成的。想避免自己成为'房奴'，就必须要做到几点：第一，事业未成之前，自己的每份收入都是投资理财的种子，过早地吃掉种子无法带来以后的收成。以后在生活中碰到投资的好机会，很可能因为资金短缺而错过致富的机遇。第二，买房月供的资金不高于总收入的35%。银行在审查个人的还贷能力时，一般来说，个人月供与月薪比例不超过50%，银行就会同意贷款，而欧美等国家则要求月供不超过月收入的35%。专家们经过分析，认为后者才是合理的月供比例，不然就容易出现生活质量方面的问题，变成真正的"房奴"。第三，总房价不得超过税后总收入的6倍。如果房款包括装修款等费用超过家庭总收入的 6 倍,就可能导致家庭负债过重,生活质量下降。"

随后,达芬奇告诉了凌飞与阿强如何筹集房款。

首先是根据家庭支付能力来选择价格合适的房子。如果目前的工资收入只能支付 60 平方米的房子,就不要购买 100 平方米的房子。一般购房的资金数额,不可能只是购房价款,因为除了购房款之外,还有各种税费、共用设备维修费、物业管理费等。这些费用至少是总房价的 5% 左右,因此必须预留备用。

其次,对于普通上班族,利用公积金贷款来购房是一种非常好的方式。根据国务院《住房公积金管理条例》(以下简称《条例》)的规定:住房公积金是指国家机关、国有企业、城镇集体企业、外商投资企业、城镇私营企业及其他城镇企业、事业单位及其在职职工缴存的长期住房储蓄金。职工住房公积金包括职工个人缴存和职工所在单位为职工缴存的两部分,全部属职工个人所有,两部分缴存比例现均为职工个人工资的 8%。

按照规定,凡是缴存公积金的职工均有享受此种贷款的权利,均可按公积金贷款的相关规定,申请公积金贷款。

在购房者的行列中,很多夫妻所在的公司有公积金,但是他们却没有意识到公积金贷款的好处。因此许多人在缴纳公积金时,嫌公积金余额太少或者是办理公积金贷款麻烦,都不太情愿用公积金贷款。这实在是一个非常大的误区,主要原因是他们没有了解公积金的作用。

根据 2010 年 10 月 19 日《中国人民银行关于上调金融机构人民币存贷款基准利率的通知》,住房公积金存贷款利率调整为:1～5 年的年利率从 3.33% 调整为 3.5%,5 年期以上从 3.87% 调整为 4.05%。即使其年利率上调,也远远低于商业贷款利率,商业贷款年利率至少都在 5.2% 以上,两者相差一个多百分点,由此可以看出用公积金贷款的省钱之道。

公积金贷款是一种政策性低息长期贷款,目的在于由国家、集体、个人三方共同负担,解决职工住房困难。因此,凡任职于实行公积金制度的单位,并按规定缴存住房公积金,具有完全民事行为能力的职工,在购建

住房或大修自有住房资金不足时，均可申请公积金贷款。《住房公积金实施办法》第二十七条规定，职工按照《条例》第十六条的规定支取住房公积金储存余额的，申请个人住房公积金贷款必须同时具备三个条件：一是必须有符合法律规定的购房合同或协议；二是购买商品房或经济适用住房，需将房价按一定比例的自筹资金存入贷款银行；三是用自有、共有、第三方自然人的房产或贷款银行认可的有价证券进行担保。

目前，全国各地区对于公积金贷款的政策不一样，不少地区都提高了公积金贷款的上限，有些地区还规定父母子女可以互提公积金来买房。

再次，活用组合贷款购房。如果公积金贷款额不够支付房款，买房者还可同时办理个人住房商业贷款。根据国家政策有关规定，公积金贷款的数额最多可以达到交纳的公积金总额的20倍，缴得越多，贷款的时候可以申贷的金额就越多，不过贷款金额不得超过总房价的80%。因此，在公积金贷款金额不够的情况下，申请商业性贷款是一个明智的选择。

第四节　把购房当成投资

近年来，许多投资资产，折旧率非常严重，唯有房地产业因地理位置、经济发展、人口增多等因素，不仅折旧率低，反而其上涨率往往超过折旧率。

说到这里，达芬奇微笑道："马超擅长炒股票，王大胆擅长炒房。而马超之后会炒房不是跟我学的，而是跟着王大胆学的。上次，马超来时不是跟我们说过，王大胆炒股损失了 10 万吗？还有他老婆开车撞人的赔偿费用，这里的钱有一大半都是他炒房炒出来的。"

达芬奇分析说，王大胆之所以能成为百万富翁，而不是成为千万富翁，最重要的原因是他把钱投资于股票，而不是房地产。他拥有一种别人没有的房地产嗅觉，他若专心炒房地产，而不是炒股票，恐怕他早就成为千万富翁了。**因此，在股票、基金和房地产等投资工具中，选择自己拿手的是最重要的，不必要样样精通。**

"当时王大胆还在销售化妆品，于是找到客户后，他就跟客户拉家常，他不仅很快搞定了这位客户，而且还在闲聊中获知这位客户有一间平房急欲脱手。王大胆抱着试试看的想法，跟着客户去看了看那间平房。

"一般人看来，那套房子破败不堪，不值得投资，不过王大胆看中的是它的地段优势与周围环境优美。卖主开口 50 万，由于急于脱手，王大胆只用 45 万就买了下来。当时王大胆有一部分钱被股票套住了，无法取出现金，于是交了 25 万，另外 20 万一年后付清。

"买下老房子之后，王大胆开始装修起来，将老院墙翻修刷成红色，房子里外也再次翻新。可即使是这样，王大胆还觉得少了一点什么，于是

又在院子里种上了一棵枣树、一棵槐树，在墙角种了一棵腊梅，还买了一些花草盆栽放在院门口左右。这样，一个绿树红墙、生机勃勃的民宅以焕然一新的面貌出现了。

"三年后，王大胆这套房子被一名房地产老板看中了，他用 100 万买了过去。短短三年，王大胆就净赚 50 多万。

"以后王大胆投资房地产的热情越来越高涨，他用赚来的 50 多万在北京中关村附近又支付了四套 50 平方米的小户型二手房的首付。首期总共只用了 40 万左右，然后花了几万将家具配齐，到处贴广告出租房子，由于地势好，中关村住的白领阶层又多，来询房的电话接连不断，不到一周，四套二手房就全部租了出去。然后王大胆开始当起"地主"来，月供根本不用担心，因为租金付了月供之后，每月还剩下 1 000 元左右，用不了几年，这四套房子不仅属于他了，就靠租金，他也狠狠赚了一笔。"

达芬奇感慨道："王大胆由一个小小的炒房客，变成一个坐拥百万的大富豪，若不是他花钱不知节俭，执著于炒股票，恐怕早就成为千万富翁，甚至亿万富翁了。"

达芬奇继续说道："房子能够赚钱无外乎两种情况，一种是房子升值，另一种是出租房子。中国人口多，土地少，因此从理论上讲，房价必然会越来越高。但是房地产市场与证券市场一样，有'牛市'与'熊市'，有上涨期与下跌期，房价上涨不会是直线上涨，而是呈螺旋式上升。据专家们推测，我国房地产市场约 8 年就会出现一个周期，这个周期，可能是繁荣期，可能是衰退期，可能是萧条期，还可能是复苏期，这样周而复始。"

凌飞笑道："现在房价涨得这么厉害，应该属于繁荣期了。那我再等 8 年去买房，哈哈……"

阿强说："你傻了吧，被老婆逼着结婚要房子时，哪个人还有耐心等 8 年呢？"

凌飞道："你别弄错了，现在老达谈的可是投资房地产，而不是买房子自己住。老达，我们要炒房的话，一般哪些房子升值快，能够赚钱呢？"

达芬奇说："这个问题问得好。不少投资者手中握着大户型的房子，却卖不出去，而小户型的房子却是资金量小、周转快、风险低的优质投资品种。人们常说'麻雀虽小，五脏俱全'，小户型面积虽小，却是功能区分隔明确，完全可以满足生活的需求。有调查数据显示，约有七成的消费者对小户型特别偏爱。那么投资哪些小户型才能赚大钱呢？一是面积50平方米左右的房子，这类房子最受消费者喜爱。二是所处地段交通便利、周围配套设施齐全的房子。不少外地购房者只是为了在享有自己私人空间的同时，希望所住地离公司不远，因此交通便利是首选。另外，房子周围有超市、休闲娱乐厅、医院等也是小户型房子的一大亮点。三是功能区分明的房子。一所完整的房子应包括客厅、卧室、洗手间、阳台和厨房等。因此，如果小户型的功能'残缺不全'，很可能难以卖出去……"

阿强说："我明白你的意思了，投资房子最重要的是房子将来能升值，并容易卖出去。你刚才讲到王大胆炒二手房的事，这又是怎么回事呢？是不是二手房投资对于上班族来讲，更容易投资，更容易赚钱呢？"

达芬奇说："说得对，由于二手房具有动用资金少、风险较低、投资年限短、租价变化小和收益率高等特点，目前已经成为炒房客最青睐的理财工具。与新房相比较，二手房具有经济实惠、免装修、投资回报空间大等优势，因此，无论是转手出售还是出租收息，二手房都比新房更容易套现。"

凌飞问道："那么，哪些二手房具有投资的价值呢？"

达芬奇说："投资二手房就要看好房屋投资前景，估算房屋价值。基本说来，有下面几点需要注意：第一，二手房的价格是否能体现其价值。对于大多数人来讲，因为缺乏专业的知识与丰富的经验，无法准确判定二手房的价格与其实际价值的关系，此时可以采取模向比较的方式来评估。炒房者应尽量收集几个近期发生、户型类似、地段相近的交易，还可以查询房地产中介关于类似二手房的广告报价，这些都能帮我们对市场有一个大致的了解。第二，二手房的地段、折旧率的影响。在商业区、地段较繁

华的二手房，升值空间大，容易套现。另外一般房屋的年折旧率为2%，此房已使用了几年，就可大致推断出其价值，不过大中城市地段较好的二手房也不能只凭折旧率来计算其价值，因为这些地段的房子易于租赁，其租金年收入约为总房价的6%左右。总的来讲，投资二手房，要选择良好的环境、要掌握房子的地段与户型，要'货比三家'，多做比较。"

阿强问道："我在报纸上还常见到一些炒二手房的房主被人坑骗，老达，你知道怎么样防骗吗？"

达芬奇说："投资二手房的收益很大，其风险也比较大。其中一部分风险来源于投资时对房产的价值、资质的判断不准，另外一部分就来源于售房欺诈。因此，投资二手房时，我们要注意：第一，要查看二手房的证件是否齐全。开发商在出售房屋时要提供的'五证'，即《国有土地使用证》《建设工程规划许可证》《建设用地规划许可证》《建设工程开工许可证》和《商品房预售许可证》，而二手房交易则需要房主提供房产证和土地使用证，具体表现为出卖人是否是房屋的所有权人，如果不是，有没有房屋所有权人的有效授权。买房者可要求卖房者出示权属证明文件、身份证等证件，并到房屋登记处查看房屋的权属登记情况。第二，有些房屋不能交易。比如，房屋出租却未告知；房产抵押却未知；交易的房屋已被列入违法建筑或拆迁范围；房产权属有争议；公房原单位有优先回购权，原单位是否同意出让，等等。第三，房子面积被夸大。炒二手房需要准确确认房子的面积，一个有效方法是用卷尺测量房子的总面积，即从一边墙测量到另一边墙的长宽距离，再相乘。另外，还可以观察房屋是否有太多瑕疵，比如，水管、电线等是否走线不合理，房顶是否渗水，地面是否回潮，等等。第四，房子的市政配套设施是否齐全。比如，房子是否过于偏僻，手机有没有信号；电线是否能够带动较大负荷的电器；暖气的供应情况及如何收取暖气费用；房屋承重墙能否经受得起再次装修，等等。"

小知识 1

选择房子有讲究 甄别需求是关键

年轻一族　30～45平方米

在楼盘的销售中心,我们经常看到一些年轻的购房者,他们多半是成群结队和朋友一起来参观、选购,或是随同自己的亲人来敲定,在询问过程中,可以明显感觉到他们是刚出校门的大学生或刚工作没多久的"准白领"。

这一群体追求自由、无束缚,他们生活得简单、随意而又不乏幻想,既愿意随时追赶流行的新生事物,又不甘为潮流左右,背负过重的生活负担。再加上事业尚未达到顶峰,经济收入也并不一定很宽裕,所以一般都不会选择太大的房子,而多数人还要借助家里的帮助才能够选购一套房子,他们觉得30～45平方米的房子对他们现在来说,是最适合的。

这个平方米数的房子多为一室一厅的格局,对于这部分购房者来说,暂时还没有考虑到结婚的问题,只是一个人住,那么这个户型的房子就刚刚好。年轻人对厨房的"感情"最淡漠,所以不必多花心思,甚至可以考虑模糊厨房与客厅之间的功能界限;卫生间的面积也不必很大,只要能够进行洗浴、清洁即可;卧室也只需要放得下一张舒适的大床和容得下年轻人大量时尚服装的衣柜就行;这样的户型一定没有专业的书房,不过无所谓了,要么在床旁边放置一个不大的电脑桌,要么就直接弄个"本子",躺在床上的时候可以自由冲浪……总之,年轻人对于房间的格局要求非常简单,只要求生活得舒适和自在,对于一成不变的空间他们往往并不看好;少而精的多功能家具、个性的自我装修,既节约空间,又便于打扫。

初涉婚姻　50～80平方米

市民杜小姐,26岁,已经有3年的工龄,今年准备迈入神圣的婚姻殿堂。她告诉记者,她和她的未婚夫老家都在外地,而双方的家庭条件都有限,只能用自己这些年上班攒下来的积蓄付一个房子的首付,然后用每月的工资来支付月供。她的选择就锁定在70平方米的二室一厅上,这样的房子扣除首付的总房款30%之外,如果选择15年的按揭年限,每个月的还款金额在1 000元左右,这对一对都有正式工作的夫妻来说,还不构成太大的压力,在房款之外还可以保持正常的生活质量。

杜小姐的心声也代表了这一个群体的声音,对于工作了3～5年的人群来说,手里

会有一些积蓄，但数额并不大，如果家里面能够帮忙付房子的全款，当然是最好不过的了，那样的话，选择多大的房子都没有后顾之忧，但是如果家里不能提供这样的帮助，完全靠自己的话，相信所有的人都同意这不是一个摆阔的时候，找一个合适的地点，一个合适的价钱，50～80平方米的房子刚刚好。这个户型的房子通常都是二居室，小夫妻俩可以独享主卧，如果是自己居住，可以在没有孩子的时候将另外的房间改装成书房，在拥有小baby之后，还可以当做婴儿房，对空间利用充分，决不拖沓。

结婚的人通常都会选择在家中就餐，这就需要有独立的厨房，对于餐厅的要求倒不高，夫妻恩爱，处处可以显示出家的痕迹。杜小姐表示，她的家就没有独立的餐厅，鉴于此，她购买了一个折叠的餐桌，用餐时完全可以放下佳肴美味，用餐完毕，则可以折叠起来放置在墙边，还可以挂一些小物件。

人到中年　80～120平方米

35～45岁左右的置业者一般都有稳定的事业，这个年龄阶段的人渐渐踏入了相对平稳的生活状态，从前躁动的心似乎慢慢开始平复，他们大多已有了自己的小家庭，而且通常都有了下一代，选择住房时就不免得为配偶和子女多考虑一些。

追求平衡，强调品质和实用并重是该阶段的人购房的原则，结婚时的两居室已经不能满足一家人生活的需求了。

30多岁的他们应该积蓄了一定的经济实力，再加上家庭人员结构的变化，100平方米的两室一厅是起码的标准。

当然，如果想得周到一些的话，再为父母亲友添一间屋子，或为客人准备另一个洗手间也是很有必要的。

他们通常更愿意选择住房空间较大的二室二厅或者干脆选择三室两厅的房子。

这个年龄段的人已经褪去了年轻时的浮躁，房子的品质感和实用性是他们最为在意的，那些张扬炫目却浮躁得经不起时间洗涤的空间设置对于他们来说，完全不需要。

因为他们有了更强的责任感，所以对于住房的细节方面就更加苛刻，他们需要给家人更完美的居住环境，例如，孩子的房间采光度够不够，空气是否流通顺畅，厨房和洗手间的窗户是不是和整体房子一样是全明的……这些都在他们的考虑范围之内。

同样，他们也关心所选择的楼盘的绿化是否符合标准，是否便于家人散步和休闲，小区周边是否可以找到便利的超市，以满足家人对于衣食的基本需求，小区附近有没有设施完备，教师素质高、责任心强的幼儿园和学校，可以让孩子度过美好的童年时光。

此时购房，考虑的东西越多，眼光的苛刻程度也就越高，但是一旦选定，即准备长期居住，换房的几率不太大，除非日后为子女们再次添置房屋。

退休后　多种选择

说到这个年龄段的购房者，选择真是太多了。这个年龄的人群，通常退休之后赋闲在家，而在中年时创造的家业还在，如果子女与其同住，那么房子的大小足够容纳下这些人。当然，现在的年轻人通常不会选择和父母居住在一个屋檐下，所以通常这部分人也会为子女另购住宅或者由子女自行安排。

倘若，儿女都已经长大成人，有了自己的工作、生活、家庭，这偌大的房间就只剩下老两口，100多平方米的房子显得有些空旷，所以一部分老年人宁愿放弃现在的大房，然后买一套小户型的房子，这样可以免去收拾的麻烦，也可以利用空间的紧缩显出家庭的丰满。

另外，有足够经济条件的一部分老年购房者，他们会将自己的房子出租或者干脆闲置，在市郊或者农村购置另外的房子，那些房子一般都有小院，可以种些水果蔬菜，养些鸡鸭鹅狗等，两个远离世俗纷扰的人，过着世外桃源般的神仙日子。

杀价教你几招

1. 多听多看

来到售楼处，先不要忙与销售人员交谈，而应装模作样地四下里多看看，实质上是"窃听"销售人员与其他客户的对话。因为别人可能是老客户，对楼盘已经有了较深的了解，他们提出的问题反映了楼盘的不足，也可以对自己有所提醒或启发。从中也可以比较销售人员对自己说的与对别人说的是否一样，考察楼盘的可信度。再就是听听别人能砍到什么价位，好让自己心中有个底。

多看，主要是看工地，看工地的管理水平，看工程进度，从中可了解发展商对工程质量是否精于把关，后续资金是否有保障。起先可能门卫不让进，以后混熟了，也可从攀谈中了解一些发展商的情况。另外对周边的其他楼盘也得多看看，知己知彼嘛。

2. 不露声色

当与销售人员开始接洽的时候，即使心里对这个楼盘已经很喜欢了，也不能流露出来。他一个劲地吹嘘楼盘的优点，我就要不温不火地告诉他这没什么稀奇，周边的什么什么楼盘也有。火候的把握在于，既要堵上他的嘴，又要给予他希望：对这个楼盘我还是很欣赏的。

3. 拉近距离

当优点都"不成为优点"的时候，缺点也就明明白白地显露出来了。这时候我要他感觉到，想掩盖是没意义的，但这些缺点我还是可以"包容"的。见我确有诚意，他也就消除了最后的防线，与我坦诚地探讨购房事宜。

4. 晾晾何妨

这时差不多可以讨论合同了。凡是销售人员口头答应过的事，我都尽量让他"落笔为安"。当然他会为难，因为一般公司都不允许这样做的，但我要他明白，我不是为了日后找茬儿打官司，只是需要一种诚信的表示；如要较真儿，我现在就能告他：哪条法规规定违约赔偿只是发展商单方面约定的5%而不能是3%？

如果谈不拢，我就走人。我还曾拍拍皮包摆噱头说："你看我钱都带来了，以为会有实质性的进展，现在看来，只能算了。"要知道，尽管时下楼卖疯了，但搞销售的个个心虚，谁都盼着早点销完发奖金———他们才急呢。

如此一步一步，最后才谈到价格。要请示经理？好，慢慢请示吧，我不着急。经理请我去谈谈？啊呀我没空，过两天吧。我最后的成交价是 3 480 元/m²，比开价便宜了 370 元/m²。

购房合同八大霸王条款

霸王条款一　擅自延长备案时间

根据《商品房销售管理办法》，房地产开发企业应协助商品房买受人办理土地使用权变更和房屋所有权登记手续，应在商品房交付使用之日起 60 日内，将需要由其提供的办理房屋权属登记的资料（如测绘成果等）报送房屋所在地房地产行政主管部门，而许多房地产开发企业却在合同中预定了 730 日、360 日或 180 日等。

霸王条款二　公共收益被占有

根据《物业管理条例》等规定，业主依法享有物业共用部位、共用设施设备的所有权或使用权，如欲利用物业共用部位、共用设施设备进行经营，应在征得相关业主、业主大会、物业管理企业同意后，按规定办理有关手续。而房地产商将共用部位、公用设施的经营使用权据为己有，典型的就是商品房外墙广告、电梯广告等。

霸王条款三　违约责任不对等

合同双方应该是平等互利的，但房地产商提供的合同，使商品房买受人逾期付款须承担的违约责任，与房地产开发企业逾期交房须承担的违约责任不相当。

根据房地产企业的合同，如果买房人逾期，买受人要按日向出卖人支付逾期应付款 0.21‰ 的违约金，而房地产商逾期交房，在 100 日内，房地产企业只需按日向买受人支付交付房价款 0.1‰ 的违约金；如果超过 100 天，买受人可解除合同，出卖人应自买受人解除合同通知到达之日起 30 天内退还全部已付款，并按买受人累计已付款的 5%，向买受人支付违约金。

霸王条款四　买方无权调整合同

房地产企业提供的合同往往规定"买受人逾期付款的违约责任""出卖人逾期交房的违约责任"及产权登记约定等，要求买受人不得在任何情况下，以任何形式和借口对该约定中的相关比例提出任何调整主张。

此条款剥夺、排除了商品房买受人依法享有的请求增加或适当减少违约金的权利。

霸王条款五　延期交房可免责

购房合同规定房地产企业的免责范围除自然灾害外，还包括市政配套引起的误工、配合政府工作等诸多不甚明了的责任。房地产企业把第三人对自己造成的影响加到买受人身上，实际上是减轻了自己逾期交房的违约责任。购房人没有义务替开发商承担风险。

霸王条款六　未及时签合同只是买方责任

如果没有在约定时间签订购房合同，房地产企业可不用通知认购人，而直接没收其定金，并将房屋另售他人。购房者保证不以购房合同无法协商一致为由拒签合同，此点限制了购房者日后与房地产开发企业订立《商品房买卖合同》时进行平等协商的机会和权利，也加重了购房者的责任。

霸王条款七　买方无权选择物业

许多购房合同规定，购房者在办理交房手续的同时，须与出卖人指定的物业管理公司签订物业管理协议，且事先约定了物业管理费的收费标准。物业公司应通过招投标方式进入，而不是由房地产企业单方面指定。此外，物业服务收费应遵循合理、公开及费用与服务水平相适当的原则合理拟定。

霸王条款八　销售广告可能有假

一些合同补充协议规定，出卖人之前所发布的广告、宣传图册、模型等不构成合同的组成部分，不具有约束力。

由于许多商品房是预售的，商品房确切的资料，买房人在签订合同时无法确实掌握，仅能依据房地产开发企业提供的销售广告、宣传材料、样品屋、平面图和口头解说等了解。企业以此补充协议限制购房者，严重违反了诚实信用原则。

此外，我国《广告法》明确规定，"广告应当真实、合法""广告不得含有虚假的内容，不得欺骗和误导消费者"。

文章来源：《东南快报》

第八章

保值的黄金 «

第一节　结婚纪念金币

　　中午吃完饭，凌飞正趴在办公桌上小眯，阿强悄悄地找到他，神秘地说："给你看一样好东西？"说着，手从上衣口袋里掏摸了半天。只见金光闪闪，一枚黄色的圆形硬币便出现在凌飞眼前，正面还绘着一个肥胖的卧虎。

　　凌飞不屑道："一个镀金的硬币有什么好看的？"

　　阿强跳脚道："这是中央银行发行的 2010 年虎年纪念金币，你难道没有看出来，这是我花了一个多月的工资才买到的！"

　　凌飞这才来了兴趣，不过还是狐疑地看着阿强，"真的吗？你突然买黄金纪念币干吗？"

　　阿强没有回答，又在怀里掏了半天，又一枚圆形的黄金硬币出现在凌飞面前，左边飞凤，右边游龙，缠绕着"恩爱永铸 10000 年"的字样，下面还刻有结婚人的名字及结婚日期。

　　"哎呀，这个东西挺好的，你从哪里弄来的？"凌飞叫道。心里却在想，自己与尹洁结婚时也要弄一套这样的结婚纪念金币。

　　阿强得意道："这你就不知道了吧，这枚硬币也是真金的。我在想把它送给未来的妻子，除了金银首饰之外，这类黄金纪念币可以给她一个惊喜，而且还可以保值增值。"

　　凌飞笑道："怎么了，你现在对投资黄金感兴趣了？在我的印象中，那可是富人的玩意儿，我们穷人可玩不起。"

　　阿强道："瞎说，黄金也只是众多投资理财工具之一，而且门槛并不高。"阿强卖弄着不知从哪里学到的关于黄金的知识。

人们常说："盛世收古董，乱世买黄金。"自全球金融危机发生以来，黄金的保值与避险已成为投资者最关注的两大功能，特别是美元指数的持续走低，通货膨胀率的增长，都极大地推动了黄金市场的不断走高。黄金作为金融硬通货的功能越来越突出，导致中国人投资黄金的热情越来越高涨。

据世界黄金协会的数据统计，近年来，中国国内居民黄金的投资数量节节攀升，2007年中国人投资黄金数量还不到30吨，而到2009年却已经突破了100吨。

阿强得意洋洋地炫耀道："相比其他投资品种，黄金有四大优势。首先，黄金交易没有征税，只有一点点手续费，不像股票投资要交印花税，投资房地产要交土地使用税，当房地产增值时还要交增值税等。其次，黄金可以抵押，当我们资金周转不过来的时候，就需要借贷，而到银行去借贷又需要抵押。黄金抵押起来就很方便，只要有黄金纯度报告就可以搞定了。如果拿股票、首饰等去贷款，可能还贷不到呢。再次，投资黄金比较简单，黄金不像股票那样，有上千只股票要选，黄金的品种比较少，便于操作。最后要说的是，黄金没有庄家能控制。因为黄金市场是全球性的投资市场，没有一个大户有能力操控全球的黄金价格。"

凌飞摇了摇头，故意说道："我对黄金还是不熟悉，你说的什么几大优势，我没有什么感觉。不过，如果你从基础的知识开始介绍黄金，我想我可能会明白一些。"

阿强说："好吧，我就把花了三个星期掌握的知识免费'传授'给你。马克思说过一句著名的话，'货币天然不是黄金，黄金天然是货币'。这句话就是讲，黄金是自然界的稀有金属，它本身并不是货币，它后来成为货币是人为规定的。但是黄金因为体积小、重量轻，便于切割与携带，再加上开采的难度高，所以它成为了人类社会中最适合充当货币的特殊商品。我们常常会在金银首饰的规格说明书中看到'Au'，它是黄金的化学符号，英文名为 Gold……"

　　"停……暂停……"凌飞摆了摆手，道："这个我知道，你就拣重点的讲。午休的时间只有半个多小时了。"

　　阿强道："那好，你知道黄金的成色怎么分吗？这一段要不要跳过去。"

　　凌飞摇了摇头，表示不是很了解。

　　"黄金的纯度用黄金的成色来表示。目前主要有三种表示方法，一种是百分比法，即用百分比来表示物品中的黄金含量。比如，看到某一金首饰上有9987的标注，那么就表示它的含金量为99.87%；如果标注的是998，那么就表示含金量为99.8%，当然还可以表示成998‰。第二种是K金法，这是我们最常见的表示黄金成色的方法。K来源于德文Karat，1K等于4.166%，那么18K约等于75%，而24K的等于99.98%，一般将24K的金称之为纯金。第三种是足金、千足金表达法，含金量不少于99%的叫做足金，含金量千分数不小于999的称为千足金，是首饰成色命名中的最高值，从这里可以看出千足金的含金量要高于24K金。

　　"在黄金的计量单位上，我国一般用克来表示，而国际上则是用盎司（英语ounce的译音）来表示。不过盎司又分金衡盎司与常衡盎司，后者是欧美日常使用的度量衡单位，而前者则是专用于黄金等贵金属商品交易的计量单位，其换算为1金衡盎司=1.097142常衡盎司=31.1034807克，1常衡盎司=28.3495克。"

　　凌飞笑着对阿强说道："看来，你还真的对黄金投资进行过深入的研究啊。目前，黄金的投资品种就是金条、金币吗？"

　　阿强道："我国的黄金投资品种主要有三种。第一种是金条。投资金条，最好去买大公司生产的金条，这样出售时就会省去鉴定费用，便于出售。金条上一般都铸有公司的编号、名称等，没有标记的金条要慎重投资。第二种是纸黄金。所谓纸黄金就是黄金凭证的意思。储存黄金会有风险，就像私人物品一样，说不定哪一天就会弄丢或失窃，因此银行与黄金销售商想出了一个办法，那就是他们替投资者保存黄金，而发给投资者黄金凭证。只要投资者愿意，随时可以凭借黄金凭证提取真正的黄金。目前，这是最受消费者喜爱的投资方式。第三种是金币。金币主要有三种类型，一种是无面值金币，其投资后升值可能性一般。一种是有面值金币，其价值基本与黄金含量一致，但是因为拥有面值，故投资后升值的可能性比较大。还有一种就是纪念性金币，这种金币具有很大的增值潜力。"说着阿强还特意摆弄了一下他手里那块2010年虎年纪念金币，"年代越久其价格就越高，数量越少其价值就越高。除此之外，还有黄金期货、黄金期权、黄金股票和黄金基金等投资方式，不过这些都属于组合投资，并非单纯的黄金投资。"

阿强打开了"中华证券学习网"的网页，上面介绍了影响黄金价格的因素。

第一，供求关系。我们知道，黄金有商品属性，既然它是商品，那么就会受到供求关系的影响。黄金的供给和需求方式有哪些呢？只有了解这些，才能了解影响它的作用力和反作用力。黄金的供给方一般是生产企业，这是肯定的，它是比较大的供给方。再有就是各国的中央银行，因为中央银行手中有非常多的黄金储备，当市场上出现非常大的黄金供需缺口时，央行就会抛售。这里面我们具体说一下，黄金生产企业是怎么影响黄金价格的。如果说今年南非最大的某某金矿挖出来的黄金比平时多，那么从市场因素来说应该是供大于求，价格应该会下跌，但是这种生产企业的因素对黄金价格的影响是比较缓慢的，不是实时的。不过，涉及生产的时候，有一个因素能够直接影响黄金的价格，那就是工人罢工。如果说今天南非的黄金工人集体大罢工，价格肯定会受此因素而上涨。所以，我们观察供求关系的时候，还要注意一些相关的事件。再就是各国的中央银行，如果它们大肆在市场上抛售，那么肯定会造成供大于求，也会直接使价格下降。

黄金的需求方主要是工业、民用、医用和航空航天用。这里面会发生

各种不同的事件，造成供需关系的变化，从而影响黄金的价格。大家知道，供需关系影响黄金价格也是比较慢的。

第二，美元汇率。刚才说到了黄金和美元曾经挂钩，毕竟黄金现在在世界上还是以美元标价的，所以作为经济第一强国，美元影响黄金价格还是必然的。大家记住，美元和黄金呈反比关系，因为黄金是以美元标价的，如果说美元贬值了，那么相应地，黄金作为一种商品来说，应该调价。如果本币升值就应该把物价下调，因为它的购买力强了。所以以美元标价的黄金就会向下调整价位，美元涨黄金就跌。当然这是一个最表面的因素，还有其他的一些因素。为什么黄金一涨美元就会下跌呢？因为美国的经济发展起来的话，可能会有通货膨胀的情况。如果美元涨，美国的股市会受追捧，因为美元涨证明美国的经济实力被追捧，这个时候，投资者就会把钱投入股市。这个时候所有的这些游资都会涌向获利最多的市场，这样大家都把资金从黄金市场抽出，就会造成黄金价格的下降。在这里面，美元和黄金是反向的比例。刚才我说了还有一个通货膨胀，如果美国经济发展过快，出现泡沫，爆发了通货膨胀，美元就不会受追捧，美国股市也不会受到追捧。黄金作为在通货膨胀发生时保值最好的品种，就会受到大家的追捧。这个时候大家就会来购买黄金，所以这是一种反比关系。

这是美元和黄金的关系，美元的指数、汇率都会影响到黄金的价格。

第三，原油。原油价格和黄金是正向的。首先原油和黄金都属于战略性储备，非常重要。其次，又和美国靠上了，因为美国是原油消耗最多的国家，如果原油价格上涨，就意味着美国人付出的社会成本要加大，给它的社会带来负担，它的经济就会下滑，就会有通货膨胀的可能，这种情况下美元价格就会下跌。美元的价格一下跌，黄金的价格就相对上升了。所以石油涨，黄金也会涨。

影响黄金的因素，美元、石油、黄金这是三金关系，黄金、美金和黑金。他们三者之间的关系，正常情况下是非常准确的。

第四，股市。这里面我要提前说一下，这个股市不是指中国股市，而是指发达国家的股市，美国、英国的股市。因为中国的股市是政策市，可能和市场规律有一些背离，所以并不会完全及时地传导市场规律。我们以美国股市为例，如果美元涨了，美元就会受追捧。如果股市起来了，大家会把钱投入到股市，这个关系显而易见，股市的涨跌和黄金也是反的，因为资本都是逐利的。当然大家要记住，它和中国股市还不太一样，中国股市目前影响黄金价格的可能性非常小。

第五，地缘政治。什么叫做地缘政治？地缘政治就是指国家和国家、宗教和宗教由于某些原因造成的一些特定事件。比如说"9·11"、伦敦地铁爆炸案、伊拉克战争，这些地缘政治都是相连的。大家说，美国为什么打伊拉克？就是他们看重石油。石油作为世界各国都在争夺的资源，它会引出地缘政治的风险。"9·11"怎么产生的呢？是因为两个宗教之间的矛盾，如果美国人不招惹中东的话，中东怎么会炸你的大楼？所以这里面，美元、地缘政治、石油都是相连的，我们不能分开看，要统一地看。

……

文章来源：http://www.1000zq.com/HP/20100205/DetailD628715.shtml

阿强接着补充道："我们进行黄金交易，一般投资者最看重的是美元的走向，美元下跌，黄金价格就必然上涨，反之亦然。"

"哦，原来如此。"凌飞点了点头。他看了一下时间，午休结束，各位同事都开始忙碌地工作起来，就说道："下班后，我们再聊。"

阿强做了一个"OK"的手势，就走向了自己的办公桌。

第二节　炒纸黄金

"看来投资黄金的门道也挺多的啊，那么，像我们这些上班族，炒什么品种的黄金比较好呢？"凌飞一下班就走向阿强问道。

阿强叫道："纪念性金币与纸黄金！现在我来把这些天研究的炒金心得跟你分享一下。由于金币的投资效果要在未来才能看到，比较遥远，我就着重讲述我们现在大多数人都在炒的纸黄金。"

纸黄金的开户门槛非常低，我国主要的几大银行都有相关的业务。投资者只需要带着身份证与银行卡去办理即可。银行规定现在购买黄金不得少于10克，以目前黄金1克不到200元来计算的话，也就是说只要带2 000元就可以办理纸黄金买卖专用账户了。交易一次收取的手续费用为1元/克，每笔交易的起点数额为10克，而买卖申报必须是10克的整数倍（包括1倍）。

开办账户的投资者只要按照"纸黄金投资指南"去操作，便能很快入手，还可以通过电话查询当天的黄金价格，进行直接交易。同时网上也可以直接进行纸黄金交易，只要登录个人网上银行，进入"网上贵金属"窗口，开办黄金账户，然后再进入"网上黄金—黄金交易"就可以查看当前黄金的买卖价格。当然如果没有时间来买卖黄金，还可以开办委托交易。只要在"即时买卖"中选择相应的买卖标志、交易数量，在"建立委托交易"中选择买卖标志与委托种类、填写黄金数量、委托价格和委托有效时间，然后点击"确定"，就可以建立委托交易。这些步骤均有相关提示，是"傻瓜式"流程。

不过需要注意的是，设定的委托到期日必须在五天之内。另外，委托的方式分为三种。第一种是获利委托，即投资者设定一个高于实时牌价的价格，只要银行牌价达到委托价格时，挂单自动成交，从而实现盈利（阿强开玩笑说，这有些像玩网游中的挂机）。第二种是止损委托，即投资设定一个低于实时牌价的价格，只要银行牌价达到委托价格时，挂单自动成交，防止亏损扩大。第三种是双向委托。即将获利委托与止损委托组合起来用。比如，投资者买入的纸黄金价格为200.86元，设定的获利委托为205.86元，设定的止损委托为198.78元，那么当纸黄金价格上下波动时，以先达到的一方委托实现即时成交。也就是说，第一时间若是跌到了198.78元，那么就会以止损委托的价格成交。即使205.86元比198.78元出现的时间只慢了一秒，还是会以止损委托的价格成交。

如果投资者委托交易失败，可以亲自操作，不用担心炒黄金会影响自己的工作。炒纸黄金的时间不像炒股票那样，与我们朝九晚五的上班族的上班时间冲突，而可以另辟空余时间。其主要原因是，黄金是全世界流通的，不光是中国地区可以炒黄金，欧美地区同样在炒黄金，而且欧美地区炒黄金的时间，换算成中国的时间，正好是晚上。因此投资者经常可以发现这样的情况，白天的黄金走势比较平稳，而到了晚上，黄金走势则变动频繁，主要原因是亚洲黄金盘小，而欧美的黄金盘大，因此后者更能影响黄金的走势。也就是说从白天5～17点，交易平稳时可以适当进货，而到了晚上18～24点可以逢高出货。当然，如果第二天休息，还可以熬夜在凌晨时进行黄金交易。

目前，我国纸黄金主要的品种有工商银行推出的"金行家"、中国银行推出的"黄金宝"、建设银行推出的"龙鼎金"三种。

业务上，工商银行的"金行家"业务属于实盘买卖业务，投资者的第一笔交易必须为买入黄金，买入的黄金由工行托管，不能提取实物黄金，投资者可通过工行卖出账户黄金，收回资金。中国银行的"黄金宝"业务，是指个人客户通过柜面银行员工或其他电子金融服务方式，进行的不可透支的人民币对本币金的交易或者美元对外币金交易。建设银行推出的

"龙鼎金"是建设银行个人黄金买卖业务的统一品牌名称，其品牌下包括个人账户金交易和个人实物黄金买卖两大类业务。

交易品种方面，工商银行的"金行家"分为黄金（克）/人民币、黄金（盎司）/美元两个交易品种。前者买卖纸黄金以人民币标价，每笔交易起点金额为10克黄金。后者买卖纸黄金以美元标价，0.1盎司黄金为交易起点金额，两种账户各自独立，不能转换。中国银行的交易品种及价格与工商银行类似。建设银行推出的"龙鼎金"则是按成色划分为AU99.95、AU99.99等种类，每笔交易起点金额与其他两家银行相似。

交易方式方面，工商银行的"金行家"的交易方式有三种，第一种是到工商银行的营业网点进行交易。第二种是电话交易，不过需要先申请开通电话银行，只要直接拨通95588电话银行，就可以进行个人账户黄金买卖即时交易和委托交易。第三种是网上银行交易，需要申请开通网上银行，然后在"网上黄金"栏目中进行即时交易和委托交易。第四种是自助设备交易，投资者可以在中国银行的自助终端机上，查询实时汇率，并通过输入活期一本通账号和密码进行账户黄金买卖即时交易。中国银行的"黄金宝"的交易方式分为三种，分别是柜台交易、电话交易（拨打95566，按语音提示操作）和网上交易（登陆中央银行网站 www.bocgd.com），其操作方式与工商银行的操作类似。建设银行推出的"龙鼎金"，其交易方式也分为三种，分别是柜台交易、电话交易（打通95533电话，按语音提示操作）和网上交易（登陆建设银行网站 www.ccb.com.cn），其操作方式与工商银行的操作类似。

交易时间方面，工商银行的"金行家"的交易时间为：柜台交易时间为09：00~17：00；网上银行和电话交易时间为周一7：00~周六04：00。中国银行的"黄金宝"的交易时间为：柜台交易时间为09：00~17：00；网上、电话交易为周一8：00~周六03：00。建设银行的"龙鼎金"的交易时间为：柜台交易时间为09：00~17：00；网上银行和电话交易时间为10：00~15：30，20：55~23：30。

委托交易方面，工商银行的"金行家"的委托交易分为获利委托和止损委托，委托交易时效可以设置成24小时、48小时、72小时、96小时或120小时。中国银行的"黄金宝"的委托交易分为委托买入与委托卖出，委托交易时效到第二天凌晨04：00。建设银行的"龙鼎金"的委托挂单分为获利挂单和止损挂单，委托交易当日内有效。

点差优惠方面，所谓点差，简单地说就是纸黄金投资过程中所收取的手续费用。工商银行的"金行家"的手续费采用国际市场报价，点差是0.8元/克，投资100克收手续费用80元，买得多并无优惠。建设银行的"龙鼎金"的点差是1元，无优惠。中国银行的"黄金宝"采用国际市场报价，点差是1元/克，不过交易量在200～2 000克之间的，可以优惠10%，交易量在2 000克以上的，可以优惠20%。

这三家银行推出的纸黄金业务有一个共同的特点，就是做多不做空。所谓做空，说白点就是"空手套白狼"，用一点保证金来保证更多的回报率，也就是我们常说的"杠杆"作用。现在炒黄金，一个比较热门的黄金投资就具备这种杠杆功能，它就是"黄金T+D"，即我们常说的黄金现货延迟交收业务。只要你眼光够准，买涨买跌都可以赚钱，而且是用放大镜"放大"，将收益放大了10倍、20倍、50倍，同样其风险也放大了相当的倍数。

比如：黄金的价格是每克210元，投资者买了2手（1手为1 000克）黄金，总的投资金额为210×2×1 000＝420 000（元），只要付全部费用的10%，即42 000元就可以买2 000克黄金。当然实物黄金是放在交易所里而不是在投资者手里。过了十多天后，黄金价格涨到每克220元时，投资者卖掉2 000克黄金，就可获利（220－210）×2 000＝20 000（元）。也就是用42 000元的资金做成420 000元的生意，实现以小搏大。而纸黄金则没有这种保证金制度，要投资的话就必须用100%的金额。除此之外，黄金T+D还拥有套期保值的功能，能实现双向交易。还是假设黄金的价格是每克210元，投资者认为黄金价格会跌，于是交纳10%的保证金即

42 000元卖出黄金，过了十多天后，金价跌到每克200元，投资者在市场上再以200元的价格买回2 000克黄金平仓，高价卖出低价买回，投资者依然可以实现获利（210－200）×2 000＝20 000（元）。

凌飞打断道："等等，你说什么？怎么跌了还可以赚钱？"

阿强得意地笑了笑："这个问题解释起来，确实非常麻烦，因为它涉及期货与现货的一些专业理论，你还是自己回去仔细想一想。"

凌飞摸了摸脑袋，一脸茫然，还是不得其解。阿强神秘地笑了笑："黄金T＋D，就是阿基米德所说的能够撬动地球的杠杆，只要你能找对支点，你就会在一秒之钟之内突然暴富，当然，如果你没找到，你也可能被秒杀，就像游戏中的英雄一般，还来不及反应，就已经挂了。"

"这里是一个残酷的地方，是地狱与天堂的交界处，想想吧，是生还是死，是上天堂还是下地狱，全在一眨眼间。"听着阿强故意搞怪，将声音压得低哑，使其听起来充满噬血的味道，凌飞也不再去管那个"未解的谜团"了，他的好奇心完全被提起来了。

黄金T＋D究竟是何方妖魔呢？抑或是何方神圣？

第三节　以小搏大的 T + D 黄金

当前国内炒金者最热门的投资当属纸黄金，其次便是黄金 T + D 业务。黄金 T + D 业务是上海黄金交易所在 2009 年向个人推出的一种黄金交易模式，它是指在将来某一特定的时间和地点交割一定数量标的物的标准化合约。所谓的 T + D，就如同股票的 T + 1，股票当天买之后，不能在当天交易，必须隔 1 天才能进行交易。同理，T + D 中的 D 也是代表时间，你可以在 0 天（当天），1 天，2 天，3 天……一直延伸到无数天进行交易，也就是说其交易时间是无限延伸的，可以随买随卖，也可以无限期持有。

与股票投资相比，黄金 T + D 的另一个显著特征便是保证金制度。保证金额通常为合约值的 10%，就是通常讲到的"以小搏大"，实现用较少的钱做较大的买卖。很明显，黄金 T + D 交易的目的不是获得实物，即使投资者买了黄金，通常也不会出现实物黄金所有权的转移，其真正的目的是为了回避风险与套利。

阿强点了点鼠标，一份 2010 年 9 月 2 日的报纸映入眼帘。这是来自《广州日报》的一份报道：

2010 年 8 月 31 日晚 9 时，与众多习惯夜市操作的黄金投资者一样，广州投资者陈先生坐在电脑前，通过银行操作系统炒卖黄金 T + D，却突然经历了惊心动魄的一幕：21:15，市场报价走到 273 元/克附近，却突然有人以 289 元/克的高价挂出了几十手多单。

开始十秒钟，卖单很少，有人慢慢吃光了 273 元/克以上的所有卖单；此后，大盘价格以迅雷不及掩耳的速度跳升至 289.32 元/克，这个价格相对于当日 271 元/克的开盘价来说，接近 7% 的涨停，高出当时折算的国际

黄金价格16元之多，大盘瞬间出现了几百手的卖单，并快速成交，成交后又有几百手卖单涌现。大约21:16，价格又瞬间回落至273元/克，交易恢复正常。

短短的1分钟，金交所夜市盘面显示，以289元/克的非正常价格双边交易量达2 500手（每手1 000克）黄金；即使保守估计，假设建多单者的成本价为273元/克，瞬间，他也有了16×1 000×2 500÷2=2 000万元的收益。同样，在那一瞬间，空仓者损失了至少2 000万元。陈先生自己由于之前建的是空仓，在一分钟内也不见了7万多元。

周二夜间名副其实的"秒杀"，导致很多散户巨额亏损，记者采访了广州若干黄金投资平台，多有爆仓的顾客。某投资公司的一位资深顾客，由于大仓位建空仓，保证金不足，被强行平仓，20万元投资资金刹那间烟消云散，血本无归。289元/克挂单的神秘投资人，已被业内称为"T+D黑客"，大家推测，其技艺高超，运用的是国际上炒卖期货产品的倒卖升价法，应已潜伏很久，昨夜收入岂止2 000万元，应在亿元上下。

内幕调查："黑客"利用系统漏洞轻易操纵金价

该类"风险控制模式的漏洞"是如何导致散户亏损的呢？广州银金通投资咨询有限公司总经理谢春认为，瞬间暴涨是导致巨亏巨赢的表面原因。因为平常国际金价变化速度很慢，273元/克升至274元/克往往也要花费几十分钟，期间，原来在273元/克以下位置建空仓的投资者虽有损失，却损失不多，最多每手损失1万元；而且，还有充裕的时间可以平仓逃跑。可是，如果金价几秒钟突然涨了16元，也就是5.8%，对于建空仓的人来说，相当于瞬间跌停，根本没有时间逃跑；T+D市场10倍放大风险，等于瞬间损失了58%；如果是265元/克以下位置建的空仓，则损失超过90%，即使仓位只有一成的客户也会爆仓。

能出现瞬间暴涨的现象可能是银行操作系统风险所致。银行系统没有避免价格异动的功能。如果银行系统有自动机制能在价格异常涨跌时强行平仓，在意外大单出现时阻止成交，类似事件就不会发生。

"黑客"之所以能得逞，是因为他熟悉银行系统漏洞。上述银行采取的是"价格优先，盘中平仓"的撮合交易办法。如果投资者资金充裕，且有几个账户可联合操作，完全可以像股市"庄家"一样，来回倒手。在 273 元/克时，先用一个账户挂 289 元/克的大单，用其余账户吃掉 273～289 元/克之间的小单，只剩下自己 289 元/克的大单；银行系统误以为实际供求价格已高至 289 元/克，就快速撮合多空交易，导致之前在 289 元/克以下设空单者全部中招。

有业内人士认为，金交所对该事件也负有一定的责任，应该对开户数量以及操作手法等有所限制；投资者如此反常操作，应有责任向金交所汇报。

……

系统风险既然无法规避，投资者本人是否能规避呢？答案是肯定的。比如，在这次事件中，如果中小投资者能够坚持两成仓位操作，金价从 270 元/克瞬息暴涨到 289 元/克，也不过涨了 7%，扩大 10 倍也就 70%，投资者如果还有八成资金补仓，足够弥补 70% 的差异，怎么会爆仓呢？

对于这次的意外事件，业内人士提醒黄金投资者吸取经验教训。上海金交所新闻发言人童刚认为，黄金投资者进入市场前，首先要了解所进入平台的不同风险，其中既有交易平台（如商业银行）的风险，也有咨询平台（如黄金投资公司）的成熟度风险。再者，投资者需要衡量自己能承受的风险程度，约定自己可以承受的最大亏损额。最后，T＋D 具有放大功能，不同于股市、基金，我们需要熟知其操作原理和操作习惯。鉴于 T＋D 产品只有放大风险的功能，童刚从来不提倡满仓操作，甚至不提倡半仓操作，他认为两至三成仓位的操作才是保险之举。

阿强问："看了这份报道，你有何想法？是不是感觉有点摸不着头脑？"

凌飞点了点头，他的确被里面的专业术语弄迷糊了。

阿强得意道："买了结婚纪念金币后，我可没少下工夫研究黄金投资。那么，就让我来坐坐老达的位置，为你授业解惑。先来为你'开蒙'，弄清 AU（T＋D）几个基本的概念。"说着，很快拿出一张写好的黄金 T＋D 基础术语笔记。凌飞依次往下看，分别如下。

黄金 T＋D 的合约内容包括：合约名称、交易单位、报价单位、最小变动价位、每日价格最大波动限制、交易时间、交割日期、交割品级、交割地点、最低交易保证金、交易手续费、交割方式和交易代码等。除此之外，还有黄金 T＋D 合约的附件，其法律效力与黄金 T＋D 合约等同。

黄金 T＋D 的交易时间为：日市为每周一至周五（国家法定节假日除外），上午 09：00～11：30，下午 13：30～15：30；夜市为每周一至周四（国家法定节假日除外）晚上 21：00～凌晨 2：30。通常每日晚上 21：00 开盘到次日 15：30 收盘为一个交易日。

黄金 T＋D 的涨跌停板为前一交易日结算价的正负 7%。

每日的开盘、收盘价：每场交易开盘价为开盘后第一笔成交价，收盘价为最后五笔成交价的加权平均价。

黄金 T＋D 的当日结算价：当日结算价是指某一期货合约最后一小时成交量的加权平均价。最后一小时无成交且价格在涨停板或者跌停板以上的，取停板价格作为当日结算价。最后一小时无成交且价格不在涨停板或者跌停板以上的，取前一小时成交量的加权平均价作为当日结算价。该时段仍无成交的，则再往前推一小时，以此类推。交易时间不足一小时的，则取全时段成交量的加权平均价。需要注意的是，最后结算价与当日结算价不同，它是指最后交易日现货指数最后两小时所有指数点的算术平均价，国际上也有采用现货指数收盘价作最后结算价的，不过，由于现货指数收盘价很容易受到操纵，因此为了防止操纵，国际市场上大部分期金合约都采用一段时间的平均价。

黄金 T＋D 的每日无负债结算制度：它是指每日交易结束后，交易所按当日各合约结算价结算所有合约的盈亏、交易保证金及手续费、税金等费用，对应收应付的款项实行净额一次划转，相应增加或减少会员的结算准备金。代理单位负责按同样的方法对客户进行结算。

黄金T+D的强行平仓制度：它是指交易所或代理公司对违规者的有关持仓实行平仓的一种强制措施。违规持仓包括三种情形，一类指投资者的保证金不足且未在规定时间内补足；一类指投资者的持仓量超出规定的限额；还有一类指投资者违规操作。

黄金T+D的持仓限额制度：它是指交易所为防范操纵市场价格的行为和防止市场风险过度集中于少数投资者，对投资者的持仓金额实行限制的制度，交易所对于超过限额的账户可以施行强行平仓或提高保证金比例。另外，交易所会对投资者进行综合评估，根据评定结果来确定其最大交易限额。

会员的自营限仓数额分别由基本额度、信用额度和业务额度三部分组成；对于金融类会员和综合类会员，由于其可以进行代理业务，因此对所有客户持仓总额规定为代理业务额度；初期暂定为每个客户的交易额度为1 000千克。

黄金T+D的大户报告制度：当投资者的持仓达到交易所对其规定的限仓额度的80%时，投资者应向交易所报告其资金情况、头寸情况。交易所根据监测系统，分析市场风险，调整限仓额度。同时根据实际情况，投资者可以向交易所提出申请，经交易所审核后调整的限仓额度。

阿强说道："那份报道的散户损失就是源自于做反方向，导致保证金不足，从而被强行平仓。除此之外，所谓的'黑客'还钻了银行'盘中平仓，价格优先'交易规则的漏洞。说起黄金T+D的交易规则，话就长了。目前国内银行开展的黄金T+D交易规则分为三大类：一类是'盘中平仓，价格优先'的模式，只要存在供给需求，价格无论是高是低（前提是没有涨跌到7%），都可以实现撮合交易。第二类是'盘后平仓，隔日结算'的模式，在交易过程中，对于投资者账户金额不足的，不采取盘中平仓，而是隔日上午9点才进行处理，在此过程中，对于投资者的资金不足不提

醒。第三类是'盘中通知，盘末平仓'的模式，银行通常于下午 14 点 30 分之前通看盘面，遇到资金不足的账户，将电话通知投资者补仓，预留半个小时到 1 个小时的补仓时间，随后再一并处理。因此，投资黄金 T＋D，需要娴熟掌握各银行的交易规则，并且对这个市场非常熟悉才行。"

他接着又说道："除了纸黄金、黄金 T＋D 之外，黄金期货也是炒金者比较青睐的投资品种。其实黄金 T＋D 就是一种变相的黄金期货交易，同样是用保证金制度来以小博大，能够放大收益，同样也放大着风险。不过，黄金期货的门槛非常高，最低交易额为 1 手 1 000 克，假设黄金价格为 1 克 220 元，那么折算的价格为 220 000 元，只要交纳保证金 10％，也即 22 000 元就行了，2 万多块看起来并不高啊。可是，由于黄金期货市场价格波动非常剧烈，期货公司都在明确提示投资者，只有资金达到 50 万元左右才能尝试练手。"

凌飞对阿强在这么短的时间内研究的黄金投资知识佩服不已，暗想自己也要好好地学习一下投资品种了，而不是光听达芬奇的讲解或者阿强的炫耀。于是他笑道："阿强，看来你这次确实下了苦工啊，明天是周六，我们去老达家里聊聊。"

阿强道："当然要去，我研究的心得，最终要理财大师老达首肯才行啊。再说，我还可能说漏了什么，明天一起去请教他吧。"

第四节　做足课外功夫

周六，凌飞与阿强相约来到达芬奇家做客。

阿强将自己学到的炒金心得向达芬奇作了一个报告，并请他指点。达芬奇笑道："说指点就太过了，我们相互交流一下经验还行。我告诉你们一些投资理财的知识，最终也是希望你们能够找到相关的书籍、资料、网站、报纸和视频等自己自学。阿强，虽然你是因为结婚买金币才对黄金市场感兴趣的，不过，从你刚才说过的对于投资金币、纸黄金、黄金 T＋D 和黄金期货等的认识，可以看出你没少下工夫研究。你所说的那些知识没有错，不过，关于炒黄金，我需要补充一些。"

阿强与凌飞相视一笑，然后继续听达芬奇说。

达芬奇说道："当楼市面临调整，股市表现欠佳，美元指数又呈下跌趋势时，黄金投资便成了热门。可见，影响黄金的外在因素非常多，炒黄金是国际性的投资，不能自己'闭关锁国'，而是要广泛关注各种新闻资讯。特别是对于炒纸黄金与 T＋D 黄金，我们除了要学习其基金技术，进行相关的操作训练之外，更需要多多关注分外的'消息'。"达芬奇笑了笑，又补了一句："投资黄金让世界变得很小！"

影响黄金价格的因素有黄金的供求变化、通货膨胀率、美元汇率、原油、股市、国家的经济、国际性的政治事件和国际性经济事件等。金价与股市、美元、高通货膨胀率呈反向走，而与原油呈正方向走。经过这样的梳理，投资者很快就能锁定需要关注的信息有哪些。相关政府部门的通告、报纸、杂志、电视新闻、电台新闻和网络资讯等，都能成为投资者搜集黄金相关信息的重要渠道。

2010 年 8 月 2 日，香港《大公报》报道："美国联邦储备局前主席格林斯潘表示，美国目前的经济放缓，情况就好像一次半经济衰退，他警告，假如房屋价格下跌，美国经济便会再度衰退……"格林斯潘的继任者伯南克又表示经济前景异常不稳定，而美国商务部上周亦公布，次季经济仅增长了 2.4%，比首季经修订后的数字大幅回落，格林斯潘认为，美国的问题基本上而言，是因为经济形势较不平衡，甚至支离破碎，任何经济复苏目前只会惠及大银行、大企业和高收入人士，他们因为退休金增加而拿来消费，而这正是消费开支增加的主要原因。

"美国经济前景异常不稳定"这样的新闻对黄金市场的影响比较大，这说明美国人可能要印制钞票了，相应地，人们就不会相信美元，而把资金投入黄金市场，黄金价格必定会上涨。同样，2010 年 11 月 2 日，《中国经济周刊》发表了标题为"中国货币超发已高达近 43 万亿 谢国忠称通胀风险巨大"的文章。文章指出，全国人大财经委副主任、中欧陆家嘴国际金融研究院院长吴晓灵在上海接受《中国经济周刊》采访时坦言："过去相当长一段时间，央行存在货币超发的问题，特别是 2009 年，为了应对金融危机，采用了'极度宽松'的货币政策。"而玫瑰石顾问公司董事、独立经济学家谢国忠这样告诉记者："我们看到包括绿豆、姜、蒜和辣椒在内的农副产品轮番上涨，其实都是央行货币超发的结果，多余的钱在市场中乱窜，多年累计起来的过量货币已经给中国经济实体带来了巨大的通胀风险。"

由这篇"货币超发"的报道，黄金投资者同样可以嗅到印制人民币可能带来严重通货膨胀的风险，而黄金作为在通货膨胀发生时保值最好的品种，就会受到大家的追捧，最终导致金价上涨。

为了能够迅速地搜集到相关的消息，除了要看经济类的报纸杂志、财经类的电视节目外，互联网也是搜集资料的一个重要来源。

这里是一些关于投资黄金的学习与资讯网站：

（1）大型的新闻网站，如凤凰网财经新闻（http://finance.ifeng.com）。

（2）专业的黄金资讯网站，如中国黄金资讯网（http://www.go24k.com），和讯（http://gold.hexun.com），证券时报（http://www.secutimes.com/gold.html）。

（3）专业的金融财经网站，如金融网（http://www.financeun.com），大赢家财富网（http://money.788111.com）。

（4）专业政府组织网站，如北京黄金交易中心（http://www.bjgold.com.cn），上海黄金交易所（http://www.sge.com.cn/publish/sge）。

（5）国际金融组织网站，如国际货币基金组织网（http://www.imf.org），亚洲开发银行网（http://www.adb.org）。

（6）学习网站，如黄金投资策略网（http://www.godsignal.com）。

凌飞与阿强看着达芬奇给的这些网站名单，实际上，他们也经常在网上看到这些网站，不过对于其中的新闻信息并未留心。达芬奇接着说："现在的网络这么发达，信息可以随时查到，但重要的是要有一颗时常关注的心。那么需要留意或关注哪些信息呢？

"第一是国际会议。黄金市场与国际政治、经济方面的会议联系紧密，像欧佩克会议、美联储会议、七大工业国峰会、二十国集团财长和央行行长会议等，都能对金市走向产生重要的影响。

"第二是政府讲话与专家分析。黄金投资者可以从各国财政部长、金融专家的分析中捕捉到黄金市场的走势。

"第三是股票、基金等报告。股票市场的涨跌影响着黄金市场的行情，因此关注上证指数、沪深行情是非常必要的。

"另外，还有一种叫黄金基金的基金，其管理公司由专业人士操作，其定期发布的黄金投资报告具有重要的参考作用。"达芬奇接着又说道，"不过有些消息是诱导性消息，是出于对自己有利的目的故意发布的，因此，在搜集信息的过程中，甄别真正有用的信息非常重要。对于黄金市场中传来的小道消息不可轻信，对于知名分析机构的未来走势分析要理性吸收。大众类报纸、杂志中模棱两可的财经消息（出现'可能''也许'等

字句）不要急于做判断，专家明确性的金市点评要认真研究其分析的合理性等。"

凌飞用心记住达芬奇介绍的黄金投资知识之后，就开始向室友阿强学习，正如达芬奇所说，他教给自己的投资知识，其主要目的是为了让自己有自主学习的能力，因此凌飞开始系统地学习"外汇"投资知识。

小知识 1

黄金 T + D 买卖操作实战技巧

1. 学会建立账户的头寸、止损斩仓和获利平仓

"建立头寸"就是开盘，也叫敞口，即买进一种货币，同时卖出另一种货币的行为。开盘之后，买进的称为多头，卖出的称为空头。选择适当的时机建立头寸是盈利的前提。如果入市时机较好，获利的机会就大；相反，如果入市的时机不当，就容易发生亏损。

"止损斩仓"是在建立头寸后，为防止亏损过高而采取的出仓止损措施。有时交易者不认赔，而坚持等待下去，这样当一味下滑时，就会遭受巨大亏损。

"获利"的时机比较难掌握。在建立头寸后，当汇率已朝着对自己有利的方向发展时，平仓就可以获利。掌握获利的时机十分重要，平仓太早，获利不多；平仓太晚，可能延误了时机，汇率走势发生逆转，不盈反亏。

2. 买涨不买跌的原则

宁买升，不买跌。因为在黄金价格上升的过程中只有一点是买错了的，即价格上升到顶点的时候。除了这一点，在其他任意一点买入都是对的。

下跌时买入，只有一点是买对的，即已经落到最低点的时候。除此之外，其他点买入都是错的。

由于在价格上升时买入，只有一点是买错的，但在价格下降时买入却只有一点是买对的，因此，在价格上升时买入盈利的机会比在价格下跌时买入盈利的机会大得多。

3. "金字塔"加码的原则

"金字塔"加码的意思是：在第一次买入之后，该品种上升，眼看投资正确，若想加码增加投资，应当遵循"每次加码的数量比上次少"的原则。这样逐次加买数会越来越少，就如"金字塔"一样。因为价格越高，接近上涨顶峰的可能性越大，危险也越大。同时，在上升时买入，会引起多头的平均成本增加，从而降低收益率。

4. 于传言时买入（卖出），于事实时卖出（买入）的原则

黄金市场的市场与别的市场一样，经常流传一些小道消息甚至谣言，有些消息事后证明是真实的，有些消息事后证实只不过是谣传，甚至是庄家特意布下的陷阱。交易者的做法是，在听到好消息时立即买入，一旦消息得到证实，便立即获利出仓。反

之亦然，当坏消息传出时，立即卖出，一旦消息得到证实，就立即买回。如若交易不够迅速，很有可能因行情变动而招致损失或错过赢利机会。

5. 不要在赔钱时加码的原则

在买入或卖出一种外汇后，遇到市场突然以相反的方向急进时，有些人会想加码再做，这是很危险的。例如，当连续上涨一段时间后，交易者追高买进了该品种，突然行情扭转，猛跌向下，眼看赔钱，便想在低价位加码买一单，企图拉低头一单，并在反弹时，二单一起平仓，避免亏损。这种加码做法要特别小心，如果已经上升了一段时间，你买的可能是一个"顶"，如果越跌越买，连续加码，但总不回头，那么结果无疑是恶性亏损。搞外汇的里森就是在这种心理下将著名的巴林银行搞垮的。

6. 不参与不明朗的市场活动

当感到走势不够明朗，自己又缺乏信心时，以不入场交易为宜，否则很容易做出错误的判断。

7. 不要盲目追求整数点

交易中，有时会为了强争几个点而误事，有的人在建立头寸后，会给自己定下一个盈利目标，比如，要赚够500美元或1 000元人民币等，心里时刻等待这一时刻的到来。有时价格已经接近目标，机会很好，只是还差几个点未到位，本来可以平仓收钱，但是碍于原来的目标，在等待中错过了最好的价位，坐失良机。

8. 在盘局突破时建立头寸

盘局指牛皮行市，波幅狭窄。盘局是买家和卖家势均力敌，暂时处于平衡的表现。无论是上升过程还是下跌过程中的盘局，一旦盘局结束，市价就会破关而上或下，呈突破式前进，这是入市建立头寸的大好时机。如果盘局属于长期牛皮，那么突破盘局时所建立的头寸获利的机会将更大。

引文来自中国黄金投资网：http://www.cngold.org/school/wizard/6265.html

小知识 2

"黄金猎人" 经历传奇 索罗斯都跟着他炒黄金

电影《华尔街：金钱永不眠》正在热映，电影解构了华尔街的金钱帝国，同时也教人们如何赚钱。从华尔街的观点来看，美国人托马斯·卡普兰无疑是一个异类。当华尔街的人都在疯狂地拥入股票和基金市场时，卡普兰却把自己的财富押在了黄金和其他稀有金属上。从 2001 年开始，全球黄金价格连续 9 年上涨，终于在今年 7 月 21 日以每盎司（合 31.1035 克）1 256.30 美元达到历史峰值。卡普兰的远见得到了丰厚回报。

起家　依靠自然资源创造财富

对于大多数华尔街投资者来说，黄金通常只是规避通货膨胀的投资手段之一，但对卡普兰来说，这是一种值得他投入所有精力的东西。

卡普兰通过他执掌的底格里斯金融集团及其下属公司，持有大量的黄金。他收购的公司遍及 17 个国家，上百名地质学家不断为他探到更多宝藏。有数字显示，他所持有的黄金资产将近 20 亿美元，超过巴西央行所持黄金的现值。

今年 47 岁的卡普兰出生在美国纽约，毕业于英国牛津大学历史系。卡普兰在牛津大学攻读博士学位时，研究的方向是英国殖民史。他的毕业论文写的就是第二次世界大战后，英国如何在橡胶和锡的主要产地马来西亚争夺资源，这些研究使他对那些具有潜在价值的资源有了独特的判断，也使他非常清楚，政府为了积聚财富和保护自然资源，都会做些什么。

1993 年，全球矿石需求迅猛上涨。就在这一年，卡普兰用美国"金融大鳄"索罗斯提供的 1 000 万美元，创建了阿皮克斯银矿公司。两年后，他的团队在玻利维亚发现了圣·克里斯托尔矿山。现在，这座矿山已成为世界上最大的银、锌产地。2003 年，卡普兰持股的一家公司，成为非洲铂金公司的最大投资者，开始在南非开发大型铂金项目。还是在这一年，卡普兰与他人合伙创建了莱尔勘探与生产公司，并在美国得克萨斯州租下了一大片天然气田。这家公司很快便成为了全美发展最快的私人油气开采和生产企业。不过，钟情于各种矿藏的卡普兰，最看好的还是黄金。

前景　继续投资有望成为美国首富

卡普兰大量投资黄金，始于 2000 年。当时，他意识到，金矿开采企业正在费力地

搜寻大规模的矿藏，而新矿投产又需花上几年的时间。但同时，人们都希望在短时间内积累大量的黄金，这就为黄金的升值提供了广阔的空间。

为了把主要资金都投在黄金领域，2007 年，卡普兰以 5.8 亿美元的价格，卖掉了自己在非洲铂金公司的股份；随后，又把莱尔勘探与生产公司的天然气项目，以 25.5 亿美元的价格，打包出售给了加拿大恩卡纳石油与天然气公司。此后，卡普兰开始高调进军金矿业。成功投资加拿大诺华黄金资源公司（以下简称"诺华"），是他人生中极其重要的一役。

2007 年，诺华的股民发现，该公司关于阿拉斯加金矿的报告低估了开采费用，却高估了黄金储量，于是纷纷抛售股票。卡普兰凭着对黄金的坚定信心，在诺华股票暴跌之时，以每股 1.3 美元的价格抄底，最终只用 7 000 万美元，就购入了 30% 的股份。此后，他又不断追加投资，得到了更多的股份。就在他的收购行动结束后不久，诺华的股票暴涨 5 倍，让他大赚了一笔。

如今，卡普兰的生财之道招来了不少"追随者"，华尔街"对冲基金第一人"约翰·保尔森就是其一。今年 3 月初，他以每股 5.5 美元的价格，收购了诺华的一部分股份。尽管这一价格比卡普兰当初的出价高了 3 倍，但保尔森并不担心，他甚至说："如果卡普兰继续坚持他对黄金的投资信心，他很有可能成为美国最富有的人。"据报道，"金融大鳄"索罗斯也在密切关注黄金投资，现在，他也成了诺华的持股人。

不过，卡普兰并不鼓励太多的人投资黄金。他深知投资中小型金矿企业的风险，因为开采黄金所需的时间和其中的风险，都需要投资者付出巨大的成本。他曾打趣说："我不建议孤儿、寡妇加入这个游戏。"

黄金真正的牛市还没开始

在很多人看来，投资黄金是一种"陈旧的行为"，收益也不如股市显著。但卡普兰认为，"黄金是世界上最被误解的投资产品"。他坚信，在过去的 5 000 多年间，黄金一直在人类的经济活动中扮演着极其重要的角色，将来，它会重新获得应有的地位。"如果全球经济良好，那么黄金（价格）会很好。如果全球经济不好，黄金（价格）也会表现良好……而许多其他事情都会垮掉。"

获得黄金的方法有很多，购买金条、期货和股票，甚至自己开矿挖黄金，都能为投资者带来不错的收益。卡普兰认为，对于那些资金不是很充裕的普通人来说，持有黄金现货是最保值的方法。他的这一观点得到了证实。2009 年，全球金价上涨了 24%；今年年初以来，又上涨了 7.4%。在这一背景下，那些拥有金条、金币和金饰的

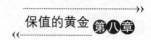

普通民众手中的黄金资产，因此大大增值。

有人也许认为，现在购入黄金为时已晚。但卡普兰表示："有些人说 800 美元/盎司的黄金太贵了，而我的看法恰恰相反：在未来几年里，1 000 美元/盎司以下的黄金，会令人感到像一件礼物。"他说，黄金市场"真正的牛市还没开始"。

文章来源：2010 年 10 月 28 日《半岛晨报》

炒黄金按需"下菜" 专家建议投资比例别超两成

节前：348 元/克；黄金周：350 元/克；10 月 11 日：356 元/克。这是免税集团珠宝世界华强北店近期的黄金牌价。

被喻为投资者"心电图"的金价屡次刷新纪录，也不断测试着市场的心跳。尽管如此，投资者购买黄金的热情丝毫不减，一些买家论斤买黄金，部分金店甚至还出现了金条销售断货的少有情况。

楼市投资客转战金市

国际金价在两个多月内上涨超过 200 美元，创 1 364.5 美元/盎司的新高，现货黄金的销量也一路走强。

深圳黄金珠宝的年交易值占全国市场总额的 70%，深圳黄金市场的行情对投资有较好的导向作用。

深圳水贝国际珠宝交易中心附近聚集着大量的珠宝批发、加工、零售企业，多家珠宝店的销售人员告诉深圳商报记者，由于黄金周过节送礼、结婚的人比较多，所以黄金周期间，现货黄金的销量相比前几个月有了明显的提升。

10 月 11 日，深圳商报记者从免税集团珠宝世界了解到，黄金周期间，具有双向买卖的中金投资金条一度断货，其中 500 克、1 000 克的大克数金条最为抢手，免税集团珠宝世界黄金周的销售量同比、环比增长都超过了 20%。

在华强北另外一家大型商场，其负责人告诉深圳商报记者，在他们商场购买 500 克以上金条的投资者中，有 30% 是从房地产市场转过来的。

深圳商报记者辗转采访到近期买进 2 千克投资金条的冯先生。冯先生是一位自由职业者，他周边的一些朋友也在投资黄金，他表示自己远不是大户，去年在深圳炒房，近来看到国家调控楼市力度越来越大，便转而投资黄金市场。

冯先生说深圳的"双限令"把投资客的利益空间几乎挤压得没有了，相比之下，投资黄金的风险要小得多，而且增值潜力也大。

金饰消费增长 20%

黄金周期间，无论是首饰金还是投资性金条都卖得"满堂彩"，在黄金高价的压力下，部分商柜销量仍比去年同期增长了 20%。

11 日，周大福、周生生等品牌金饰的最新报价为 362 元/克。"我 7 月底来看的时候才 315 元/克，国庆节就飙到了 360 元/克，现在又涨了！"原来想趁"十一"商家促销为朋友买礼物的周女士表示，看到金价涨得快，有点后悔没早点下手。

"黄金周首日黄金的营业额是十多万元，是平时周末销量的两倍多。"据水贝国际珠宝交易中心某珠宝店张经理介绍，黄金周期间，该店包括金手镯、金项链、金戒指在内的婚嫁系列金饰品卖得十分火热，一套 2 万多元的金饰品国庆期间卖出了 4 套。

免税集团珠宝世界李董事长告诉深圳商报记者，与香港金饰的报价不同，内地是整体报价，而香港则将金价和手工价分别报价，深圳的金饰一般为千足金，品牌商家的品质较有保证，单件金饰都配有权威部门颁发的质量证书。

内地游客热衷赴港"淘金"

10 月 9 日，深圳商报记者专程到香港了解黄金周香港金品的销售情况。出乎意料，早上不到 10 时，记者发现在香港金饰品店聚集的旺角弥敦道一带，一些金店门口就已经有来自内地的游客在等待开门。与其闲聊时，一位来自湖南的青年男女告诉深圳商报记者，今年年底他们就要结婚了，准备给对方挑选一些黄金首饰，但最近金价一直在涨，原本还想等金价降降再买，但现在看来还要涨。听说香港金价要比内地低许多，就来香港看一看。

刚大学毕业的赵亚琴对深圳商报记者说："家里有点积蓄，放在银行会贬值，买股票风险太大，想给老爸老妈的那点钱找点保值的渠道。"

当天，深圳商报记者走访了周大福、周生生、谢瑞麟和六福珠宝等金饰品店发现，这里人流并没有明显减弱的现象，千足金每克售价折合人民币大约在 310～315 元之间（不含手工费），要远低于深圳金饰品店标出的 350 元每克。

位于香港弥敦道的一家金饰品店销售人员称，最近黄金价格涨得比较厉害，但是前来购买黄金的内地客人却比以往多了一些，毕竟香港的金价要低于内地。确实如此，在这家店早晨开门约 40 分钟后，该店千足金柜台前就围满了前来选购金饰品的顾客。

投资黄金要适度

在国内黄金周期间，美元受到美国经济数据表现不佳的影响而不断贬值，从而推动金价上涨。同时，日本也在 10 月 5 日突然降息，打压近期不断升值的日元。而英国的央行理事也呼吁要重启收购资产计划以支撑经济。在全球新一轮量化宽松货币政策的预期下，美元的加速贬值使得大宗商品市场全线走高，黄金作为最敏感的品种，涨势更是一发不可收拾。

国家注册黄金分析师刘赚军认为，导致黄金价格再次暴涨的因素很多，本轮金价

连创新高还是美元贬值所致，目前全球货币供应未改善，大宗商品包括黄金价格就是下不来。从黄金价格走势上看，V形反转是成功的，近期黄金价格还会继续走强，但随着投机力量逐步增加，黄金高位面临回调，风险也不小。

大陆期货分析师施梁也认为，在目前的震荡态势中，金价小幅走高再创历史新高不难，但是近期也难以出现大幅上扬的趋势性行情。未来金价还是要看大的经济走势和美元的走势。

黄金主要功能在于保值避险，并非在于盈利。专家建议，投资黄金要有良好的心态，勿"赌"黄金，并要控制合适的投资比例，一般在总资产的20%以内。目前国内个人投资者可参与的黄金投资渠道很多，包括实物金条、纸黄金、黄金期货和黄金现货延期等，投资者一定要根据个人的资金、承受力以及投资经验来选择较为熟悉的渠道。

相关链接

验证真假黄金

有业内人士建议，市民不要被高涨的黄金消费蒙蔽了双眼，购买金饰要仔细验证真假黄金：看颜色，黄金首饰纯度越高，色泽越深；掂重量，黄金饰品托在手中应有沉坠之感，假金饰品则觉轻飘；看硬度，纯金柔软、硬度低，用指甲能划出浅痕，牙咬能留下牙印；听声音，成色在99%以上的真金往硬地上抛掷，会发出吧嗒声，有声无韵也无弹力。假的或成色低的黄金声音脆而无沉闷感，一般会发出"当当"的响声，而且声有余音，落地后跳动剧烈；看标记，国产黄金饰品都是按国际标准提纯配制成的，并会被打上戳记，如"24K"标明"足赤"或"足金"字样，18K金标明"18K"字样。

投资金条变现存变数 是否回购、手续费影响获利

金价大涨，市民投资黄金的热情"日渐高涨"。多数人以为，投资黄金就是买金条、金币，殊不知，"藏金"与"炒金"并不是一个概念，并且投资金条变现仍存在着银行是否支持回购、手续费等变数，这些都是影响投资者能否获利的关键因素。

有关专家提醒投资者，普通投资者购买金条切勿盲目，如果侧重投资保值的话，变现渠道是否通畅，变现价是否合理，应为购买前的关注重点。

购买投资型金条不宜多

"目前看，如果投资者侧重黄金的资产保值避险功能，在购买金条时应首选投资型金条。"中国黄金协会副会长张炳南表示，购买投资型金条不宜多，如果购买投资型金条，要考虑有无回购方式，不然缺乏变现途径。

市场上购买金条的途径主要有两种，一种是银行，各大银行都有金条出售；另一种是金店，有的金店以中金金条为主。一般都可以把实物带走，但购买前，投资者一定要问清楚，如果带走实物，是否会影响回购。如建行回购投资金条则要求投资者不能带走，可以在银行保管。

此外，业内人士提醒投资者，购买金条应仔细查看证书，如民生银行的老黄金是中金黄金出的证书，新黄金则是山东招金出的证书。

深圳商报记者了解到，目前实物黄金可分为投资型金条和纪念型金条两大类。投资型金条价格是按上海黄金交易所即时牌价加数元加工费而定的，而纪念型金条加入了亚运、世博、生肖等题材，兼具收藏价值。

市民若想投资实物黄金，最好的方式，便是在银行开通上海黄金交易所实物（现货）黄金交易账户，进行现货黄金投资。金交所挂牌的现货黄金有三个品种：Au100g、Au99.99 和 Au99.95，纯粹的原料金，没有工艺成本和品牌费用，价格与实时盘面价格一致。

"这才是真正的实物黄金投资。"黄金分析师葛帅介绍，开通账户后，市民可根据盘面价格，低位买进，不提货，然后高位再卖出，赚取其中的差价。同时还可以提现货，提 1 千克黄金只需交纳百元以下的手续费。"需要提醒市民两点：第一，黄金首饰、摆件不具有投资价值；第二，眼下黄金投资市场鱼龙混杂，投资黄金最好通过银行、期货公司进行。"葛帅说。

购买前需问清回购细节

据了解，目前深圳黄金回购渠道主要有：少数银行、权威金条发行单位代理商、金饰店或典当行。每一家回购商都是有条件的，并不是所有的黄金都能回购。

华强北某金店销售人员告诉记者，首先，并不是所有的投资型金条都能回购，如该店仅回购中国黄金集团发行的投资型金条和某款珍藏版中国金币金条，而且还必须经本店卖出，有发票、证书等；其次，回购时还得鉴别黄金的成色、真伪等，需要有一些技术指标加以验证。最好是原包装，若有一点损坏，回购价就要打折扣。

业内人士指出，不论是银行销售的品牌金，还是金店的投资型金条，售价往往比实时黄金交易价高 10～30 元，而回购价比实盘价还要低 2～10 元，"一升一降"，获利空间就大大减小了。

所以，投资者在购买投资金条时，一定要问清楚回购细节，如民生银行不支持回购，建行只回购在本行储存的金条，免税集团珠宝世界则回购由该店售出的中金金条，等等。

手续费影响回购获利

投资者买卖金条时，还有一个细节必须重视，各大银行在卖出、回购金条时，或多或少要收取诸如手续费等费用，如建行在回购时，每克需收取 10～25 元不等的手续费；民生银行售出金条，会加收每克 10 元的手续费。

银行工作人员解释说："由于存在冶炼、铸造、加工和运输等发行成本，品牌金条每克的售价要高于同期的黄金市场报价。提取的金条如需变现，我们还需要检验，因此需要收取手续费，这其中包含了回购设备、专业鉴定等成本。"

而国内的黄金公司，收取的加工费是每克 10 元左右。

鉴于手续费是"旱涝保收"，投资者在交易时一定要把这部分费用考虑进去。

黄金各有"炒法" 投资按需"下菜"

实物黄金、"纸黄金"、黄金 ETF……黄金投资有着各种各样的渠道和方式，也有着各自不同的特点。到底玩"实"的，还是玩"虚"的，投资者不妨按需选择。

实物金：保值好工具

购买"实物金"是最普通的黄金投资方式。实物黄金买卖包括金条、金币以及黄金首饰等，即以持有黄金实物作为投资。个人可以在银行、部分金店和黄金公司进行实物黄金买卖。金币种类又分为两种，一种是纯金币，其价值基本与黄金含量一致，价格也随国际黄金价格波动，既有美观、鉴赏的特性，还有很好的流通变现能力和保值功能；另一种是纪念性金币，主要为满足收藏需要，实际投资增值功能不大。

实物黄金的最大优势在于体现了黄金的避险功能，在通胀剧烈或是发生危机时，实物黄金能够发挥出其"天然货币"的作用，实现对风险的规避。

需注意的是，实物金条的交割要提前通知银行，并支付相应的交割费用；金条的保管需租赁保管箱，费用也不容忽视。由于实物金条交易成本高，交易手续不便捷，较适合作为长期投资品种。对普通投资者而言，无须多少专业知识和投入过多时间精力。

"纸上谈金"长短皆宜

目前投资者可在工行、中行、建行和中信等银行开户进行交易，个人"纸黄金"客户开户非常简便，如果是在柜台开户，投资者只需要带着自己的身份证和银行卡即可，并且不少银行的黄金交易开户是免费的。

相对来说，"纸黄金"的交易特点，使其更加适合作为进行黄金投资交易的工具。

首先，"纸黄金"的交易渠道方便，一般来说，只需要在银行开设"纸黄金"交易账户，就可以通过网银、电话银行等多种渠道进行交易。

其次，"纸黄金"的交易成本较低。在"纸黄金"系统中，黄金的交易价格主要由实时行情来确定，交易手续费的收取方式有两种，一种是点差，一般各银行的"纸黄金"业务中，交易点差为 0.4 ~ 0.5 元/克；一种是以成交金额为基数收取一定比例的手续费，在金交所与各大商业银行开设的实物黄金账户系统中，实行的手续费率为千分之二左右。由于在"纸黄金"交易中，不涉及黄金的交割、提取、保管，因此不存在这几个环节的费用。

所以，如果投资者的主要目的在于依赖黄金的价格波动获得价差的投资性收益，利用"纸黄金"交易就完全能够实现这一点，成本也比较低。

黄金期货杠杆效应大

除了纸黄金、实物黄金这种不含杠杆的投资种类外，对于风险承受能力较强的投资者，可以选择带杠杆类的投资，如黄金 T + D 等。

从 2005 年起，上海金交所推出了黄金 T + D 交易品种，简称 TD，是黄金延期交收交易品种，俗称"黄金准期货"。它是指以保证金方式进行交易，会员及客户可以选择合约交易日当天交割，也可以延期至下一个交易日进行交割，同时引入延期补偿费机制来平抑供求矛盾的一种现货交易模式。目前交易所实行 10% 的首付款制度，可以递延交割，这就相当于 10% 保证金的黄金期货，不同点是没有交割期限，投资者可以永远持仓，也可以在买入当日就进行交割申报申请交割。

黄金准期货具有"以小搏大"的特点，可以满足市场参与者对黄金保值、套利及投机等多方面的需求，目前已成为金交所投资最活跃的交易品种。

文章来源：2010 年 10 月 14 日《深圳商报》

第九章

输赢一线间
——外汇

第一节　入门知识

外汇指的是外国货币或以外币表示的用于国际结算的支付凭证。外汇不仅包括外国货币，也涵盖了外币有价证券（政府公债、国库券、公司债券和股票等）、外币支付凭证（票据、银行存款凭证等）及其他外汇资金。

外汇的一个重要特征便是能够自由兑换为其他支付手段的外币资产。因此，人民币不属于外汇，简单地讲，就是人民币在国际市场不能够自由兑换，它只能算外币而不是外汇。

世界上的主要外汇货币有美元（USD）、欧元（EUR）、英镑（GBP）、日元（JPY）、港元（HKD）和瑞士法郎（CHF）等。其中美元在外汇市场中的影响最大，通常作为兑换的基础货币；欧元是欧洲货币联盟的统一货币，其影响力与美元不相上下；其次是英镑，在 1944 年布雷顿森林会议之前，英镑一直占据着世界外汇市场的霸主地位，不过现在早已被美元取代。

在国际经济贸易体系中，一国货币以另一国货币表示的价格称之为汇率。简单地讲，汇率就是两国货币的兑换比率，比如 1USD = 0.7 128EUR，意思是美元与欧元的兑换比率为 1∶0.7 128，买一件东西需要 1 美元时，用欧元支付的话只需要 0.7 128 欧元。

在外汇市场上，两个国家的货币比率用"/"分开，前面是基本货币，后面是目标货币。如 EUR/USD 为 1.4 045，就是指 1 欧元等于 1.4 045 美元。另外，汇率都是用 5 位数字来表示的，比如：瑞士法郎（CHF）0.9 791、欧元（EUR）0.7 121、英镑（GBP）0.6 202、港元（HKD）7.7 511、日元（JPY）100.74。

我们通常所说的汇率"点差"中的"点",指的是汇率的最小变化单位,即最后一位数字的变动。需要注意的是,按照市场惯例,外汇汇率的标价通常由5位有效数字构成。上面所举例子中,瑞士法郎、欧元、英镑和港元中的"点"都是指0.0 001,而日元中的"点"则是指0.01。那么怎么计算点差呢?只要从右边向左边数过去,第一位称为"个位点",第二位称为"十位点",第三位称为"百位点",以此类推。因此,1欧元等于1.4 015美元,1美元等于100.74日元时,如果欧元对美元从1.4 015变为1.4 019,称欧元对美元上升了4个点;如果美元对日元从100.74变为100.33,称为美元对日元下跌了41个点。

按照国际惯例,汇率的标价方式有两种,一种是直接标价法,另一种是间接标价法。

一、直接标价法

直接标价法也被称为应付标价法,是以某一外国货币为标准(通常以美元为标准)来计算应付多少单位的本国货币。目前,包括中国在内的大多数国家采用的都是直接标价法,在国际外汇市场上,像日元、瑞士法郎和加元等都采用直接标价法,比如USD/CNY为6.6 756,表示目前1美元可以兑换6.6 756元人民币。因此可以看出,当一定单位的外币折合的本币数额少于前期,就说明外币贬值,或者说是本币升值,我们称之为外汇汇率下跌。相反,当一定单位的外币折合的本币数额多于前期,说明外币升值,或者说是本币贬值,我们称之为汇率上涨。

二、间接标价法

间接标价法也被称为应收标价法,其标价方法正好与直接标价法相反,是指用外国货币(通常以美元为标准)来表示本国货币的价格。在国际外汇市场,欧元、英镑等都采用间接标价法。比如EUR/USD的买入价为1.4 015,指的就是1欧元等于1.4 015美元,有时候直接表示为欧元1.4 015,它表明的含义也是1欧元兑换1.4 015美元。因此,在间接标价

法中，如果一定单位的本币兑换的外币数额在减少，说明外币升值，而本币在贬值，即外汇汇率下跌。反之，如果一定单位的本币兑换的外币数额在增多，说明外币币值下降，本币在升值，即外汇汇率上涨。

汇率的种类非常多，有官方汇率、市场汇率，有即期汇率、远期汇率，还有电汇汇率、信汇汇率、票汇汇率、固定汇率和浮动汇率，等等。我们经常见到的汇率主要是基本汇率与交叉汇率，所谓基本汇率，就是指本国货币与标准货币（通常为美元）的实际价值对比后制定的汇率，比如加元对美元、美元对日元等。而交叉汇率则是指以标准货币（通常为美元）为中介，对其他两种货币进行套算得出来的汇率，简单地说就是两种非美元货币间的汇率称为交叉汇率，比如 EUR/GBP，就是指欧元兑换英镑，实际兑换中的第一步是以欧元兑换成美元，然后再以美元兑换成英镑。

在当今世界的金融市场上，外汇汇率经常波动，那么汇率变动对国家经济会产生什么样的影响，或者说通过国家的哪些经济政策可以预见到本国货币是贬值还是升值呢？

（1）本国货币的波动影响国际收支状况。一国货币的贬值必然会降低本国商品相对外国商品的价格，使外国人增加对本国产品的需求，这就有利于出口，同时因为本国货币贬值，国人就会以更多的钱来买外国的商品，从而会减少对外国产品的需求，因此也会减少进口。同时，外国货币购买力的增强，就有利于吸引外商来本国投资，加速本国的经济发展，增加本国的就业机会，有利于提高本国人民的收入。当然如果一国货币贬值严重的话，就会造成本国资本的严重外流。因此看到相关出口增加、进口减少等消息时，给外汇投资者传达的消息就是本国货币正在贬值，反之亦然。

（2）本国货币的波动影响国内物价。一国货币汇率的下降，相对应的就是外国货币的升值，因此在进口商品时会用更多的本币来购买，从而造成国内同类商品价格的上升，进而造成通货膨胀。从出口的角度看，本国货币汇率的下降有利于出口，出口的扩大会造成本国商品的稀缺，极易出现供不应求的现象，最后的结果还是物价上涨，容易引发通货膨胀，反之亦然。

（3）本国货币的波动影响利率。本国货币的贬值通常会带来银行利率的上升。因为货币贬值会造成出口的增加，有可能货币不够用了，于是中央银行会增发货币，造成物价水平的上升，带来通货膨胀的后果，而通货膨胀又会引起货币需求的扩大，导致利率的上升，反之亦然。

（4）汇率波动影响国家收益。大国比如中国，如果储备某国货币，一旦本国货币升值，相应地外国货币就会贬值，持有该种外币，收益就会减少。同样如果储备的外国货币升值就会造成本国经济的收益增加，而外国的债务也会相应增加。

（5）汇率波动影响国际关系。本国货币贬值就意味着外国货币的升值，本国的经济增长会加快，而外国货币的升值则会造成该国出口减少，影响该国的经济增长速度，导致该国的抵制与报复。

晚上，凌飞掌握了这些外汇知识之后就上网寻找达芬奇。达芬奇就与他交流起关于外汇市场方面的知识来。

外汇市场是进行货币买卖的交易市场，包括有形交易市场（如外汇交易所）与无形交易市场（如电讯交易）。目前，我们所讲的外汇市场通常指的是无形交易市场，通过以计算机网络系统作为载体的外汇经营机构进行交易。

外汇市场是一个全球化的金融市场，主要包括纽约、伦敦、法兰克福、巴黎、悉尼、苏黎世、东京、新加坡和中国香港等金融中心。由于这些市场处于不同的地区，因而有时区上的差别。因此每一个外汇市场的开市时间与收市时间存在不同，其主要交易时间也存在区别。

全球各主要外汇市场交易时间（北京时间）如下。

东京：08：00~15：30

悉尼：06：00~15：00

法兰克福：15：00～23：00

中国香港：09：00～16：00

纽约：20：20～03：00（冬令时间21：20～04：00）

伦敦：15：30～23：30（冬令时间16：30～00：30）

外汇最大的波动段是在 14 点到 24 点之间，对于中国的投资者来讲，外汇交易时间有着很大的优势，因为 17 点下班之后到凌晨的时间都属于自由时间，特别是上班族可以在这段时间里专心盯盘。

外汇交易市场已经形成了一个 24 小时连续进行的网络，在这一交易市场中，投资者都是通过路透社的交易工具和平台进行交易的，路透社外汇信息服务及交易系统是全球应用最广泛的外汇交易系统，其外汇交易系统的报价方式也是最常用的外汇报价方式。这种汇率报价法，被人们称为"单位元"报价法，即用 1 美元、1 欧元、1 英镑等作为参考基准，取其外国货币的对应值。需要注意的是，一般中小投资者无法进入路透社的外汇交易终端平台，因此中小投资者进行外汇交易，其交易对象并非另外的中小投资者，而是银行或大的外汇经纪商。

在外汇市场中经常可以看到这样的报价：

EUR/USD（1 欧元兑美元）　　　　　　0.9 801/10

GBP/USD（1 英镑兑美元）　　　　　　1.7 603/11

AUD/USD（1 澳元兑美元）　　　　　　0.8 216/21

USD/JPY（1 美元兑日元）　　　　　　126.10/23

从银行或经纪商的角度来讲，"/"左边表示买入价，而"/"右边表示卖出价，即买入价/卖出价。从上面的例子可以看出，银行或经纪商愿意以 0.9 801 的汇价买入欧元，以 0.9 810 的汇价卖出欧元，"/"右边的数字是卖出价的最后两位数字，而其他数字通常会被省略掉。银行或经纪商用低买高卖的方式来获取差价收益，因此对于炒汇者来讲，卖出价与买入价造成的点差越小，其成本就越低，也就越容易获利。

需要特别注意的是，在外汇市场上报价都是双方的，即银行或经纪商买进的价格，就是投资者卖出的价格，而银行或经纪商卖出的价格，就是投资者买进的价格。假设国内某家银行报出美元兑瑞士法郎的价格为USD/CHF：0.9 791/0.9 799，就表示银行愿意以1美元等于0.9 791瑞士法郎的价格购买1瑞士法郎，同时也愿意以1美元等于0.9 799瑞士法郎的价格卖出瑞士法郎，从中获利为0.9 799 – 0.9 791 = 0.008，即8个点（1点为10美元）。如果在这个价格报出后的短暂时间内，投资者看到瑞士法郎上涨的空间大，于是以银行卖出的价格0.9 799买进2手（1手为10万美元）瑞士法郎，结果一段时间后瑞士法郎并未上涨，还是维持在0.9 791这个价格，那么投资者卖出瑞士法郎换回美元，就会造成损失。

在达芬奇说的时候，凌飞忙用笔在纸上比划，他瞪大眼问道："怎么会造成损失呢？最多是不赔不赚啊。"

达芬奇笑了笑："怎么会不赔不赚呢？作为投资者的你买进的价格是0.9 799，而银行买入的价格却还是0.9791，没有变。也就是说你用0.9 799的价格去卖，银行不会收购，因为它的收购价格定好了就是0.9 791。投资者在操作交易软件时，没明白这个道理，卖掉2手就会损失8 × 10 × 2 = 160（美元）。"

凌飞脑袋一下子发懵了，他呆呆地问道："我基本弄懂你说的意思了，但是，你举的例子好像让我越来越糊涂了。我相信外汇投资的1手应该是最低的门槛了，那么为什么1手变成了10万美元，这么大的资金量我们一般上班族哪里有啊？还有，为什么1个点就是10美元？这些你都没有给我解释过啊。"

达芬奇笑道："这就是外汇交易方式的不同造成的结果了。其实跟你讲的1手为10万美元，这是用高倍杠杆放大的结果，实际上投资的保证金只要1万美元就够了，这种投资方式称为外汇保证金交易。

"外汇交易的方式有很多种，比如即期外汇交易、远期外汇交易、外汇期权交易和期货外汇交易等，现在比较热门的外汇投资就是即期外汇交易。即期外汇交易还被称为现货交易或现期交易，是一种能够在当天或两

个交易日办理交割手续的交易行为，它主要包括两种交易方式，一种是外汇保证金交易，一种是外汇实盘交易。"

凌飞恍然大悟道："你所说的外汇保证金交易应该像黄金 T＋D 那样吧，可以实现以小搏大的效果。"

达芬奇道："的确相似，不过黄金 T＋D 交易的杠杆远没有外汇保证金交易那么粗那么长，因为它的收益最高可以放大到 400 倍、500 倍。想一想，这是一个什么样的结果，股票可以一夜暴富，而在外汇市场只需要短短数分钟，就可能造就暴富的神话。当然，几分钟你也可能从富豪变成不名一文的穷光蛋。"

第二节　外汇实盘交易

外汇保证金交易是目前热门的外汇投资手段之一，投资者按规定存入一定金额的保证金，便可进行数倍、数十倍甚至数百倍于保证金额的外汇交易。它于20世纪80年代在伦敦诞生，当时的投资者和银行签订委托买卖外汇的合同，缴纳10%左右的保证金便可进行数十万甚至数百万美元的外汇投资，因此，外汇保证金交易最大的特点就是利用杠杆原理放大保证金倍数。当然，收益放大时，风险也随之放大。

自交通银行于2006年11月率先推出外汇保证金业务之后，我国各大银行争夺外汇保证金交易的战争就从未停过，而外汇保证金的高杠杆作用更是吸引了无数的个人投资者。很多个人投资者日入斗金，也有很多投资者赚来的血汗钱在这里亏得精光。中国银监会鉴于银行业金融机构开办外汇保证金业务的风险日益突出，市场需要进一步规范，于是在2008年6月叫停了各大银行的外汇保证金交易。

凌飞听到达芬奇的介绍，不满道："什么，叫停了？说了半天，原来中国境内并不能投资外汇保证金啊，害得我白兴奋了一场。"

达芬奇笑道："外汇保证金交易相当于赌博，而且不是小赌，而是豪赌。一般人没有那个资金实力、没有那个专业知识与操作能力是玩不转的，更别说你们这些上班族了。别看它的收益可以放大数十倍、数百倍，真正炒起来，很多人都会亏得血本无归。当然，有些个人投资者通过网络向境外的外汇保证金交易平台进行操作，但需要注意是，这些可投资外汇保证金业务的公司有许多是非法的，它没有经过国家监管部门的批准，而且其账户大多是境外账户，这些需要投资者自己去认真甄别。如

果投资者真的想投资外汇保证金业务，可以直接到香港或其他地区的正规公司开办账户，这样资金就更有保证（相关信息，可以进入银率网查询：http://www.bankrate.com.cn/）。"

凌飞问道："你上面已经讲过，除了外汇保证金业务之外，银行还有一种叫外汇实盘交易的业务吧，这也是目前比较热门的投资工具吗?"

达芬奇说："对，为了满足广大投资者正常的外汇投资需求，各大银行都已开办了外汇实盘交易业务。"

外汇实盘交易是指参照国际外汇市场的实时汇率，投资者委托国内银行把一种外币买卖成另一种外币的交易行为。投资者必须有足额的外币才能进行交易，相比于外汇保证金交易而言，少了卖空机制与融资杠杆机制，因此被称为实盘交易。我国各大银行推出的外汇实盘交易业务就是"外汇宝"。

外汇实盘交易与保证金交易的区别如表9-1所示。

表9-1

项目	外汇实盘交易	外汇保证金交易
开户	国内银行	海外外汇交易商或其在中国的代理
资金托管	国内银行	海外外汇交易商指定的银行机构或该交易商在中国的代理
收取点差	直盘为 15～40 点，交叉盘为 60 个点左右	直盘为 3～5 点，交叉盘为 7～10 个点
融资比例	无融资	国内银行曾给过 10～30 倍的融资比例，国外更高达 100～500 倍
亏损	直到平仓亏损才会出现，如果不平仓，则亏损不计入账户	采用浮动盈亏，亏损达到一定比例会被经纪商强制平仓
风险	风险小，收益较低	风险高，收益较高
技术操作	分析趋势时多以基本面分析为主，适合做安稳的中线交易。入场时机相对自由，几十点的得失不会造成太大的盈亏	注重技术分析，适合做短线，严格遵守进、出场时机，十几点的盈亏是一个比较大的金额

目前国内各大银行包括工商银行、中国银行、建设银行、交通银行和农业银行等，都开办了外汇实盘交易业务。外汇实盘交易的门槛非常低，最低的交易金额通常为 100 美元或等值的外币，不设最高限额，而单笔交易中通常是以 10 美元或等值外币作为单位。有些商业银行为了吸引投资者，可能还会给出更低的最低交易金额。

投资者只需要有一定的外汇资金，带好个人身份证，即可去银行网点办理开户手续，只要填写个人外汇买卖申请书并签字后，就能开通"外汇宝业务"，顺利完成开户。投资者除了通过柜台方式进行外汇买卖之外，还可以通过互联网、电话委托等方式进行外汇交易。

外汇实盘交易主要有两种方式，一种是"直盘交易"，另外一种是"交叉盘交易"，其区分标准主要来源于外汇交易中的报价，简单地讲，直盘交易就是采用美元与另外一种外币之间进行交易；交叉盘交易则是以美元作为中介，其他两种自由兑换外币进行交易。

显然，交叉盘交易比直盘交易要复杂一些，对于刚入门的投资者来讲，选择直盘交易是一个明智的决定。另外，美元作为世界广泛使用的货币，投资者能够在外汇市场上获取更多的美元资讯，这样就更有利于做出正确的投资决策。

目前国内的金融市场上，可以进行个人直盘买卖的币种有十多种，主要有美元、欧元、英镑、港元、瑞士法郎、日元、加拿大元和澳大利亚元等，都是比较有影响力的大币。

外汇交易的收益主要来自于汇率差异，因此了解各大银行关于各币种的手续费用非常必要。这种手续费用，一般被称为"点差"，其实银行在报价中就已经包含了这些费用。比如某家银行美元对瑞士法郎的报价为 USD/CHF：0.9 791/0.9 801，就表示银行收取的手续费用为 0.9 801 − 0.9 791 ＝0.001，即 10 点。

银行收取点差的多少，直接影响着投资者收益的高低。国内各大银行所制定的点差标准不一样，不过，一般大型银行收取的点差较高，比

如工商银行、中国银行、建设银行和交通银行等，其规定收取的直盘交易双边点差大多为 30～40 点，而一些中小银行规定收取的点差则较少，比如，深圳发展银行收取的点差为 15 点，而兴业银行则更低，为 6 点左右。

第三节　初学者实用技巧

　　目前网上有各种外汇模拟软件，只要在搜索引擎中输入"外汇模拟软件下载"就能找到很多。外汇投资者利用模拟软件可以在参加实战之前，对操作水平进行系统的训练。当然，只掌握操作技巧还是远远不够的，外汇投资者还需要时刻关注外界的信息，因为外汇市场是一个全球化的市场，影响因素非常多。

　　就像炒股票有基本面分析与技术分析一样，炒外汇也有基本面分析与技术分析。技术分析就是以图表形态、技术指标等为手段，对外汇市场展开一系列的研究，其分析工具主要是K线图。而外汇基本面分析则是相对于技术分析来讲的，它主要是对政局政策、经济情况和市场动态等因素进行分析。总体来讲，外汇基本面分析主要包括两大因素，分别是经济指标因素和财政经策因素。

　　经济指标因素包括经济增长率、通货膨胀率和国际收支状况等。首先，国家的货币汇率变动反映的是该国的经济增长情况，货币汇率的上升说明该国的经济呈高度增长之势，而货币汇率的下降则表明该国的经济增长缓慢或正在走下坡路。其次，国家的通货膨胀率居高不下，说明该国货币贬值，购买力下降，货币汇率通常会呈下降趋势，当然，通货膨胀率的影响不具有即时性，不能当即表现出来，而是过后几个月才会被人们所察觉。再次，国家的进出口形成的贸易顺逆差也会影响汇率的变动，一般出现顺差时，本国的汇率就会上升，而逆差时，本国的汇率会下降。

　　财经政策因素包括国家财政政策的调整及中央银行货币政策的调整。财经政策的主要方式是税收与政府支出。当政府减少税赋时，外汇市场里

的货币量就会增加，汇率就会呈下降趋势，若税收增加，则汇率会上升。中央银行减少信贷供给，提高利率，紧缩银根，造成货币供不应求时，汇率就会上升，而银行为了阻止经济衰退，会通过增加信贷供给，降低利率，促使投资增加，这就会使汇率下跌。

政治因素包括政变、战争和罢工等。一个国家或地区出现政局动荡或者重量级的政治人物突然死亡，可能会引发外汇投资者抛售该国货币，导致该国的货币汇率呈现下降趋势。战争会使该国的经济衰退，投资者在权衡该国是否经受得起战争的打击后，也可能会抛售该国货币，从而引起该国的货币汇率下降。除此之外，国内的大规模罢工也会使国民经济遭受重大损失，致使该国货币汇率处于疲软状态。

除了这些之外，一些新闻及小道消息都会使本来就不稳定的外汇市场变得更加不可预测。

投资者可以在网上下载 Mt4 外汇软件，它是由 MetaQuotes 软件公司研制的，其特点是运行快，数据丰富，至今有 100 多家外汇经纪公司都选择用 Mt4 作为网络交易平台。里面有关于外汇技术分析的相关数据与图表，外汇技术分析主要是掌握 K 线图，如同股票中的 K 线图分析一般，外汇中的 K 线图分析方法与股票中的 K 线图分析法有着很多相似的地方，这里就不再作详细介绍了。

在进行技术分析时，只有结合基本面分析，才能更好地预测外汇走势。特别是中长期走势中运用基本面分析会使你的决策更加明确，而短期趋势中，基本面分析是不能较好运反映汇率的市场变化的。

外汇投资者要想在汇市中取胜，良好的心态非常重要。对于市场突如其来的变化，投资者应该学会冷静面对，否则将会由于情绪的暴躁不安而失去获利良机或者无法制止进一步的损失。

对于初学者，应该"轻装上阵"，先从小额规模的交易做起，并选择价格波动较稳定的外汇品种介入，慢慢掌握交易规律，积累经验后，再扩大交易规模，并尝试价格波动厉害的外汇品种进行投资。

任何投资者都有过投资失败的经历，失败并不可怕，而失败后不能制止亏损，不能扭亏为盈才是最可怕的。因此，外汇投资者在交易中选错了方向，造成持仓方向与市场价格波动方向相反时，为了减少损失，投资者就应该在交易前设置止损点，将未来会发生的亏损控制在可以接受的范围之内。

当然，没有人能够百分之百地预测汇市的走向，加上汇市的不确定性与价格的波动，人们经常会发现自己设置的止损点是错误的，那么应该怎么有效地设置止损点呢？

如果投资者不管什么行情，都将亏损额设置成一个固定的比例，即一旦亏损额超过该比例就及时平仓，那么我们称之为"固定止损法"。每一个投资者的固定止损比例都不一样，因此投资者可以根据自身能承受风险的能力及投资品种的波动程度，设置适合自己的固定止损比例。

如果将止损设置与技术分析相结合并剔除市场的随机波动，在关键的技术位设置止损点，以避免亏损的进一步扩大，那么我们称之为"技术止损法"。这一方法要求投资者有较强的技术分析能力，操作起来比较难把握。比如，汇价有效跌破上升通道时，就应该实行下轨止损；还有就是在重要支撑位或者阻力位被冲破后，应立即止损。

还有的投资者看不清汇市走向，在自我忍耐限制到达后才进行止损。投资者如果因为亏损而心性大乱，无计可施时，这个时候就必须砍仓出局。

总之，外汇市场波谲云诡，取胜的方法有千万种，关键看投资者能不能找到适合自己的方法。

外汇入门：常见必知术语

交易部位、头寸（POSITION）：是一种市场约定，承诺买卖外汇合约的最初部位，买进外汇合约者是多头，处于盼涨部位；卖出外汇合约为空头，处于盼跌部位。

空头、卖空、作空（SHORT）：交易预期未来外汇市场的价格将下跌，即按目前市场价格卖出一定数量的货币或期权合约，等价格下跌后再补进以了结头寸，从而获取高价卖出、低价买进的差额利润，这种方式属于先卖后买的交易方式（保证金适用）。

多头、买入、作多（LONG）：交易者预期未来外汇市场价格将上涨，以目前的价格买进一定数量的货币，待一段时间汇率上涨后，以较高价格对冲所持合约部位，从而赚取利润。这种方式属于先买后卖交易方式，正好与空头相反。

平仓、对冲（LIQUIDATION）：通过卖出（买进）相同的货币来了结先前所买进（卖出）的货币。

保证金（MARGIN）：以保证合同的履行和作为交易损失时的担保，相当于交易额的 0.5%（200 倍）~5%（20 倍），客户履约后退还，如有亏损从保证金内相应扣除。

揸：买入。

沽：卖出。

波幅：货币在一天之中振荡的幅度。

窄幅：30~50 点的波动。

区间：货币在一段时间内上下波动的幅度。

部位：价位坐标。

上档、下档：价位目标（价位上方称为阻力位，价位下方称为支撑位）。

底部：下档重要的支撑位。

长期：一个月~半年以上（200 点以上）。

中期：一星期~一个月（100 点）。

短期：一天~一星期（30~50 点）。

单边市：约有 10 天半个月行情只上不下或只下不上。

熊市：长期单边向下。

牛市：长期单边向上。

上落市：货币在一区间内来回、上下波动。

牛皮市：行情波幅狭小。

交易清淡：交易量小，波幅不大。

交易活跃：交易量大，波幅很大。

消耗上升：上升慢，下降快。

上扬、下挫：货币价值因消息或其他因素有突破性的发展。

胶着：盘势不明，区间狭小。

盘整：上升（下跌）一段时间后在区间内整理、波动。

回档、反弹：在价位波动的大趋势中，中间出现的反向行情。

打底、筑底：当价位下跌到某一地点，一段时间波动不大，区间缩小（如箱型整理）。

破位：突破支撑或阻力位（一般需突破 20～30 点以上）。

假破：突然突破支撑或阻力位，但立刻回头。

作收：收盘。

上探、下探：测试价位。

获利了结：平仓获利。

恐慌性抛售：听到某种消息就平仓，不管价位好坏。

停损、止损：方向错误，在某价位立刻平仓认赔。

空头回补：原本是揸市市场，因消息或数据原因而走沽市（沽入市或沽平仓）。

多头回补：市场原走沽市，后改走揸市（揸入市或揸平仓）。

单日转向：本来走沽（揸）市，但下午又往揸（沽）市走，且超过开盘价。

卖压：逢高点的卖单。

买气：逢底价的买单。

止蚀买盘：作空头方向于外汇市场卖完后，汇率不跌反涨，逼得空头不得不强补买回。

锁单：是保证金操作常用的手法之一，就是揸（沽）手数相同。

漂单：就是做单后不在即日平仓的意思。

引文来自腾讯财经：http://finance.qq.com/a/20101101/006027.htm

市场待规范　银监会叫停外汇保证金交易业务

本报讯 银监会的一纸通知叫停了银行的外汇保证金交易。中国银监会在周四（2008 年 6 月 12 日）发布通知称，由于银行业金融机构开办外汇保证金业务的风险日益突出，市场需要进一步规范，银监会将研究制定规范银行业金融机构开办此业务的相关管理办法。在相关管理办法正式发布前，金融机构不得开办或变相开办外汇保证金交易业务。

外汇保证金交易业务，是指银行向投资者提供的具有杠杆交易性质的外汇交易业务。投资者在向银行缴纳一定数额的保证金后，便可按数倍于保证金金额的合同规模进行外汇交易。目前，国内提供外汇保证金交易业务的银行有民生银行、交通银行和中国银行。

银监会的通知要求，在本通知发布前已开办外汇保证金交易业务的银行业金融机构，不得再向新增客户提供此项业务，不得再向已从事此业务的客户提供新交易（客户结清仓位交易除外），并建议对已在银行进行此业务的客户适时、及早结清交易仓位。

银监会有关负责人介绍，境外银行开办此项业务的杠杆倍数一般为 10 倍左右，一些审慎经营的大银行并未开办此项业务。而专门从事保证金交易的公司杠杆倍数可高达 50 倍，甚至 100 倍。即使在发达的国际市场上，也普遍认为外汇保证金交易的投机性很强，属于高风险产品。目前，国内银行提供此业务的杠杆倍数大都在 10～20 倍以上，有的甚至达到 30～50 倍，远远超过国际上银行普遍可接受的杠杆倍数，也超出了银行自身的风险管控能力。

该负责人表示，经初步了解，虽然银行因开办此项业务均能盈利，但目前投资者从事外汇保证金交易业务亏损的比例很高，当前 80% 甚至 90% 的投资者都处于亏损状态。这种参与者高损失、低盈利的概率状况已近似于"赌博"。

银监会表示，通知并不涉及广大投资者正常的外汇交易，叫停外汇保证金交易业务并未影响广大投资者正常的外汇投资需求。目前，许多银行都已开办外汇实盘买卖业务，也推出了广泛的理财产品供投资者选择，完全可以满足不同风险偏好的外汇投资者的投资需求。通知针对的只是投机性很强、风险很高、杠杆率很高的外汇保证金交易业务。目前只有极少数银行在一些城市试点性地开办了外汇保证金交易业务，而已从事此交易的投资者数量也比较有限。

银监会同时表示，在暂停银行经办外汇保证金交易业务的同时，银监会将继续根据审慎监管的原则，会同外汇管理等部门，进一步研究对此业务的风险监管，在各方面条件成熟时，研究推出新的统一规范管理的办法。

文章来源：2008 年 06 月 13 日《经济参考报》

外汇实盘交易 1 个月速成

刘先生最近 1 个月"速成"外汇投资,他从一个不关注外汇市场的人,变成了一个对各种外汇走势了然于心并且有所斩获外汇投资者。

刘先生 1 个月前看到同事兑换了美元,也"跟风"兑换了 1 000 美元。他就用 1 000 美元开始了实盘交易,才不到 1 个月,收益率已经达到了 4% ~5% 。

刘先生此前多关注股票市场,对技术分析已经驾轻就熟。"外汇实盘中,均线、支撑位、压力线这些技术指标都在起作用,人为操作的可能性比较小。"

虽然刚刚进入外汇市场 1 个月,刘先生对汇率走势已经头头是道。"其实持有美元不亏不赚,现在持有日元是最赚的。"

翻开他的交易记录,1 个月内刘先生共交易 8 笔,其中做多日元的 4 笔交易都给他带来了正回报。例如,11 月 24 日刘先生以 1 037 美元兑换了 99 658 日元,当时汇率为 1 美元兑 96.1 日元;11 月 26 日,他在 1 美元兑 95.3 日元卖出 99 658 日元买入 1 045.73 美元,净赚 8.73 美元。

实盘交易是银行根据国际外汇市场的汇率水平,提供的将一种可自由兑换外币兑换成另一种可自由兑换外币的业务。例如,投资者持有美元,那么可以将美元兑换成欧元、英镑、日元、瑞郎和加元等其他可自由兑换货币。目前大多数银行都已经开通外汇实盘交易。

与实盘交易相对应的是虚盘。虚盘就是通常所说的外汇保证金,是投资者在交纳一定保证金之后,可以进行数倍于保证金金额的外汇交易。外汇保证金具有杠杆效应,投资者可以双向交易。今年 6 月,银监会已经叫停了银行外汇保证金业务,目前只有交通银行仍然保留杠杆倍数为 1 的外汇保证金业务。

苏州倪先生曾经从实盘转战到虚盘交易。倪先生从 1999—2007 年参与实盘交易,年收益曾达到 20% 甚至 30% 以上,但自 2007 年他开始外汇保证金交易之后,却"水土不服",曾经甚至爆过仓。"当时实盘收益不错,所以觉得保证金交易可能会赚得更多。但在实盘中的经验在保证金交易中没用,这是两个完全不同的世界。实盘中永远不存在爆仓的风险;保证金交易要考虑很多因素、很多意外情况。"

倪先生认为他实盘交易能赚钱靠的是运气,因为自 2001 年以来,美元进入了缓慢坚决的下跌过程，只要将美元兑换成其他非美元货币就能稳赚，"实盘只能卖出美元买入非美元货币才能赚钱，当时刚好是顺应了市场趋势"。

今年下半年美元非常强势，这增加了实盘交易的难度。投资者只能被动持有美元，或者寻找比美元更加强势的货币，或者捕捉短线波动才能赚钱。上述刘先生还曾经买入澳元和英镑，但都小亏平仓。

中国银行上海分行交易员鲍晨伟昨日接受《第一财经日报》采访时表示，建议外汇实盘投资者设好止损点和止盈点，还要关注日常公布的经济数据，结合股市的走势，做出一些短期的走势判断。"疲弱的经济数据可能会打击投资者的信心，避险情绪会上升，低收益的避险货币可能受到追捧。从中长线角度看，现在外汇市场走势有些扑朔迷离，建议以短线交易为主。"

文章来源：2008 年 12 月 6 日《第一财经日报》

外汇投资学习网站：

环球外汇网：http://www.cnforex.com/

外汇宝网站：http://www.forex.com.cn/default.htm

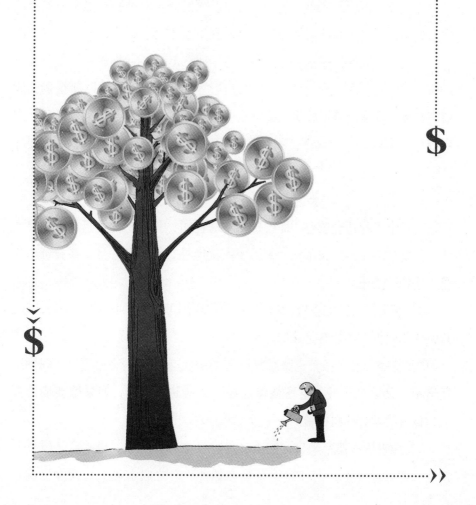

钱生钱之道 《

第十章

$

$

第一节　10%的回报率不是梦

在达芬奇传授投资工具方面的技巧时，凌飞自始至终都念念不忘10%的年回报率，因为他相信复利的威力。某一天，他在网上再次碰到达芬奇，与他进行了如下的对话。

凌飞说："不瞒你讲，我这个人也想赚大钱，但是我觉得创业是最能赚大钱的，不过风险性也是最高的。而在资金不足、社会经验不足等情况下，我只希望能保住财富，并使财富每年拥有10%的年回报率，虽然只有10%，可是在复利的作用下，最终是能变成富人的。像你以前讲的，**股票、基金、期货、外汇和黄金等是当今最热门的投资理财工具，其年回报率都可以达到10%**。那么，我以后只需要安心投资理财就行了，不需要什么创业了。"

达芬奇点头道："你的观念很正确。创业的确是致富的一大捷径，但不是每一个人都适合创业。而投资就不一样了，只要把投资当成一种技术活，只要学会了这种技术活，每一个人都能进行投资，并且能在投资中享受钱生钱的快乐。

"真正有了自己的投资风格之后，不要说10%的年回报率，就是20%，30%的年回报率都是有可能的。

"我曾经说过'条条道路通罗马'，关键是看你能否在有生之年找到这条道路。**只要你年轻，财富就伴随在你的身边！当然，如果想要成为富人，你就得学会理财投资。**

"按照投资收益率来讲，储蓄＜保险＜债券＜基金＜房地产＜股票＜期货＜黄金或外汇，同样风险系数亦如此，总之收益越大，风险也就越大。这几种投资手段中，最容易亏钱的也是股票、黄金和外汇等，这适合有一定风险承受能力的投资者。但是对于上班族来讲，如果讲究稳健，就需要投资债券、基金和保险等。**当然，理财的一大特点就是让钱不贬值，另一个大特点是让钱生钱。**因此，要组合地运用这些投资工具，比如投资了稳健性的保险、债券、基金等'固本'之后，还可以买股票、黄金等来'生钱'。

"另外，这些投资理财工具各有优点，也各有缺点，甚至从大局上讲，它们还存在着一些联系。比如，股票下跌时，资金就会涌入黄金市场，你可以炒黄金，特别是现在股市前景不明朗，而楼市又在受国家打击的时候，择机进入黄金市场、外汇市场等也是一个不错的选择。

"什么事情，都要从大局上看。当年诸葛亮未出山时，有人评价他与徐元直、石广元等好友的区别是'观其大略'，而他的好友看书是'务于精纯'。这不仅体现在他看文章观其大局，而且看社会形势他也能看清大局。

"认清大局了，你才不会钻牛角尖，不会认为股票失利了，我就一定要在股市里赚回来。投资理财千万不能像王大胆那样，他擅长的是房地产，却去做自己不擅长的股票，念念不忘的是自己第一次开工厂却因股市翻船而破产。

"人生的机会千千万万，问题是，你要一直寻觅，一直到寻到适合你的机会为止。对于大多数工薪阶层来讲，钻牛角尖的后果，只会带来财富的损失，这就违背了我们要变成大富翁的初衷。如你所说，只需要每年10%的年回报率，依靠复利的影响，数十年之后，我们就能成为大富翁了！我们一般的上班族，只要不贪心，肯坚持，能保证10%的年回报率就是一个了不起的成功。

"说完大局，我们再来看看小局。任何事情，包括工作，包括投资，要想做到成功，就必须专营小局。一个人的时间与精力是有限的，掌握所有投资工具的技巧更是不可能，除非你意志坚定，酷爱学习，又能活200

岁以上。钉子做尖，就能打进硬墙，而铁棍再粗，连蓬松的泥土都不能深入。

"巴菲特专营于股票，成为了股神；吉姆·罗杰斯精纯于量子基金，被称为量子基金之父；还有靠投资债券发了财的'债券大王'比尔·格罗斯……

"大局与小局的关系，不仅仅体现在宏观的组合投资上，还可以具体到某一个投资工具里。我们投资赚钱，要想获得每年至少10%的回报率，就不仅要在基本面分析上观其大略，还要在技术分析上务于精纯，也就是说基本面分析与技术分析两个同等重要，前者有时比后者更重要。因为这些投资工具，无法说出孰优孰劣，只能看在具体的时间与空间下，或者在国家、国际的某种情势下，哪一个才能真正为你赚钱，哪一个才是真正适合你的！有的人不擅长投资股票，但可能擅长投资基金；不擅长投资外汇，但可能擅长投资黄金。

"多方尝试，就像寻找自己喜欢的工作一样，去寻找适合自己的理财工具！这个只有靠投资者在实践中自己去慢慢摸索了。"

凌飞问："你说的意思我大概明白了，那么说了这么多，对于我们这些朝九晚五的上班族来讲，这么多投资工具中，比较适合的是哪些呢？"

达芬奇笑了笑："对于一般上班族来讲，我的建议是重视复利的威力，再选择适合自己的投资品种。如果工作耗去了你的大部分精力，无法在股市、汇市和金市中有一番作为的话，那么建议选择懒人投资法——基金定投。"

"小富由俭，大富由天。实际上，只要节俭，几乎每一个上班族都能成为富人，有一个不愁吃穿，晚年不用工作，安享天伦之乐的下半生。但是，致富不仅仅要靠节俭，还要靠投资理财，为了实现'中富'，我们需要朝着'天道'的方向行走，说不定一不小心，你就可能由中富变成大富。"达芬奇接着说道。

那么所谓的"大富由天"中的"天"指的是什么呢？就是你的"性

格""心理"等在投资过程中所起的微妙作用。投资理财中，娴熟的投资技术非常重要，但是，良好的投资心理更重要。

第一，投资要有纪律性。

操作中的自律性非常重要，它可以克制你赢利时的贪婪，也可以克制你亏损时不切实际的幻想。制定相关的投资目标，严格去实施，为防以后的亏损，严格设置止损点。同时为了防止"否极泰来"的惨剧发生，也要设置自己的获利点，达到获利点就抛。

第二，克制优柔寡断，多谋少断。

这是两个不同的概念，前者指的是性格，性格善变，摇摆不定。后者指的是智慧不明。"断"指的就是作为，就是切切实实的实践。不能"断"，不能判断，不能决断，其主要原因是智慧不够，在这里就是指投资技术不精通，看不到"该断当断"的地方。还有一种是天生的性格摇摆不定。投资者进行投资时切忌这种性格，只要在市场上找到足够的证据，就要当机立断。

第三，投资相当于"赌博"。

上面所说的那种瞻前顾后、犹豫不定的性格就是没有意识到投资的赌博性。赌博是人类的天性，因为人类永远是不安分的，他要知道自己比某某人要强。投资理财不是把钱存进银行卡里，没有风险，没有收益。只要是投资，就一定有风险，而且风险不小，因此进行投资时，不要有万本一利的思想，有收益就会有风险，有风险就会有损失，对于那些过于稳健，过于胆小的人来讲，要清醒地意识到投资理财是近似于赌博的行为。如果缺乏足够的胆量与风险意识，那就不要投资股票、黄金等风险高的品种，而可以选择债券、基金等风险低的品种。

第四，切忌急于求成，一夜暴富。

投资不是投机，投机心理会使投资者失去理智与冷静，变得急功近利。因此，要把投资当成一项"职业"来做，要么是细水长流，要么是放长线钓大鱼，一夜暴富的思想往往会使自己蒙受损失。

第五，了解未知，才会不害怕未知。

投资技术说到底是一种预测术，显然它不会像什么梅花易数，奇门遁甲等那么玄奥。我们能够在投资理财中赚钱，是因为我们依靠相关的投资技术，预测对了。

预测就是面对未知的应变能力，想想什么叫未知？未知能使人迷惘与恐惧，当一个人在黑暗的隧道里，才能体会到未知的可怕。为了能够赚钱而又不用提心吊胆，我们能做的只有努力钻研投资理财技术，直至掌握精熟。比如，股票的 K 线分析，基金中对基金管理公司的分析等，唯有学会技术，精通技术之后，投资者在面对变化莫测的市场时才会克服恐惧，才会实现钱生钱的目的。

第六，加强身体锻炼。

身体是革命的本钱，我们应对种种负面心理的能力，很大程度上取决于身体的强壮程度。现代工薪阶层由于多从事于脑力工作，而很少参加锻炼，导致心灵处于浮躁的状态，以这样的状态去投资，可不是一件好事，而下班时多参加一些身体锻炼，能够使你的心灵平静，让你的精力更加充沛。总之，拥有一个健康的体魄，可以帮助你缓解各种负面情绪，令你在投资时更平静、更冷静，从而做出正确的判断。

第七，有主见、够客观、肯坚持。

理财投资不是靠心血来潮，撒点钱去钓鱼，不管钓没钓到，时间到了就走。金钱是一种力量，无论是 1 分钱，还是 100 元钱，它都代表着一种力量。因此，为了获得这种力量，我们投资时要有自己的主见，要客观地分析市场走向，一旦做出决定，就要坚持自己的投资眼光，一时盈亏当做教训，最后的盈亏才是最重要的，笑到最后的人才是笑得最好的，能致富的人都是最后的坚持者。

第二节　打江山难，守江山更难

中国有一句古语，叫"吃不穷，穿不穷，算计不到要受穷"。算计不是指钩心斗角，而是指要学会理财，要量入为出。

为什么很多人对自己的工资没有感觉？那是因为他们觉得工资少，工资不够花，而世界每天依然充满着令人怦然心动的诱惑，没心没肺地花钱享受就成为对自己辛苦工作的最好报答。但是，不存钱，不关注自己的资产、负债的情况，怎么能知道自己的收入比别人少呢？有的人月薪五六千元，到年底却只存了 5 000 多元，而有的人月薪只有 2 000 左右，到年底却存了 10 000 元。原因就是有的人会赚钱，但是不会花钱，不会存钱。

我们大多数人习惯于冲锋陷阵，而不习惯坐在灶炉前数着米下锅。"理财投资好啊"，我们赶快去投资啊，结果把这句话的前半部"理财"给丢下了，投资是钱生钱，固然重要，而理财是保卫财富，就更重要了。因为对于绝大多数年轻人来讲，都希望临阵杀敌，建功立业，而不愿意做火头兵，巴巴地守着后勤部。

"打江山难，守江山更难。"能够赚钱的人不少，但是有了钱之后能真正捍卫钱的人更少。一般人赚到大钱后，就开始飘飘然了，并很快忘记了自己以前的"苦难日子"，不做财务预算，结果赚到的钱一滴一滴地流出去了，不知不觉就化为轻烟，杳如黄鹤。有多少企业曾经如日中天，但是却突然因为资金周转不灵而破产；有多少明星大腕接个广告上百万、上千万，却在中年后因为挥霍无度而一贫如洗。

钱是一种力量，无论是没有钱，还是有钱，钱的本质都不会变，它就是一种力量。我们都可以拥有这种力量，但如果不加珍惜，力量也会有用

光的时候。对于钱这股力量，我们应该抱有敬意。**只有尊重钱，你才可能学会用钱、存钱、生钱！**

因此，制作一份家庭理财簿的重要性便可想而知了。

很多人一看到表格就头晕，没关系，对于自己厌恶的东西就尽量做得简单些，成败的关键不在于复杂与简单，而在于能否长久，只有做得简单才能长久。下面我们就简化一下家庭理财的表格。

月支出表（见表10-1）。

表10-1

费用开销	支出时间	支出金额	备注
食品			
日用品			
交通费用			
住宿费用			
水电煤气			
通讯费用			
服装鞋帽			
教育培训			
电子产品			
医疗保健			
休闲娱乐			
公积金			
税款			
借款			
投资理财开支			
其他			
月累计开销			

月收入表（见表10-2）。

表 10-2

各项收入	收入时间	收入金额	备注
工资			
奖金			
兼职外快			
股票			
基金			
债券			
房地产			
期货			
黄金			
外汇			
其他			
月累计收入			

个人资产表（见表10-3）。

表 10-3

各项资产	时间截止	资产金额	备注
定期储蓄			
活期储蓄			
基金			
债券			
房地产			
期货			
黄金			
外汇			
保险		现金	
		红利	
股票		市场价值	
		账面价值	
其他			

　　只要每天都坚持填写这些表格，我们就可以大体看到自己的开销、收入情况。你可以将消费 50 元以上列为重大支出，也可将消费 10 元以上列为重大支出，不必斤斤计较于钱是用于买蒜头，还是用于买花生了，也不必每一项花费将其开销的名字记下来，比如，你买了一双鞋，用了 100 元，只需要记 100 元就行了，不用再记在某地买了鞋子，不然的话，每天的开销记录会变成一种负担，我们需要记录的是资金数字，只要对资金流向有一个大概的观念就行。

　　对于年轻的上班族来讲，赚到钱不容易，能存住钱更不容易，因此坚持填写个人理财表格，可以帮助我们更加合理地管理自己的各种经济活动，以免钱在不知不觉中溜走。

第三节　人生的三大财富

我们对财富的理解向来存在多义性，而财富在不同时代、不同地点，也存在多样性。当你身患重疾时，你会强烈感受到原来健康就是自己最大的财富；当你身处战争年代时，你会觉得和平是梦寐以求的财富；当你花钱捉襟见肘时，当然会觉得金钱是你上下求索的财富。很显然，我们都处于最后一种情况。有的人将人们追逐财富称为"世侩"，有的人将人们忙碌赚钱称为"现实"。

无论是被称为"世侩"，还是被称为"现实"，我们都得承认，在诱惑与欲望齐飞，浮躁与焦灼默默牵绊的和平盛世，金钱似乎成了我们生活中的第一大财富。

金钱可以买来漂亮的房子、漂亮的车子，让你过上好的物质生活，而获取财富的方式则包括稳定的工作、良好的个人社交和共同努力的家庭成员等。

除了金钱之外，具备学习能力是人生的第二大财富。

笔者所讲的所有关于投资理财的知识，是要具备"学习能力"的人才可以掌握的。对于很多工薪阶层来讲，所谓的学习阶段就是小学六年、中学三年，大学四年，当然大学四年的学习中还存在不少水分，然后再就是工作之后的两三年，掌握了相关的职业知识就万事 OK 了。很多人缺乏继续学习的能力，却在梦想着彩票中奖式的一夜暴富，这很不现实。现实的做法就是学习投资理财，学习个人"推销"。

何谓个人"推销"？在日常生活中，获取财富的本质就是以利换利，只有你的所作所为能带给别人利益，别人才会以利益回报于你，这不就是

推销的精髓吗？

何谓投资理财？在投资市场中，获取财富的本质是预测＋赌博，只有敢冒一定风险地预测，钱才有可能更快更好地生钱。然而，无论是在日常生活中获取财富，还是在投资市场上获取财富，具备学习能力都是第一要素。因此，需要学习的东西非常多，为了获得金钱，你就要学习这个社会的人情世故、运作方式，还要学习证券市场的各种投资技巧。

人生的第三大财富就是儿女。

每一个人在孩提时代都是那么与众不同，充满着活力。我们看到那稚嫩的面孔，听到那咿呀的童音时，都会想到这些小孩身上充满着生命的希望，那么，他们长大后究竟会成为什么人呢？每一个人都拥有令人匪夷所思的潜能，每一个人都拥有非凡的能力，只要努力，就可以开创自己的"副业"，为自己创造财富。心灵手巧的人可以织布，贪吃之人可以学厨艺，热衷于打架的小孩可能是一块学武的料，或者成为运动健将。但是，有多少父母是认真观察了子女的举动之后，按照他们的兴趣来培养他们的财富观念的呢？

如果按照累积法的理论，一代人的财富，被下一代人继承，一个家族应该越来越富才对，而且对子女的教育也花了不少钱，子女应该比自己的父辈更能赚钱才对，为什么投资子女却得不到应该有的回报呢？

花了很多钱去投资子女，却发现子女并没有比自己赚取更多的钱，是他们的能力有问题，还是教育存在问题？偌大的金山银山被吃空，是儿女之过，还是父母之过？

有的父母狂热地把金钱往子女身上砸，希望他们有一个好出路时，却对子女说：你爸爸这一辈子完了，孩子，你要争气啊！

所以大多数父母都不是君子，"己所不欲，勿施于人，己所不达，勿达于人"，他们做不到。自己不树立对生活的信心，怎么可能引导好孩子？从始至终，都没有人告诉这些孩子，金钱是什么，也没有人告诉这些爸爸，金钱是什么。金钱只不过是一种力量，就像能量守恒一样，你用自己的智慧、时间与精力等去交换这种力量，仅此而已。

那么，怎么培养孩子的财富观念呢？或者说怎么样投资儿女呢？

儿女的培养，或者说对于儿女的投资，德性是第一，兴趣是第二。前者能够使儿女学会做人，明白地讲，至少能够使他成为一个好人。自私地讲，在他们成为好人之后，不会因为你与你老伴的衰老而抛弃你们。后者能使儿女具备能力，兴趣所致会兢兢业业，成为行业里的出类拔萃者。如果你们住在简陋的平房里，你优秀的儿女可以让你住进高楼大厦。如果你一直囿于本地的穷山恶水，出色的儿女能带你玩遍全世界的灯红酒绿。当然，光靠德性与兴趣是不可能造就好的儿女的，还需要培养他们坚毅、开朗等正面的品性，不过如果真的能够"投资"好儿女的德性与兴趣，至少他们以后会有一个稳定的工作，有一份不菲的收入，至少他们不会拖你们的后腿。而这一点，有许多父母都没做到。

看看社会上大学生毕业后就失业的状况，再看看他们潮流般涌向某一个"赚钱的职业"的景象，真是令人堪忧。不是向自己感兴趣的"方向"努力，或者说自己感兴趣的方向不为父母认同，他们怎么可能不失业呢？拿你的劣势与别人的优势相比，怎么可能在生活中取得成功，创造财富呢？

占社会主体的是工薪阶层，在上班族中又有大部分人都是平凡人，因此不奢望创业致富，不奢望父母给自己留下什么遗产时，我们需要注意的只是投资理财，需要注意的是把自己的理财观念告诉自己的儿女。

这样做的话，不说大富，至少可以小富，可以保障生病了有钱去医院，放假了有钱去旅游，孩子读书不寒酸，自己上班不那么拼命，养老有保障，孩子长大后还不会经常失业。

理财这一门技术并不是很难学，关键是看有没有信心、有没有耐心、有没有意志力。

一切财富学都是建立在成功学的基础之上的，而对一切投资工具的掌握都是建立在个人的勤奋、上进和自信等正面性格之上的。因此，只要你

已经意识到金钱是一种力量，并努力改变自己的品性认真学习理财技术，那么，你就有了一棵摇钱树的种子，捂紧它，要相信它迟早会发芽，迟早会长出金光闪闪的叶子。

在文末，对一个问题表达一下笔者的意见：一个人最大的投资是什么？

单身的男子投资于自己的职业，如果想把自己的职业变成事业的话；单身的女子投资于自己的婚姻，如果想在青春贬值之前找一个如意郎君，有一个幸福美满的家庭的话；而婚后一个家庭最大的投资对象则是儿女，如果希望儿女成才比自己更强的话，就多花点心思在小孩的教育上。不要人云亦云地教育孩子，不要只给孩子钱，要真正地关心他们，细心观察他们的举动，引导他们培养自己的兴趣、爱好。

家庭组建后，有三大麻烦：一是钱的麻烦，这是解决基本的生存问题；二是赡养父母的麻烦，这是回报父母养育的问题；三是养育儿女的麻烦，这是解决一个好的继承人的问题。无论是富二代，还是官二代，还是贫二代，"我爸是李刚"都是一个悲剧。无论多么有钱，无论多么会理财，儿女不肖，子孙来拖你后腿，即使金山银山都会被败光。如果你不会赚钱，你不懂得理财，那么就多花点心思在子女身上。